MARGERY ALLINGHAM

Die Spur des Tigers

W0351720

Buch

Meg Elginbrodde hat allen Grund zur Sorge. Drei Wochen vor ihrer Hochzeit mit Geoffrey Levett tauchen plötzlich Fotografien ihres ersten Mannes auf, der seit fünf Jahren tot ist. Irgendjemand will sie glauben machen, Martin Elginbrodde sei noch am Leben. In ihrer Bedrängnis suchen Meg und Geoffrey Albert Campion auf und bitten ihn um Hilfe. Bevor Campion aber zu brauchbaren Ergebnissen kommt, verschwindet Geoffrey spurlos, und eine ganze Serie von grausamen Morden versetzt London in Angst und Schrecken. Die Polizei verdächtigt Jack Havoc, den »Tiger«, der Verbrechen, einen berüchtigten Killer, der aus dem Gefängnis geflohen ist. Der gefährliche Psychopath hat es ausgerechnet auf Martin Elginbroddes Witwe abgesehen, denn er ist überzeugt, dass Meg Informationen hat, die zu einem geheimnisvollen Schatz führen. Albert Campion hat es diesmal mit einem Gegner zu tun, der zwar verrückt ist, es an Intelligenz und Kühnheit aber durchaus mit ihm aufnehmen kann …

Autorin

Margery Allingham, geboren 1904 in London, veröffentlichte ihren ersten Roman im Alter von neunzehn Jahren. Vier Jahre später heiratete sie den Künstler Philip Youngman Carter, der den Umschlag ihres ersten Buches gestaltet hatte. Berühmt wurde sie mit ihren insgesamt 20 Kriminalromanen um den höflichen Detektiv Albert Campion, von dem manche behaupten, er sei eine Karikatur Lord Peter Wimseys. Heute gilt Margery Allingham wegen ihrer subtilen Erzählkunst, ihrem Witz und ihrer ungewöhnlichen Erfindungsgabe als eine der großen englischen »Ladies of Crime«. Margery Allingham starb 1966 in Colchester, Essex.

Von Margery Allingham außerdem lieferbar:

Gefährliches Landleben. Ein Albert-Campion-Roman (5393)
Polizei am Grab. Ein Albert-Campion-Roman (5491)
Mode und Morde. Ein Albert-Campion-Roman (3243)

Margery
Allingham

Die Spur des Tigers

Ein Albert-Campion-Roman

Aus dem Englischen von
Alexandra und Gerhard
Baumrucker

GOLDMANN

Die englische Originalausgabe erschien unter dem Titel
»The Tiger in the Smoke« bei Penguin, London.

Umwelthinweis:
Alle bedruckten Materialien dieses Taschenbuches
sind chlorfrei und umweltschonend.

2. Auflage
Wiederveröffentlichung April 2005
Copyright © der Originalausgabe
by Rights Limited, a Chorion company.
All rights reserved.
Copyright © der deutschsprachigen Ausgabe 1985, 2005
by Wilhelm Goldmann Verlag, München,
in der Verlagsgruppe Random House GmbH
Umschlaggestaltung: Design Team München
Umschlagfoto: Photonica, Vaiga
Satz: DTP Service Apel, Hannover
Druck: GGP Media GmbH, Pößneck
Krimi 6215
JE · Herstellung: MW
Made in Germany
ISBN 3-442-06215-2
www.goldmann-verlag.de

I

»Es geht vielleicht nur um Erpressung«, sagte der Mann im Taxi zuversichtlich. Der Nebel war wie eine safranfarbene Decke, mit Eiswasser durchtränkt. Er hatte den ganzen Tag über London gehangen und begann sich langsam zu senken. Der Himmel war gelb wie ein Staubtuch, alles andere war von Grau überlagert und wurde nur gelegentlich von glänzendem Fischsilber aufgehellt, wenn ein Schutzmann in seinem nassen Cape sich umdrehte.

Der Verkehr hatte sich bereits aufreizend verlangsamt. Gegen Abend würde er ganz zum Erliegen kommen. Der Park im Westen troff jämmerlich, und der große Bahnhof im Norden entfaltete mit dumpfem Getöse seine Betriebsamkeit. Dazwischen lagen, sich meilenweit hinschlängelnd, butterfarben verputzte Häuser in jedem erdenklichen baulichen Zustand.

Der Nebel drang in das Taxi ein, als es in eine Verkehrsstockung eingekeilt wurde. Er quoll herein und strich mit rußigen Fingern über die beiden eleganten jungen Leute, die drinsaßen. Sie hielten brav den Abstand zwischen sich ein, nur ihre Hände waren ineinander verschlungen.

Geoffrey Levett war Anfang dreißig. Er hatte ein gut ausgeprägtes, verschlossenes Gesicht und einen festen, kräftigen Körper. Seine braunen Augen blickten intelligent und entschlossen, waren aber sonst nicht besonders ausdrucksvoll, und sowohl sein helles Haar als auch sein schlichter Anzug waren gut und konventionell geschnitten. Nichts in seinem Aussehen verriet seinen Mut, seine Leidenschaftlichkeit, auch nicht seine bemerkenswerte Gabe, viel Geld zu verdienen. Nun, da er das aufreibendste seelische Erlebnis seines Lebens durchmachte, wirkte er lediglich finster und verlegen.

Meg Elginbrodde saß neben ihm. Er liebte sie viel mehr, als er es je für möglich gehalten hätte, und die Gesellschaftsspalten im ganzen Land hatten angekündigt, dass die Hochzeit bevorstehe.

Sie war fünfundzwanzig Jahre und drei Wochen alt, und in den fünf Jahren seit ihrem zwanzigsten Geburtstag hatte sie sich für eine Kriegerwitwe gehalten, doch während der letzten drei Wochen, seit Bekanntgabe ihrer Verlobung, hatte sie mit der Post eine Reihe von Fotografien erhalten, die in den Straßen der Stadt aufgenommen worden waren. Alle waren jüngsten Datums, wie zahlreiche Merkmale bewiesen, und auf jeder einzelnen war inmitten der Menschenmenge ein Mann zu sehen, der entweder ihr gefallener Mann, Major Elginbrodde, war oder jemand, der ihm zum Verwechseln ähnelte. Auf der Rückseite des zuletzt eingegangenen Bildes war in Druckbuchstaben eine Mitteilung hingekritzelt worden.

»Es geht vielleicht nur um Erpressung«, wiederholte Geoffrey. Seine tiefe Stimme klang gewollt gleichgültig. »Das meint Campion auch, nicht wahr?«

Sie antwortete nicht sofort, und er warf ihr einen scharfen Blick zu. Sie war so schön. Königin Nofretete in einem Dior-Ensemble. Der Mantel mit dem hochgestellten Kragen betonte ihre Schlankheit. Sie wirkte biegsam, ihre Bewegungen waren geschmeidig wie die einer Katze. Eine Welle naturblonden Haares quoll unter einem Filzhütchen hervor; zart getönte Haut, große, strahlend blaue Augen, eine schmale, gerade Nase und ein voller, leicht geschminkter Mund vervollständigten den hinreißenden Eindruck. Sie hatte eine dunkle Stimme, ihre Art zu sprechen war lebhaft und unbefangen.

»Das meint die Polizei. Wie es mit Albert steht, weiß ich

nicht. Niemand weiß genau, was Albert denkt. Val weiß es jedenfalls nicht, und sie ist seine Schwester. Vielleicht weiß es Amanda, sie ist schließlich mit ihm verheiratet.«

»Hat Amanda überhaupt nicht davon gesprochen?« Er bemühte sich angestrengt, nicht gereizt zu sein. Als ein Mann, der schon von Natur aus gern festen Boden unter den Füßen hatte, fand er das Unerklärliche und Unkonventionelle entmutigend.

Meg wandte langsam den Kopf, um ihn anzusehen, und er roch ihr neues Parfüm.

»Das hat leider keiner von uns getan«, sagte sie. »Es war kein sehr fröhliches Essen. Vater bemühte sich, nichts von dem zu sagen, was ihn beschäftigte, und Amanda und ich benahmen uns wie wohlerzogene Kinder und taten, als merkten wir nichts. Es ist alles ziemlich unerträglich.«

»Ich weiß.« Er sprach rasch. »Der Pastor denkt wirklich, dass es Martin ist, nicht wahr?« Und er fügte mit einer Förmlichkeit, die es seit einem Jahr nicht mehr zwischen ihnen gegeben hatte, hinzu: »Dein Mann.«

»Beinahe hätte ich gesagt: Vater denkt immer das Schlimmste. Dabei habe ich es überhaupt nicht so gemeint – weder was Vater noch was Martin betrifft.«

Er sagte nichts darauf, und es entstand eine lange, bedrückende Pause, während der das Taxi etwa einen halben Meter vorwärts schnellte und abermals stehen bleiben musste. Geoffrey warf einen Blick auf seine Uhr.

»Jedenfalls haben wir reichlich Zeit. Weißt du genau, wo du dich um halb vier mit Campion und diesem Inspektor treffen sollst?«

»Ja. Albert hat gesagt, wir treffen uns in dem Hof oben am Bahnhof, wo es früher nach Pferden roch. Die Mitteilung lautete bloß: ›Zug aus Barth, 15.45 Uhr, 8. November.‹ Das war alles.«

»Und das stand auf der Rückseite des Fotos?«

»Ja.«

»Es war nicht Martins Handschrift? Einfach Blockbuchstaben?«

»Wie ich dir gesagt habe.«

»Du hast es mir nicht gezeigt.«

»Nein.«

»Warum nicht?«

Sie begegnete gelassen seinem Blick. »Weil ich keine große Lust dazu hatte. Ich habe es Val gezeigt, weil sie meine Chefin ist, und sie hat ihren Bruder angerufen. Albert hat sich an die Polizei gewandt, und die hat das Foto mitgenommen, daher konnte ich es niemandem zeigen.«

Geoffreys Gesicht war nicht dazu geschaffen, Verzweiflung oder andere Gefühle der Ratlosigkeit auszudrücken.

»Konntest du erkennen, ob er ihm ähnlich sah?«

»Natürlich sah er ihm ähnlich.« Ihre Stimme klang ganz ratlos. »Er sieht ihm auf allen Bildern ähnlich, sogar auf dem ersten, das wir alle gesehen haben. Er sieht ihm auf allen ähnlich, aber die Bilder sind alle schlecht. Außerdem –«

»Was?«

»Ich wollte sagen, dass ich Martin nie ohne Uniform gesehen habe. Das stimmt natürlich nicht ganz, denn ich habe ihn gesehen, als er zweimal auf Urlaub kam, wenn auch nur kurz. Wir waren nur fünf Monate verheiratet, bevor er gefallen ist – das heißt, falls er gefallen ist.«

Der Mann wandte den Blick von ihr ab und schaute in den Nebel mit den huschenden Schatten hinaus.

»Und Pastor Avril glaubt, dass er zurückgekommen ist, um zu verhindern, dass du mich heiratest – fünf Jahre nachdem man ihn als ›vermisst, wahrscheinlich gefallen‹ erklärt hat?«

»Nein«, widersprach sie. »Vater befürchtet es. Vater befürchtet immer, dass ein Mensch sich völlig unerwartet als bösartig herausstellt, oder als geistesgestört oder unheilbar krank. Das ist das einzig Negative an ihm. Er befürchtet, Martin könnte am Leben und verrückt sein.«

Geoffrey drehte sich langsam um und sprach absichtlich mit einer Grausamkeit, die sich vor allem gegen ihn selbst richtete. »Und wie steht es mit dir, mein Schatz? Was hoffst du?«

Sie seufzte und lehnte sich zurück. Sie beobachtete sein Gesicht, und ihre Augen blickten ganz aufrichtig.

»Ich habe gewusst, dass ich es dir einmal sagen muss, Geoff.« Jedes Wort klang offen und ehrlich. »Ich liebe dich. Ich liebe dich wirklich. So wie ich jetzt bin, nach diesen fünf Jahren, bin ich ein Mensch, der dich ganz schrecklich liebt und immer lieben wird – wenigstens glaube ich das jetzt, heute, in diesem Taxi. Aber als ich neunzehn war, habe ich Martin geliebt, und als ich wusste – ich meine, als ich dachte –, er sei tot, da dachte ich, auch ich würde sterben.« Sie legte eine Pause ein. »Ich glaube, ich bin gewissermaßen wirklich gestorben. Deine Meg ist ein ganz neuer Mensch.«

Geoffrey Levett stellte mit Entsetzen fest, dass er weinte. jedenfalls brannten seine Augen, und er fühlte sich elend. Seine Finger schlossen sich fester um Megs schlanke, behandschuhte Hand.

»Ich bin ein Trottel«, sagte er. »Ich hätte dich das nicht fragen sollen, Liebes. Schau, wir werden schon irgendwie damit fertig werden und lassen uns nicht von unserem Programm abbringen. Wir werden alles haben, was wir uns vorgenommen haben, die Kinder, das Haus und das Glücklichsein, sogar die vermaledeite große Hochzeit. Alles wird gut, das schwöre ich dir, Meg. Irgendwie wird alles gut werden.«

Sie schwieg, und Levett rührte sich nicht. Es war, als hätte der Nebel eine dritte Person in das Taxi geschmuggelt. Schließlich, da etwas gesagt werden musste, raffte sie sich auf.

»Ich habe ihn nie in Friedenszeiten gesehen«, sagte sie in einem Ton, als hätte sie gesagt: Ich habe ihn nie nüchtern gesehen. »Ich glaube, ich kannte ihn gar nicht. Ich meine, ich kenne ihn gar nicht richtig.«

Das letzte Wort verklang und erstarb. Das Taxi setzte sich wieder in Bewegung und bog, eine sich bietende Gelegenheit nutzend, scharf in die Bahnhofszufahrt ein.

»Kommst du mit, Geoff?«

»Nein.« Die Weigerung klang ein bisschen zu schroff, und er beeilte sich, sie zu mildern. »Lieber nicht, findest du nicht auch? Ich rufe dich gegen fünf an. Campion und sein Spürhund werden schon auf dich Acht geben. Ich glaube, du wirst dich ohne mich freier fühlen. Oder nicht?«

Die letzte Frage kam ihm aus dem Herzen. Der Hoffnungsfunke blitzte ganz ungebeten darin auf. Sie hörte und erkannte ihn, zögerte jedoch zu lange.

»Ich weiß wirklich nicht.«

»Dann geh nur.« Er küsste sie flüchtig und öffnete die Tür, noch bevor das Taxi hielt. Als er ihr beim Aussteigen half, klammerte sie sich an seinem Ärmel fest. Auf dem Gehsteig eilte wie immer eine große Menschenmenge dahin und drängte die beiden aneinander. Wieder einmal sah er sie so, wie er sie mit Abständen den Nachmittag hindurch gesehen hatte, ganz neu, wie zum ersten Mal. Ihre Stimme, die ihn durch den Lärm erreichte, klang nervös und unsicher. Was sie ihm zu sagen hatte, war nicht einfach.

»Ich habe dir eigentlich gar nichts gesagt. Geoff. Ich bin so durcheinander. Es tut mir so Leid, Lieber.«

»Sei still«, sagte er weich und schob sie sanft von sich.

Die Menge erfasste sie und riss sie von ihm fort in den dunklen Torbogen des Eingangs. Sie drehte sich um, wollte ihm mit der kleinen, behandschuhten Hand zuwinken, doch ein Gepäckträger mit Wagen und eine Frau mit Kind kamen ihr in die Quere, und sie entschwand seinen Blicken, während er neben der offenen Taxitür stand und ihr nachschaute.

Inzwischen warteten Mr Albert Campion und Chefinspektor Charles Luke, Oberhaupt des zweithärtesten Polizeireviers in London, in dem überdachten Hof an der Südseite des Bahnhofs. Abgesehen davon, dass sie sein Haar meliert hatten, waren die Jahre an Mr Campion spurlos vorübergegangen. Er war noch immer von schlanker, unauffällig eleganter Gestalt, genau eins achtzig groß, mit irreführend ausdruckslosem Gesicht und sanftem Benehmen. Ganz leicht zu übersehen und zu unterschätzen, stand er günstig platziert hinter einer Reihe von Gepäckkarren und beobachtete die Menge mit Ruhe und Gelassenheit.

Sein Begleiter war da von ganz anderem Schlag. Charlie Luke wirkte in seinem Räuberzivil bestenfalls wie ein Schwergewichtsboxer. Sein dunkles Gesicht mit den schmalen Augen und der kräftigen Nase strahlte in dem trüben Licht sozusagen von innen heraus. Er hatte den schwarzen Hut nach hinten auf den kurz geschorenen Lockenkopf geschoben und die Hände tief in die Hosentaschen vergraben. Er war etwas größer als Campion, aber seine massive Gestalt ließ ihn kleiner erscheinen. Seinen glänzenden Augen entging nichts.

»Könnte ja nur irgendein blödes Spiel sein, bei dem die Frau den Sündenbock mimt«, sagte er. »Aber das glaube ich nicht. Das riecht mir ganz nach Erpressung. Man kann nie wissen. Hochzeiten und so weiter sind gute Gelegenheiten.«

»Immerhin ist auch ein Mann mit im Spiel«, gab Mr Campion sanft zu bedenken. »Wie viele Fotografien haben Sie insgesamt von ihm – fünf?«

»Zwei in der Oxford Street aufgenommen, eine am Marble Arch, eine am Strand – das ist die mit der Kinoreklame von letzter Woche – und die mit der Mitteilung auf der Rückseite. Stimmt, fünf.« Er knöpfte seinen Mantel zu und stampfte mit den Füßen auf. »Kalt ist es«, sagte er. »Hoffentlich verspätet sie sich nicht. An der muss schon was dran sein, wenn sie nicht einmal ihren Verflossenen hundertprozentig erkennen kann.«

Campion schaute zweifelnd drein. »Könnten Sie unter Garantie auf diesen Schnappschüssen einen Mann wieder erkennen, den Sie fünf Jahre lang nicht gesehen haben?«

»Vielleicht nicht.« Luke steckte den Kopf unter ein imaginäres schwarzes Tuch, zumindest duckte er sich ein wenig und deutete ein Stück Stoff an. »Diese alten Straßenfotografen benützen nicht gerade die neuesten Kameras oder gute Filme. Ich berücksichtige das. Aber ich hätte gedacht, eine Frau erkennt ihren Mann schon, wenn sie seine Schuhsohle durch ein Kanalgitter erblickt oder seinen Hut von einem Bus aus.«

Mr Campion schaute ihn interessiert an. Dies war das erste Anzeichen von Sentimentalität, das er je an dem Chefinspektor entdeckt hatte. Er hätte es ihm auch gesagt, doch Luke sprach noch immer.

»Wenn es sich um Erpressung handelt, was höchstwahrscheinlich der Fall ist, dann ist das eine verzwickte Geschichte. Ich kann mir nicht vorstellen, wie oder wann der Kerl da etwas herausholen will. Sie vielleicht?« Seine Augen funkelten in dem wallenden Nebel. »Der normale Vorgang ist: ›Fünfzig Pfund her, sonst bist du wegen Bigamie dran.‹ Nun ist sie aber noch nicht wieder verheiratet, stimmt's? Gauner sind manchmal ziemlich schwach im Oberstübchen, aber ich habe noch nie gehört, dass sich einer so dumm angestellt hätte. Wenn man die Hochzeit bekannt gegeben hätte statt der Verlobung, dann könnte man es verstehen. Was hat es überhaupt für einen Sinn, ihr ein Bild nach dem anderen zu schicken und uns massenhaft Zeit zu lassen, uns an die Arbeit zu machen?«

Mr Campion nickte. »Wie weit sind Sie mit den Straßenfotografen?«

Der andere zuckte die Achseln.

»Meine Leute befassen sich noch damit, aber ohne viel Erfolg. Die Fotos selbst sind voll von Fingerabdrücken. Alle fünf zeigen dieselbe triste, verwischte Gestalt auf der Straße. Nirgends ein Anhaltspunkt. Das letzte mit der Ankunftszeit hinten drauf ist das verrückteste von allen, meiner Meinung nach«, fügte er ernst hinzu. »Entweder hat er es darauf abgesehen, die Polizei zu alarmieren, oder er erwartet, dass die junge Frau stürmischer ist, als sie sich gibt. Sie sagen, sie lügt nicht. Ich kann das nicht beurteilen, ich kenne sie nicht. Ich verlasse mich da ganz auf Sie. Deshalb stehe ich hier in dieser elenden Kälte.«

»Nein, sie lügt nicht«, sagte Campion. »Ist Ihnen nie eingefallen, dass Elginbrodde am Leben sein könnte?«

»Das Kriegsministerium sagt: ›Nein, lassen Sie uns in Ruhe.‹«

»Ich weiß. Aber es wäre nicht der erste Irrtum.«

»Falls es Elginbrodde selbst ist, dann spinnt er.« Sein Blick glitt über die eilenden Reisenden. Fast gleichzeitig entschlüpfte ihm ein leiser Pfiff. »Das ist sie.« Er klang triumphierend. »Das ist unsere junge Dame, wetten? Sehen Sie diesen suchenden Blick? Na, habe ich Recht? Mann, ist das eine Augenweide!«

Campion blickte auf und setzte sich in Bewegung. »Kluger Kopf. Das ist Mrs Elginbrodde.«

Meg sah sie auf sich zukommen. Sie erschienen ihr in ihrer überempfindlichen Stimmung wie Ungeheuer.

Da war Campion, der Amateur, ein Mann, der nie seinen richtigen Namen und Titel verwendete. Im Aussehen ein älterer Engländer, typisch für seine Herkunft und seine Zeit. Sie sah ihn als freundlichen, intelligenten und einfallsreichen

Menschen. Dieser Typ war ihr so vertraut, dass sie vermeinte, fast alle seine versteckten Eigenheiten zu kennen. Leute seines Schlages waren entweder äußerst tapfer oder äußerst belesen oder aber lediglich im Stande, chinesische Drucke zu beurteilen oder Gardenien zu züchten.

Doch der Mann hinter ihm war für sie etwas völlig Neues, und sie fand ihn auf den ersten Blick einfach unmöglich. Sie hatte bislang über Polizisten sehr wenig nachgedacht und hatte sie nur als eine Notwendigkeit eingestuft, die ihren Nutzen hatte, wie Banken oder das parlamentarische System. Doch hier war, wie sie sehen konnte, ein äußerst maskuliner Mensch von beachtlichem, wenngleich nicht besonders erfreulichem Interesse.

Luke näherte sich ungestüm wie ein Kind. Seine Augen funkelten, und sein lebhaftes, kluges Gesicht drückte grenzenlose Nachsicht aus.

Es lag so klar zu Tage, dass die Unterredung falsch anlaufen würde, dass sie es alle noch rechtzeitig erkannten. Mit ehernem Ton unter den samtenen Worten machte Campion die beiden miteinander bekannt, und Charlie Luke schaltete bedauernd ab wie ein Mann, der das Licht ausknipst. Er beobachtete die junge Frau verstohlen, nahm ihre Schönheit zur Kenntnis, stellte sie jedoch nicht in Rechnung, und als er seinen Hut wieder aufsetzte, stülpte er ihn sich ganz gerade über. Ihr Gruß hatte jedoch keineswegs kühl geklungen; sie war offensichtlich einfach tief beunruhigt, eine Frau, so zwischen Liebe und Loyalität hin- und hergerissen, dass an ihrer Lauterkeit nicht zu zweifeln war.

»Es tut mir so Leid, dass ich Ihnen keine Fotos zum Vergleich mitbringen konnte«, sagte sie ernst. »Mein Mann hat vor dem Krieg nicht in England gelebt, daher waren seine Sachen auch nicht hier. Wir waren nicht lange beisammen, und wir hatten keine Gelegenheit, Fotos zu machen.«

Luke nickte.

»Das ist mir klar, Miss – ich meine, Mrs Elginbrodde. Er hat in Frankreich gelebt, nicht wahr? Wurde von der Großmutter erzogen. Und er war noch ziemlich jung, als er fiel – fünfundzwanzig, wenn ich richtig informiert bin.«

»Ja. Jetzt wäre er dreißig.« Sie blickte sich um, während sie sprach, nervös und doch nicht ganz erwartungslos.

»Das Passfoto hat uns nicht allzu viel verraten«, sagte Luke. »Ich muss Ihnen gestehen, dass unsere Experten nach vergleichenden Messungen der Gesichtszüge der Ansicht sind, dass es sich nicht um denselben Mann handelt.« Er wartete ihre Reaktion ab. Ihr Gesicht drückte sowohl Enttäuschung als auch Erleichterung aus. Sie war traurig und doch froh. Scham zeigte sich und Verwirrung. Sie war dem Weinen nahe. Sie begann ihm plötzlich sehr Leid zu tun.

»Aber das hier habe ich gestern gefunden«, sagte sie zu Campion. »Das Bild ist leider sehr dunkel, ein Kind hat unseren Hund geknipst, und Martin steht im Hintergrund. Ich weiß nicht, ob man damit etwas anfangen kann, aber ich finde, wer Martin gekannt hat, würde ihn darauf erkennen.«

Sie holte ein kleines Rechteck aus den Tiefen ihrer großen Handtasche und reichte es ihm. Der Chefinspektor schaute ihm über die Schulter. Es war ein vergilbter Abzug eines überbelichteten Fotos, das einen dicken schwarzen Hund zeigte, der sich auf einer Rasenfläche wälzte, und weit im Hintergrund stand lachend, die Hände in den Taschen und den Kopf vorgestreckt, ein junger Mann mit einem flotten Schnurrbart. Es war nichts eindeutig Charakteristisches an ihm, ausgenommen vielleicht seine Gemütsart, und doch waren sie beide von dem Bild erschüttert und betrachteten es lange. Schließlich meinte Luke.

»Ich habe eines der Straßenfotos mit, aber jetzt ist nicht die

Zeit, es herauszuholen«, murmelte er, und sein Blick schweifte abermals über den riesigen Bahnhof. Er war verwirrt und machte kein Hehl daraus. »Ja, ich verstehe, was Sie meinen. Ja. Sagen Sie, Mrs Elginbrodde, hatte Ihr Mann jüngere Brüder oder Vettern?«

»Nicht dass ich wüsste.« Diese Vorstellung war ihr neu und unter den gegebenen Umständen kaum erfreulich.

»Passen Sie auf.« Luke wurde zum Verschwörer, und seine Schultern schienen noch breiter zu werden, um sie abzuschirmen. »Hauptsache, Sie verlieren nicht den Kopf. Alles hängt von Ihnen ab. Ich möchte wetten, das Ganze läuft auf die übliche Erpressung hinaus. Erpressung durch einen Kunden mit einem ellenlangen Vorstrafenregister. Er benimmt sich bis jetzt allzu vorsichtig, und das kann bedeuten, dass er sich seiner Sache nicht ganz sicher ist. Vielleicht will er Sie erst einmal betrachten, vielleicht riskiert er auch, Sie anzusprechen. Lassen Sie ihn ruhig. Alles andere überlassen Sie mir. Verstanden?«

»Die Zeit wird knapp«, warf Campion ein. »Noch fünfzehn Minuten.«

»Dann gehe ich jetzt auf den Bahnsteig.« Meg setzte sich in Bewegung, während sie sprach, doch Campion hielt sie zurück.

»Noch nicht. Dort wird er nach dir Ausschau halten. Du bleibst hier, bis wir ihn ausgemacht haben.«

Sie war überrascht. »Ich dachte, die Mitteilung besagt, dass er mit dem Zug aus Bath kommt?«

»Das sollen Sie annehmen.« Der Chefinspektor lief Gefahr, väterlich zu werden. »Sie sollen auf den Zug achten, damit er Sie in aller Ruhe beobachten kann. Auf dem Poststempel stand London, oder? Er braucht nicht nach Bath zu fahren, eine Bahnsteigkarte tut es auch.«

»Oh! Ja, natürlich.« Sie seufzte und trat wieder neben ihn.

Trotz ihrer beiden Begleiter wirkte sie einsam, wie sie so Ausschau hielt und wartete.

Der Nebel wurde dichter, und das Dach aus Glas und Eisen verschwand hinter seinen schmierigen Schwaden. Die gelben Lampen spendeten nur trübe Helligkeit, und lediglich die weißen Dampfwolken, von einer Lokomotive gelegentlich ausgestoßen, wirkten in der Düsternis sauber. Die ungeheure Stimmung unterdrückter Erregung, die allen großen Bahnhöfen anhaftet, wurde noch erhöht durch den Nebel, der auch alle Geräusche dämpfte und sie hohler klingen ließ als sonst. Von ihrem Standplatz aus konnten sie alle Hauptzugänge zu den Zügen und links das große Eingangstor mit dem Zeitschriftenstand gleich daneben überblicken.

Der nachmittägliche Stoßverkehr setzte allmählich ein, und Woge um Woge von hastenden Reisenden quoll aus der Schalterhalle und verteilte sich fächerförmig auf die Bahnsteige. Rechts erstreckte sich düster der Durchgang zur Crumb Street, und hinter ihnen befand sich der zur U-Bahn führende Tunnel und die doppelte Reihe von Telefonzellen.

Luke beobachtete den Haupteingang, während Campion den U-Bahn-Tunnel im Auge behielt. Keiner von beiden war auf den plötzlichen Aufschrei neben ihnen gefasst.

»Seht doch! Dort drüben! Dort ist er. Martin!«

Meg hatte alles auf der Welt vergessen. Sie stand wie angewurzelt da, zeigte mit dem Finger wie ein Kind und rief, so laut sie konnte.

Fünfzig Meter entfernt, auf einem menschenleeren Streifen rußigen Pflasters, war eine Gestalt erschienen. Der Mann trug ein auffallendes, doch gut geschnittenes Sportjackett und einen grünen Hut. Er war eben erst aus dem Crumb-Street-Durchgang getreten. Er schritt rasch und zielbewusst aus und blickte sich nicht um. Sogar auf diese Entfernung war der Schatten eines Schnurrbarts zu erkennen.

»Martin!« Meg lief los, ehe die Männer sie zurückhalten konnten. In dem Aufschrei lag etwas, was den Mann trotz aller Bahnhofsgeräusche erreichte. Es war nicht der Klang an sich, sondern etwas Emotionales. Campion sah eine Reihe sich umwendender Köpfe und dahinter den Fremden, der heftig zusammenzuckte und einen Augenblick lang erstarrt stehen blieb. Dann begann er zu laufen.

Er floh wie ein gehetztes Wild auf dem erstbesten Weg, der sich ihm darbot. Eine Schlange hoch beladener Gepäckkarren befand sich vor ihm, und seine Verfolger näherten sich ihm von links, er wandte sich also nach rechts und rannte durch den geöffneten Durchgang auf den Bahnsteig der Vorortbahn, wo ein bereitgestellter Zug stand. Er lief, als ginge es um sein Leben, blindlings an Reisende stoßend, über Koffer springend, im letzten Moment Hindernissen ausweichend. Luke setzte ihm nach und überholte Meg, die ihm gefolgt wäre, hätte Campion sie nicht fest am Handgelenk gepackt.

»Dort hinüber«, sagte er drängend und zog sie mit sich fort zu dem Bahnsteig, der hinter dem wartenden Zug verlief.

Doch die Menge behinderte alle. Luke arbeitete sich rücksichtslos durch. Gepäckträger hielten inne und starrten ihm nach, Schaffner zögerten und kamen ihm in die Quere, Kinder tauchten unversehens auf, tollten kreischend herum, und die große geschlossene Masse apathischer Zuschauer, die geradezu dem Pflaster einer Stadt zu entwachsen scheinen, sobald es etwas zu sehen gibt, schlurfte dem Flüchtigen nach und machte jeden Rückweg unmöglich.

Doch auf dem anderen Bahnsteig, als sie ihn endlich erreichten, waren Meg und Campion so gut wie allein. Der Vorortzug, der noch unbeleuchtet wie eine schwarze Raupe auf dem zweiten Gleis stand, war von ihnen durch eine Barriere getrennt. Es gab keine Gesichter in den Fenstern und keine Anzeichen von Bewegung im Inneren. Meg war ganz weiß, und ihre Hände zitterten.

»Er ist weggelaufen«, begann sie heiser. »Martin –«

Sie brach ab. Campion sah sie nicht an. Er beobachtete die dunkle Seite des Zuges. Er hatte den Mantel fest zugeknöpft und hielt sich bereit. Eine über ihnen hängende Lampe, die den Nebel anstrahlte, ließ die Szene aussehen, als fände sie unter schlammigem Wasser statt. Entfernungen waren trügerisch und Farben unwirklich.

Schließlich ereignete sich das, worauf Campion gewartet hatte. Eine Tür in der Mitte des Zuges flog plötzlich auf, und eine dunkle Gestalt sprang heraus. Der Mann stolperte über ein Trittbrett, raffte sich wieder auf und torkelte zum Rand des Bahnsteigs, wo er feststellen musste, dass die Steineinfassung sich auf gleicher Höhe mit seinen Schultern befand. Er schnellte hoch und klammerte sich an, den Kopf abgewandt, während er besorgt die Gleise entlangspähte. Eine einfahrende Lokomotive hätte ihn zermalmt, doch vorläufig war keine in Sicht, nur Nebel und farbige Signale.

Er glitt ab und unternahm einen neuen Versuch, da streckte Campion den Arm aus und ergriff ihn am Kragen. Gleichzeitig tauchte Luke hinter ihm auf, und der Zug belebte sich mit Zuschauern. Fenster ratterten herunter, Köpfe wurden herausgestreckt, und schrilles Stimmengewirr brach über sie herein. Luke sprang unerwartet behände aufs Gleis, packte den Fremden um die Taille, hievte ihn in Campions Arme und schwang sich dann auf den Bahnsteig. Sein Hut war nicht einmal verrutscht.

Ein weißes Gesicht mit schmalen, schwarzen, angsterfüllten Augen sah zu ihnen auf. Alles Forsche war verschwunden. Der Schnurrbart wirkte enorm und lächerlich. Der Mann gab keinen Laut von sich, er stand nur zitternd und schlotternd da, bereit, sofort wieder zu fliehen, sollte sich der Griff um seinen Arm lockern.

»Ach – ach, es tut mir so Leid. Wie dumm von mir. Aus der Nähe sieht er ihm überhaupt nicht ähnlich.«

Sie hatten nicht bemerkt, dass Meg herangekommen war, und ihre erstaunte Stimme erklang völlig unerwartet. Sie starrte den Festgenommenen verwirrt an, Röte überzog ihr Gesicht, Erleichterung lag im Widerstreit mit Enttäuschung in ihren Augen.

»Auf die Entfernung – hätte ich schwören können – ich weiß nicht, warum. Die Figur, die Kleidung, das –« Sie streckte die Hand aus und berührte den Ärmel des Tweedjacketts. Der Mann zuckte vor ihr zurück, als sei sie elektrisch geladen. Es gab einen kurzen Kampf, und als sie ihn abermals überwältigt hatten, zog Luke ihn zu sich heran, bis sich ihre Gesichter fast berührten.

»Sie verlieren etwas, Freundchen«, sagte Luke mit grimmigem Spott. »Sehen Sie sich das mal an. Das ist mir in der Hand geblieben.« Die Bewegung war so schnell gewesen, dass es kein Ausweichen gab. Der Fremde fluchte gedämpft und verstummte wieder. Luke steckte den Schnurrbart in die Westentasche. »Nettes Stück«, fand er. »Erstklassige Arbeit, muss eine Stange Geld gekostet haben. Ich nehme es für Sie in Verwahrung.«

Ohne den Bart konnte man sich kaum vorstellen, dass der Fremde einem anderen so ähnlich gesehen hatte. Sein Mund war von der Narbe einer genähten Hasenscharte verunstaltet, einer seiner Vorderzähne war abgebrochen, und er strahlte so etwas wie Gerissenheit aus, die im Moment überschattet wurde von einer Angst, die in keinem Verhältnis zu dem begangenen Verbrechen stand, zumindest soweit eines angenommen wurde.

Meg legte sich die Hand an die Wange. Sie war sprachlos

vor Verlegenheit und Verwirrung. Man konnte sich schwerlich zwei so verschiedene Männer wie den Festgehaltenen und Martin Elginbrodde vorstellen, und doch war sie so sicher gewesen.

Luke grinste sie an. »Er hat nicht gewagt, zu nahe heranzukommen, stimmt's?«, sagte er. »Aber auf die Entfernung hat er Sie doch getäuscht. Gut gemacht.«

Sie wandte sich abrupt ab, und Luke hob das Kinn, um den Bahnsteig entlangzuspähen. Zwei schwergewichtige Männer in Regenmänteln liefen auf sie zu, gefolgt von einem kleinen Teil der Menge, die soeben entdeckt hatte, was geschehen war.

»Ihre Leute?« Campions Stimme klang erleichtert.

Luke nickte. »Ich hatte sie für alle Fälle am Eingang postiert.« Er winkte den Neuankömmlingen zu und wandte sich wieder an den Festgehaltenen. »Freundchen«, sagte er munter, »bilden Sie sich bloß nicht ein, dass Sie verhaftet sind.« Er schüttelte zur Bekräftigung den Arm, den er festhielt. »Es handelt sich um nichts anderes als um eine freundliche Einladung zu einem ruhigen Gespräch in einem netten, warmen Raum. Vielleicht bekommen Sie sogar eine Tasse Tee. Verstanden?«

Der Mann sagte nichts. So als hätte er gar nichts gehört. Sein Gesicht war wie aus Holz. Nur seine Augen bewegten sich ängstlich. Er verhielt sich jetzt ruhig, aber sein Körper war noch immer gespannt. Er war noch immer bereit zu flüchten, sobald sich eine Chance dazu bot.

Luke betrachtete ihn mit schräg gehaltenem Kopf.

»Wovor haben Sie Angst?«, fragte er leise. »Sie haben doch nicht zufällig mehr auf dem Gewissen?«

Auch dieser Wink mit dem Zaunpfahl zeitigte keinen Erfolg. Der weiche Mund blieb fest geschlossen, die Muskeln unter dem Tweedärmel blieben weiterhin angespannt.

Luke übergab ihn den Neuankömmlingen, die atemlos und ernsten Gesichts angelangt waren.

»Zwecks Vernehmung festgenommen.« Er hätte ebenso gut ein Paket übergeben können. »Geben Sie auf ihn Acht und sehen Sie zu, dass er seinen Bestimmungsort erreicht. Er scheint mir versessen auf Bewegung. Ich komme gleich nach.«

Meg und Campion schritten nebeneinander den düsteren Bahnsteig entlang, und Luke folgte ihnen. Die Menge starrte sie an, teilte sich aber vor ihnen. Sie gingen durchs Tor hinaus und verschwanden.

Die junge Frau schwieg eine Zeit lang, doch ihre Gemütsbewegung war so offenkundig, wie wenn sie darüber gesprochen hätte. Campion beobachtete sie aus den Augenwinkeln.

»Du solltest das nach Möglichkeit völlig vergessen«, sagte er schließlich. »Wenn du gestattest, setze ich dich vor dem Bahnhof in ein Taxi, und sobald Luke mit dem Mann gesprochen hat, komme ich mit ihm zurück. Ich kann mir nicht vorstellen, was für einen Zweck dieses Schauspiel verfolgt, aber ich denke, du wirst dich damit abfinden müssen, dass es weiter nichts ist als ein Schauspiel.«

Sie verhielt den Schritt und sah ihn an.

»Du bist also überzeugt, dass der Mann auf den Fotos nicht Martin ist?«

»Allerdings. Es war immer dieser Mann. Das steht praktisch fest.«

»Praktisch?« Ihr großer Mund zuckte, und ihre Augen wirkten dunkler. »Es steht praktisch fest, dass Martin wieder tot ist. Ich habe oft an ihn gedacht. Er war ein sehr – sehr lieber Mensch, weißt du.«

»Das ist es, was mich so aufregt«, verkündete Luke mit einer Bitterkeit, die sie beide erschreckte. »Da gibt ein Mann sein Leben hin, und kaum ist ein bisschen Gras darüber gewachsen, kaum hat die Frau, die das Einzige ist, was er hinterlassen hat, ein bisschen Aussicht auf Glück, da kommt schon ein Haufen schäbiger Gauner an und versucht, sich daran zu bereichern. Verzeihen Sie, Mrs Elginbrodde, aber so etwas macht mich wild.«

»Ein Haufen?«, wiederholte sie matt. »Sind es denn mehrere?«

»Und ob. Diesen zitternden kleinen Ganoven habe ich schon irgendwo gesehen. Der ist eine Null. Ein Popanz. Wenn er auf eigene Faust gearbeitet hätte, dann hätte er den Mund aufgemacht. Ich bin nicht derjenige, vor dem der Kerl sich fürchtet. Das ist das Einzige, was er uns verraten hat.«

»Dann könnte Martin –«

»Nein.« Er sprach mit unerwarteter Zartheit. »Nein, das schlagen Sie sich ein für alle Mal aus dem Kopf. Sie haben Ihr eigenes Leben zu leben, machen Sie etwas daraus. Das würde er sich ganz bestimmt wünschen. Gehen Sie jetzt nach Hause. Wird Mr Levett dort sein?«

»Nein. Brauchen Sie ihn? Er hat mich herbegleitet und ist in sein Büro weitergefahren. Er will mich um fünf Uhr anrufen. Er hat heute Abend irgendeine geschäftliche Besprechung.«

Sie bemerkte seinen Gesichtsausdruck und lächelte ihm beruhigend zu. »Mir passiert schon nichts, mein Vater ist da. Im Haus befinden sich überhaupt viele Leute. Wir würden uns sehr freuen, wenn Sie zu uns kämen, falls es sich einrichten lässt.«

»Fein.« Luke hätte ihr offensichtlich gern auf die Schulter geschlagen, doch dann überlegte er es sich ebenso offensichtlich. »Prima. Erwarten Sie uns. So, und jetzt steigen Sie dort drüben ins Taxi ...«

Er war noch immer aufgebracht, als sich ein paar Minuten später die Tür des Taxis hinter ihr schloss und er einen letzten Blick auf ihr Gesicht erhaschte, das sich nach dem tapferen Abschiedslächeln veränderte. Auf dem Weg zur Crumb Street war Campion wieder einmal von Lukes Stärke und der unvermuteten Gefühlstiefe beeindruckt, die dieser enthüllt hatte. Luke war so bewegt, als sei Elginbrodde sein Bruder gewesen. Das machte ihn zu einem gefährlichen Feind für jemanden.

Die Crumb Street, nie ein schöner Ort, zeigte sich an diesem Nachmittag von ihrer schlimmsten Seite. Der Nebel schwappte regelrecht über die niedrigen Häuser. Die Läden waren schon zu ihrer Entstehungszeit armselig gewesen, doch nun hatten Trödler und Altwarenhändler aller Art hier Quartier bezogen. Das schöne neue Polizeirevier an der Ecke war das Schmuckstück der Gegend, und der Chefinspektor näherte sich dem Bau mit dem Schritt des Hausherrn. Der träge Verkehrsstrom bewegte sich ein Stückchen vorwärts, und die beiden Männer mussten eine Weile auf einer Fußgängerinsel warten. Dabei hörten sie einige Fetzen des Liedes »Warten auf dich«, das Straßenmusikanten spielten.

»Der zwielichtige kleine Gauner, den wir eben geschnappt haben, hatte doch Angst vor irgendwem, oder? Hallo, was ist denn los?«

Campion war stehen geblieben und schaute über die Schulter zurück. Er behinderte die Passanten, und ein halbes Dutzend Leute rempelte ihn an.

»Es war nichts«, antwortete er schließlich und ging weiter. »Jedenfalls meiner Meinung nach. Ich dachte, ich hätte ganz kurz Geoffrey Levett gesehen. Ich muss mich getäuscht haben.«

Luke bog in einen schmalen Torbogen ein, der tief in die kahle Seite des Gebäudes eingelassen war.

»Im Nebel sehen alle gleich aus«, sagte er munter. »Es kann passieren, dass man seiner eigenen Mutter folgt und sich einbildet, sie sei das Nachbarstöchterlein. Falls Mr Levett überhaupt in der Nähe ist, dann befindet er sich vermutlich drin und stellt ein paar wichtige Fragen, während wir uns noch immer abmühen, über die Straße zu kommen. Mr Campion, wir werden mit dem Burschen sehr vorsichtig umgehen müssen. Wir müssen ihn unauffällig ausquetschen. Schließlich liegt ja nichts gegen ihn vor – bis jetzt.«

2

Der Nebel lag dichter denn je über dem St. Petersgate Square, doch hier verbargen seine braunen Schwaden keine Gewalttätigkeit. Er wirkte eher gemütlich, weniger kalt, behutsam und fast schützend. Der kleine, helle Platz war auch an strahlend hellen Tagen gut versteckt. Im Krieg hatte ihn nicht einmal der Feind entdeckt, und daher waren die stillen Häuser fast als Einzige in der Gegend größtenteils so geblieben, wie sie immer gewesen waren. Dank einer weiteren Unachtsamkeit war das Gitter um die kleine Grünfläche in der Mitte den Altmetallhändlern entgangen, und der Magnolienbaum und einige anmutige Goldregensträucher hatten sich ungehindert entfalten können. Es war einer der kleinsten Plätze in der Stadt. An zwei gegenüberliegenden Seiten standen je sieben Häuser, an der dritten befand sich eine Mauer, die den steilen Abhang zur Portminster Row und zu den Läden abschloss, und an der vierten die spitztürmige Kirche St. Peter of the Gate, das Pfarrhaus und daran anschließend zwei zur Pfarrei gehörende winzige Häuschen. Es gab keinen Durchgangsverkehr, die einzige Straße, die hierher führte, verlief längs der Mauer, und alle Fahrzeuge mussten auf demselben Weg zurück, den sie gekommen waren, doch für Fußgänger gab es eine Treppe am anderen Ende des Platzes. Die Kirche stand sehr hoch, und zwischen ihrem schmalen, steingepflasterten Hof und der aus der Regentschaftszeit Georgs VI. stammenden Pfarrei wand sich die Steintreppe steil zu einer breiten, dahinter befindlichen Wohnstraße empor. Die Treppe war ausgetreten und höchst gefährlich, trotz der Laterne, die an der Friedhofsmauer angebracht war, aber sie wurde tagsüber häufig von Leuten benützt, die sich auf diese Weise den Weg von der verblichenen Eleganz ehemaliger Vornehmheit zur Zivilisation abkürzten. Doch an diesem Abend, da die Sicht gleich null war, ließ sich niemand blicken.

Das Haus war ein freundlicher Würfel mit zwei Obergeschossen, einem Souterrain und einer Reihe schöner Mansarden gleich oberhalb des Kranzgesimses. Licht brannte hinter allen Fenstern, und die zwei Laternen, die den gedrungenen Portikus flankierten, glühten rot und anheimelnd durch den Nebel.

Der alte Pastor Avril hatte so lange hier gelebt, dass die wechselnden Zeitläufe seine Lebensweise allmählich und geruhsam geändert hatten. Er wohnte sehr behaglich im Erdgeschoss, sein alter Küster, William Talisman, hatte sich im Souterrain häuslich eingerichtet, und Mrs Talisman versorgte beide. Im ersten Stock hatte Meg eine abgeschlossene Wohnung, und die Mansarden waren zu angenehmen Räumen für Mieter ausgebaut worden. Das alles hatte sich im Laufe der Zeit so ergeben, und der Pastor wusste sehr wohl, wie glücklich er sich schätzen konnte.

Er stand nun, wo er immer zu stehen pflegte, auf dem Teppich vor dem Kamin im Wohnzimmer. Es war der Raum, in den er vor dreißig Jahren seine junge Frau geführt hatte, und seither hatte sich darin, wenngleich mehr aus finanziellen, denn aus sentimentalen Gründen, nichts geändert. Es war inzwischen etwas schäbiger geworden, doch die guten Stücke, der Bücherschrank aus Nussbaum, die zur Schau gestellten elfenbeinernen Schachfiguren, der Schreibschrank mit dreizehn Scheiben in jeder Tür, der Queen-Anne-Stuhl mit der zwei Meter hohen Lehne, der Perserteppich – ein Hochzeitsgeschenk seiner jüngeren Schwester, der Mutter von Mr Campion – waren so gealtert wie er: umhegt und nützlich und still.

Im Augenblick war er untröstlich. Meg war heimgekommen, und er hatte ihre Geschichte so verwirrend gefunden, dass seine Ungläubigkeit sie weinen machte. Sie war hinaufgegangen, und er war bekümmert und ganz ratlos zurückgeblieben.

Normalerweise war er ein glücklicher Mensch. Er verlangte so wenig vom Leben, dass dessen bescheidene Fülle ihn verblüffte und entzückte. Je älter und ärmer er wurde, desto ruhiger und zufriedener wirkte sein feines, gütiges Gesicht. In mancher Hinsicht war er ein Mensch mit einer Lebensanschauung, die scharfsichtig und doch ein bisschen verschroben war. Niemand fürchtete ihn, einfache Leute liebten und beschützten ihn, als sei er nicht richtig im Kopf, und er hatte mehr brave Kirchenmänner zur Verzweiflung getrieben als jeder andere Pastor auf der Welt.

Er glaubte an Wunder und nahm oft welche wahr, und nichts konnte ihn verblüffen. Seine Fantasie war so ungezügelt wie diejenige eines kleinen Jungen und sein Glaube unerschütterlich. Er war ein großer, schwerer Mann mit unordentlichem, weißem Haar und dem unbefangenen Benehmen eines Menschen, der in jedem Fremden alsbald einen alten Freund sieht. Seine gegenwärtige Verstörtheit war daher umso heftiger.

»Sie hat ihn gesehen«, wiederholte er eindringlich. »Sie hat ihn gesehen und erkannt, und sie ist ihm durch den Bahnhof nachgelaufen. Du hast es selbst gehört, Amanda.«

Die einzige Person, die sich außer ihm im Raum befand, Lady Amanda, Schwester des Earl of Pontisbright und Gattin von Mr Albert Campion, saß in dem hochlehnigen Sessel. Sie war damit beschäftigt, das Wort »Sheriff« in sehr großen Lettern in ein kleines grünes Hemd zu sticken. Das rote Haar der Pontisbrights, das nach einer mittelalterlichen Legende das Feuer von Rubinen schluckt, legte sich kurz geschnitten um ihren kleinen Kopf, und die braunen Augen in dem herzförmigen Gesicht blickten nachdenklich.

Sie hatte ihm die Sache bereits zweimal sorgfältig auseinander gesetzt, doch das Weiß ihrer Stirn blieb glatt, und ihre klare Stimme behielt den Klang unternehmungslustigen gesunden Menschenverstands, der Amandas Hauptcharakteristikum war.

»Doch dann hat sich herausgestellt, dass es gar nicht Martin war. Das ist mir auch schon passiert. Dir nicht, Onkel Hubert? Vor allem auf Bahnhöfen.«

Der alte Herr schüttelte beklommen den Kopf. »Aber als sie ihn erblickte, war sie ganz sicher«, brachte er vor. »Sie sagt es selbst. Das alles ängstigt mich so, Amanda.«

Amandas schlanke braune Finger gingen geschickt mit dem Garn um.

»Ich glaube nicht, dass der Mann in einem voll besetzten Zug in ein paar Minuten die Kleidung gewechselt hat«, meinte sie. »Du etwa?«

Er lachte auf. »Nein. Nein, das ist wohl nicht möglich. Obwohl die Menschen höchst erstaunliche Dinge fertig bringen. Aber du hast Recht. Das ist wirklich absurd. Falls es nicht zufällig zwei Männer gegeben hat.«

»Nein, Onkel. Nein, es war nur ein Mann da, aber nicht Martin, er hat nur von weitem wie Martin ausgesehen und war gekleidet wie Martin, und er muss genau Martins Bewegungen und Gangart gehabt haben, sonst hätte sich Meg nicht täuschen lassen. Deshalb ist es jemand, der Martin gekannt hat und –«

»Großer Gott!« Er sah sie entsetzt an. Schmerz und Bestürzung spiegelten sich auf seinem Gesicht. »Du meinst doch nicht etwa, dass der arme Junge irgendwie dahinter steckt, in irgendeiner Anstalt womöglich? Vielleicht selbst unkenntlich, aber jemanden unterweisend, instruierend?«

»Nein, Martin ist tot. Im Krieg gefallen. Der Mann, der sich für ihn ausgab, muss ihn früher gekannt haben. Du hast mir einmal vorgemacht, wie der berühmte Schauspieler Henry Irving sich bewegt hat. Du könntest es jetzt noch, aber du hast ihn seit mindestens vierzig Jahren nicht mehr gesehen. Wenn Albert kommt, werden wir wahrscheinlich erfahren, dass dieser Mann Martin vor Jahren gekannt hat, vielleicht in Frankreich, vor dem Krieg.«

Der alte Herr seufzte. Seine eigene Fantasie hatte ihn erschüttert, und er war nur halb getröstet.

»Vielleicht. Ja, vielleicht ist es so. Aber die Fotografie hier drin? Das ist doch derselbe Mann in derselben Maskerade, nicht?«

Sein Blick war auf die neueste Ausgabe des »Tatler« gefallen, der aufgeschlagen auf der Couch vor ihm lag. Er bückte sich und hob die Zeitschrift auf. Amanda runzelte zum ersten Male die Stirn.

»Das ist wirklich Pech«, sagte sie. »Als Mr Featherstone mich heute Nachmittag angerufen und mir davon erzählt hat und ich dann nachsah, wurde mir ganz übel. Das war sehr geschickt von ihm, wer immer er sein mag, und sehr, sehr böse.«

»Genauso habe ich Martin in Erinnerung. Mit diesem martialischen Schnurrbart, armer dummer Junge.« Der Pastor hielt die Seite dicht vor die Augen, bemüht, auf der glänzenden Oberfläche Züge zu finden, die es niemals gegeben hatte. »Da steht auch der Name, weißt du, der Name darunter.«

»Ja, das alles gehört mit dazu.« Sie war ernstlich beunruhigt und hatte die Stickerei sinken lassen. »Ich wollte es dir gerade sagen, als Meg hereinkam. Ich habe die Redaktion angerufen, und man hat mich mit dem Fotografen verbunden, mit dem ich dann gesprochen habe. Der Fotograf sah Bertie und May Oldsworth auf dem Rennplatz und ging hin, um sie zu knipsen. In der Nähe standen ein paar andere Leute, die mit aufs Bild gerieten, und da er sie nicht kannte, fragte er sie nach dem Namen, wie er das immer tut. An ›Elginbrodde‹ erinnert er sich, weil er es sich buchstabieren ließ.«

»Der Mann hatte seinen Namen als Martin Elginbrodde angegeben?« Der alte Herr starrte weiterhin die kleine Gestalt am äußersten Rand einer Gruppe von Rennplatzbesuchern an. »›Der ehrenwerte Bertie Oldsworth‹«, las er laut vor, »›auf dem Sattelplatz mit seiner Gattin, einer Tochter von Lady Lorradine. Ferner sind auf dem Bild Mr und Mrs Peter Hill und Major Martin Elginbrodde zu sehen.‹ Bei meinem Seelenheil, Amanda, ich kann nicht glauben, dass dieser Mann Martins Namen der Presse angegeben hätte.«

»Natürlich hätte er das, wenn er sich für ihn ausgeben wollte, Onkel. Wahrscheinlich ist er dem Fotorgrafen gefolgt und hat auf eine Möglichkeit gewartet, mit aufs Bild zu kommen.«

»Warum sollte er so grausam sein? Was für einen Gewinn hat er sich davon versprochen?«

Darauf wusste Amanda keine Antwort. Sie versuchte auch nicht, eine zu erfinden. Ihrer Erfahrung nach war Onkel Hubert auf dem Felde der Mutmaßungen unschlagbar.

»Seither haben dauernd Bekannte angerufen – und gefragt, ob Meg das gesehen hat«, sagte sie langsam. »Es werden noch viel mehr Anrufe kommen. Am Mittwoch liest immer alle Welt den ›Tatler‹ beim Tee. Und natürlich werden sie anrufen, solange noch irgendein Exemplar beim Zahnarzt oder bei einem Friseur ausliegt. Das wird Meg gar nicht mögen. Jetzt erwartet sie einen Anruf von Geoff. Hoffentlich habe ich keinen Fehler gemacht. Ich habe Sam eingeweiht.«

»Sam?« Die Miene des Pastors hellte sich auf. »Genau der richtige Mann. Der versteht etwas von der Presse.« Ein liebevolles Lächeln war über sein Gesicht gehuscht, wie immer, wenn er von Sam Drümmock sprach, der das Dachgeschoss gemietet hatte. Dieser ausgezeichnete Sportjournalist lebte mit seiner Frau schon jahrelang dort, und das Verhältnis der beiden Männer zueinander grenzte schier an ein Wunder. Eine Herzlichkeit verband sie, die anscheinend auf völligem Nichtverständnis basierte und von gegenseitigem tiefen Respekt vor dem absolut Unbekannten gefestigt wurde. Es gab keine zwei Männer, die gegenteiligerer Meinung sein konnten, und das Ergebnis war unerwartete Harmonie, so als habe sich unbegreiflicherweise ein Fisch mit einem Hund angefreundet und jeder sei stolz darauf, dass der andere ihm so unähnlich ist.

Amanda seufzte.

»Dann ist es ja gut. Er sitzt oben auf der Treppe mit einem Krug Bier. Meg hat ihre Tür offen gelassen, und sobald Geoff am Apparat ist, ruft er sie. Er ist richtig aufgebracht über das Ganze. Ich habe ihn noch nie so ›rechtschaffen wütend‹ gesehen, wie er es nennt.«

»Sam vergisst, dass dem armen Menschen nicht bewusst ist, was er da anrichtet. – Hallo, da kommt jemand! Ist das Albert?«

Amanda lauschte kurz und versteckte dann das Hemd, an dem sie stickte, unter einem Kissen, wie es jede andere Mutter sechs Wochen vor Weihnachten auch getan hätte.

»Nein, Onkel, das sind die Kinder.«

»Du meine Güte!«, rief er erschrocken aus. »Die habe ich ganz vergessen. Sie müssen von all dem fern gehalten werden,

Amanda. So einer Sache sind sie nicht gewachsen. Das ist nichts für Kinder.«

»Ich weiß, Onkel. Lugg ist bei ihnen. Wir werden dafür sorgen, dass sie nichts erfahren. – Na, wie war's?«

Die Tür war aufgeflogen und hatte drei aufgeregte Personen eingelassen. Zwei davon, beide männlich, waren ganz aus dem Häuschen geraten über das Abenteuer, in einem richtigen Londoner Nebel nach Hause gefunden zu haben. Der eine war sechs Jahre alt, der andere sechzig. Dritte im Bunde war ein Mädchen, blass und ein wenig atemlos von der Anstrengung, auf die beiden anderen aufzupassen. Sie war acht.

Mr Campions Erbe, Rupert, blinzelte in dem hellen Licht. Er war ein schlanker Knabe, rothaarig wie seine Mutter und drahtig. Er besaß die angeborene Sanftmut der Familie seines Vaters, doch im Gegensatz zu seinen Eltern war er schüchtern. Er ging zu seiner Mutter, beugte sich zu ihr vor und vertraute ihr heiser flüsternd seinen privaten Kummer an.

»Die Schuhspanner für Tante Val haben zwei Shilling sechs gekostet.«

»Das macht nichts«, tröstete ihn Amanda. »Damit hast du dein Konto nur um neun Pence überzogen. Das ist nicht so schlimm, wenn man bedenkt, wie die Lebenshaltungskosten gestiegen sind.«

»Bestimmt?«

»Sicher. Wir befassen uns am Ende der Woche mit der Gesamtsituation. – Hat es Spaß gemacht?«

»Und wie!« Mr Magersfontein Lugg, der auf der Schwelle stand, strahlte eine gute Laune aus, die seinem etwas sauertöpfischen Wesen eigentlich fremd war. Er war von großer, rundlicher Gestalt, hatte ein riesiges, weißes Gesicht, kleine, schwarze Knopfaugen und einen schlaff herabhängenden Schnurrbart. Er war seit so vielen Jahren Mr Campions

Freund, Spießgeselle und Kammerdiener, dass gewisse persönliche Eigenheiten, die er besaß, längst von allen, die sie kannten, akzeptiert und verziehen worden waren. Er trug die formelle schwarze Kleidung und den harten Hut eines höheren Bediensteten des vorigen Jahrhunderts, doch damit hatte die Ähnlichkeit ein jähes Ende.

»Macht mir nichts aus, auf Kinder aufzupassen«, verkündete er. »Die Kleine hat mich zweimal vor dem Überfahrenwerden gerettet.«

Das Mädchen lächelte kaum merklich. Sie war nicht sehr groß und nicht sehr füllig. Sie war sehr schlicht gekleidet und zurückhaltend, wie ein Kind nur sein kann, aber die blauen Augen in dem Gesicht mit der kurzen Nase funkelten vergnügt unter den schweren Lidern.

Das war Emily, die Tochter von Mrs Talismans zweitem Sohn, der mit seiner Frau bei einem Bombenangriff getötet worden war. Seither wohnte Emily bei ihren Großeltern im Souterrain.

Pastor Avril vergaß oft, dass sie nicht sein eigenes Enkelkind war, und Mrs Talisman erzog sie so, dass sie sich dieser Ehre würdig erwies.

Rupert sah Mr Lugg ernst an.

»Willst du Mutter zeigen, was du gekauft hast, oder soll es eine Überraschung sein?«

»Lass man, lass man.« Mr Luggs bleiche Haut hatte eine dunkle Röte angenommen, und seine Augen glühten. »Sei kein Spielverderber. Denk an das, was ich dich gelehrt hab'!«

Rupert sagte nichts, aber seine Augen lachten, und er wechselte mit Emily einen heimlichen Blick.

»Es ist eine Überraschung«, folgerte Amanda. »Und ich bin froh, dass ich es weiß, denn Mr Luggs Überraschungen gelingen besser, wenn sie nicht plötzlich kommen.«

»Schon gut, schon gut, ich sag's halt, wenn Sie's unbedingt

wissen müssen. Es ist bloß eine Weihnachtsmann-Maske. Ich hab' sie nur anprobiert, um den Kindern einen Spaß zu machen, und die Verkäuferin hat mich dann überredet, sie zu kaufen.«

Lugg nestelte an der Verschnürung seines zerdrückten Päckchens und hätte seinen Einkauf sofort gezeigt, wenn nicht ein Schlüssel im Haustürschloss gerasselt hätte.

»Oh.« Amanda stand auf. »Lugg, das ist mein Mann mit Inspektor Luke.«

»So, Inspektor Luke«, sagte Lugg, rasch begreifend. »Na dann los, Kinder, ihr müsst eure nassen Schuhe ausziehen oder so. Flott, flott! Wo sollen wir hingehen? Ganz hinauf?«

»Nein, lieber nicht. Mr Drummock bedient für uns das Telefon.«

»Ha.« Die schwarzen Brauen hoben sich. »Allgemeine Mobilmachung, was? Na, dann gehen wir hinunter zu deiner Oma, Emily. Mal sehen, was sie in der Speisekammer hat.«

Sie verschwanden, und der Raum wirkte leer wie eine Bühne nach einer Harlekinade. Der alte Herr lachte.

»Wie glücklich sie sind«, sagte er. »Alle eines Alters. Ach, Albert, mein Junge, komm herein, komm herein. Guten Abend, Chefinspektor, ich fürchte, wir machen Ihnen eine Menge Mühe.«

Diese Begrüßung brachte Charlie Luke, der hinter Campion hereinkam und den Raum allein kraft des Formats seiner Persönlichkeit schier zum Bersten füllte, jählings zum Stehen. Verdacht blitzte in seinen Augen auf. Er hatte immer den Verdacht, dass man ihm Mühe ersparen wollte. Ein durchdringender Blick auf den alten Herrn schien ihn jedoch zu beruhigen. Er lächelte ein Lausbubenlächeln, worauf ihm ein beachtlicher Schock zuteil wurde, als er merkte, dass der alte Pastor es nicht nur gewahrt, sondern auch verziehen hatte. Es war ein Miteinanderbekanntwerden, das da in wenigen Sekunden vor sich ging, wie Mr Campion es noch nicht erlebt hatte.

Die beiden Männer reichten einander die Hand, und nachdem Luke Amanda als alte Bekannte begrüßt hatte, blickte er um sich.

»Wo ist Mrs Elginbrodde? Ist sie gut nach Hause gekommen?«

»Ja. Sie ist oben in ihrem Zimmer. Ich fürchte, ich habe sie aufgeregt.« Der Pastor schüttelte schuldbewusst den Kopf. »Auch das ist gekommen.« Er nahm die Gesellschaftszeitschrift zur Hand, und der Chefinspektor nickte.

»Das haben wir schon auf dem Bahnhof gesehen. Ich fürchte, das wird noch einigen Ärger verursachen. Sir, ich glaube, ich sollte mit der jungen Dame sprechen.«

Amanda erhob sich. »Wir gehen hinauf. Habt ihr etwas herausgebracht?«

»Ein wenig. Nichts Entscheidendes«, murmelte ihr Mann, der unglücklich wirkte. »Kommen Sie, Charles.«

Meg Elginbroddes Wohnzimmer befand sich direkt über demjenigen, das sie soeben verlassen hatten, doch es war ganz anders eingerichtet. Ein berühmter Innenarchitekt hatte es ausgestattet, und zwischen den damastverkleideten Wänden und dem dunkelgoldenen Teppich entfaltete sich jede zulässige Farbnuance und Materialart von bronzefarbenem Samt bis zu scharlachrotem Leinen, gesprenkelt und abgesetzt mit gewagt porzellanblauen Tupfern. Nach einem skeptischen Seitenblick gelangte Luke plötzlich zu der Einsicht, dass es ihm überaus gut gefiel, und er schaute sich gründlich um.

Auf einem eleganten Beistelltischchen zwischen den Fenstern lagen Spuren von Megs eigener Kunst, Kleiderentwürfe, Stoffproben, Borten- und Tressenmuster und die blauen, dünn gestrichelten Zeichnungen, nach denen Schmuckhersteller arbeiten. Seit Campions berühmte Schwester, Val, das

Haute-Couture-Haus Papendeik übernommen hatte, hatte sie mehrere junge Talente gefördert, und Meg Elginbrodde gehörte zu ihren erfolgreichsten Entdeckungen.

Die junge Frau saß in einem kleinen, vergoldeten Lehnstuhl am Kamin, als sie eintraten, und erhob sich, um sie zu begrüßen. Sie hatte sich umgezogen und trug nun ein langes graues Kleid, das ihre Schlankheit betonte und der weißgoldenen Glätte ihres Haares schmeichelte, doch sie wirkte jetzt älter als auf dem Bahnhof. Das emotionale Erlebnis, das sie durchmachte, hatte sie gezeichnet, ihre Muskeln waren verkrampft und ihre Augen traurig über die neuen Erkenntnisse, die sie von sich gewonnen hatte.

»Wer ist er? Haben Sie es herausgebracht?« Sie sprach zu Luke wie zu einem Freund und begegnete etwas Neuem in seiner Haltung. Er war wachsam geworden und neugierig, und Campion, den er nervös zu machen schien, beeilte sich zu antworten.

»Er heißt Walter Morrison.«

»Gewöhnlich ›Duds‹ genannt. Sagt Ihnen das etwas?«

»Nein.« Ihre Augen blickten ihn ratlos an. »Nein. Sollte es?«

»Nicht unbedingt. Er ist vor sechs Wochen aus dem Gefängnis von Chelmsford entlassen worden. Er hatte mit einem anderen Mann einen Raubüberfall begangen. Die beiden waren mit einem Messer und einer zerbrochenen Flasche bewaffnet und überfielen zwei Betrunkene. Ein Streifenwagen kam dazu, und die beiden wurden geschnappt. Sie sagten natürlich nichts, aber ihre Fingerabdrücke waren aktenkundig, deshalb entging ihnen nichts, was ihnen zustand. Der andere Mann bekam die vollen zehn Jahre, die auf bewaffneten Raubüberfall stehen. Bei Duds erkannte das Gericht nur auf ›Körperverletzung mit Raubabsicht‹, und er bekam die Höchststrafe von fünf Jahren. Besonders gut kann er sich im

Knast nicht betragen haben. Er hat keinen Straferlass bekommen.«

Meg sah ein bisschen benommen aus.

»Das macht es vollends unverständlich«, sagte sie leise. »Ist das alles, was Sie über ihn wissen?«

»O nein. Er war schon vorher öfter im Gefängnis, wegen verschiedener Sachen, Betrug, Nötigung, Tätlichkeiten. Danach war er fünf Jahre lang wie vom Erdboden verschwunden, was den Schluss nahe legt, dass er sich in der Obhut der Armee befand. Was auch zutraf.«

»War er zu irgendeiner Zeit in Martin Elginbroddes Einheit?«, erkundigte sich Amanda mit ihrer kühlen Stimme.

»Das steht noch nicht fest.« Luke sah sie an und signalisierte ihr eine Frage, die sie nicht verstand oder nicht verstehen wollte. »Er behauptet natürlich, nie etwas von ihm gehört zu haben. Er gibt an, dass er von Beruf Schauspieler ist. Das bedeutet vermutlich, dass er mal eine Zeit lang beim Theater war. Er hat uns eine Wanderbühne genannt, und wir sind eben dabei, das nachzuprüfen. Es wird uns nicht viel weiterbringen.« Er spähte zu Meg hinüber. »Oder doch?«

»Jedenfalls hat er einen höchst professionellen Schnurrbart«, murmelte Mr Campion.

Meg hob den Kopf. »Was für eine Erklärung hatte er für den Schnurrbart?«

»Ach, er hat gesagt, er habe früher einen getragen, habe ihn aber im Knast eingebüßt und wolle sich vor seinen Freunden nicht ohne präsentieren. Er hat seine jetzige Adresse angegeben, die wir augenblicklich nachgeprüft haben. Nachdem wir ihn hatten laufen lassen –«

»Sie haben ihn laufen lassen!« Meg schaute ihn fassungslos an.

»Wir konnten ihn nicht festhalten, Gnädigste!« Es klang

entrüstet. »Wir können einen Mann nicht festhalten, weil eine Dame sich einbildet, in ihm ihren Mann zu erkennen.«

»Er ist doch weggelaufen!«

Luke öffnete den Mund, verbiss sich dann jedoch eine Entgegnung. Er warf hoffnungsvoll einen Blick auf Mr Campion, der es auf sich nahm, ihr die Sache zu erklären.

»Wenn die Polizei einen Mann verhaftet, ist sie verpflichtet, ihn sobald wie möglich einem Richter vorzuführen. Diesem Morrison konnte aber bis jetzt nicht einmal nachgewiesen werden, dass er sich mit einem falschen Schnurrbart fotografieren ließ und dich mit den Bildern gequält hat. Und selbst wenn man es ihm nachgewiesen hätte – ich bezweifle, dass damit der Tatbestand des groben Unfugs erfüllt gewesen wäre. Deshalb haben wir gehofft, dass er dich ansprechen würde. Sobald er Geld verlangt oder Drohungen geäußert hätte, wäre der Zweck seiner Maskerade irgendwie zu Tage getreten.«

Sie schüttelte verwundert den Kopf.

»Wir hatten nur das Recht, ihn zur Vernehmung mitzunehmen, weil er weglief. Hätte er einfach den Hut gelüftet und sich entfernt, dann hätten wir ihn kaum daran hindern können. Die Gerichte kennen keinen Spaß, wenn das Thema ›polizeiliche Drangsalierung eines Vorbestraften‹ angeschnitten wird. Aber wir haben den Kerl jetzt aufs Korn genommen. Das weiß er auch und –«

Das Schrillen des Telefons draußen auf dem Treppenabsatz schnitt ihm das Wort ab. Meg sprang sofort auf. Sie tat es unbewusst, und ebenso unbewusst warf sie einen Blick auf die Uhr auf dem Kaminsims. In der eingetretenen Stille entsannen sich alle, dass Geoffrey Levett versprochen hatte, um fünf anzurufen. Draußen auf dem Gang wurde eine ausdruckslose Stimme laut.

»Hallo, hallo. Ja, so ist es. Nein, Sie können nicht mit ihr sprechen. Tut mir Leid.« Der Tonfall war geduldig, doch völlig unnachgiebig. »O ja, Ihren Namen habe ich. Ja, sie hat es gesehen. Ja, es war allerdings ein großer Schock. Jemand hat sich einen Scherz erlaubt. Ausgesprochen schlechter Geschmack. Nein, ich bin ganz Ihrer Meinung. Adieu.«

Der Hörer wurde aufgelegt, und dem schwachen Geräusch folgte ein Brüllen, das am anderen Ende eines Sportplatzes hörbar gewesen wäre.

»Meg, Mädchen!«

»Ja, Onkel Sam?«

»Die verwitwete Lady Totham, Park Street. Der siebzehnte Anruf.«

»Danke, mein Lieber.« Sie seufzte und setzte sich wieder. »So geht das die ganze Zeit. Sam hat eine Liste angelegt. Hoffentlich ist die Leitung nicht dauernd blockiert, wenn Geoff anrufen will. Entschuldigen Sie, Chefinspektor, was haben Sie gesagt?«

Luke schaute sie an. Seine Hände steckten in den Taschen. Er hatte sich offensichtlich entschlossen, reinen Tisch zu machen.

»Mrs Elginbrodde«, sagte er schroff, »wie gut kannten Sie überhaupt Ihren Mann, als Sie ihn heirateten?«

Mr Campions Gesicht wurde ausdruckslos, und Amanda blickte überrascht auf. In ihren braunen Augen lag Abneigung gegen Luke, er merkte das, war jedoch an Abneigung gewöhnt.

»Sehen Sie, es ist nämlich so«, fuhr er fort, alle ins Vertrauen ziehend. »Nachdem ich mit Duds gesprochen habe, ist mir klar, dass er ein aalglatter Bursche ist. Nette Stimme. Plausibel. Könnte aus einem guten Stall kommen, wie man so sagt. Könnte sich im Krieg sehr wohl bewährt haben.«

Pastor Avril, der ganz still in der dunkelsten Ecke des Raumes gesessen war, beugte sich vor.

»Falls Sie fragen möchten, ob er jemals eine schwere

Krankheit oder eine Nervengeschichte hatte, das wissen wir nicht«, erklärte er. »Ich habe ihn nicht von Kindesbeinen an gekannt, und als mir seine Großmutter aus Frankreich schrieb, erwähnte sie nichts dergleichen. Ein Neffe von mir hat ihn kurz nach Kriegsanfang hier eingeführt. Später, als er aus dem Mittleren Osten zurückkehrte, war er oft bei uns. Ich fand, Meg und er seien zu jung zum Heiraten, aber das Leben war damals kürzer. Jugend ist schließlich ein relativer Begriff.«

Der Chefinspektor zögerte, aber seine klugen Augen lächelten den alten Herrn an.

»Sofern Sie mit dem jungen Mann zufrieden waren, Sir«, sagte er, »sofern Sie Erkundigungen über ihn eingezogen haben –«

»Erkundigungen?«

Luke seufzte. »Weder Mr Campion noch ich haben Mr Elginbrodde gekannt. Heute haben wir einen Mann namens Duds Morrison vernommen. Es gibt fünf Jahre in Morrions Leben, die aus unserer Sicht nicht belegt sind, und während dieser fünf Jahre hat Elginbrodde Ihre Tochter kennen gelernt und geheiratet. Ich will nur ganz genau feststellen, dass es sich nicht um denselben Mann handelt.«

Meg starrte ihn an. In ihrer Verblüffung überhörte sie sogar das Klingeln des Telefons vor der Tür.

»Aber ich habe ihn gesehen.«

Luke betrachtete sie gelassen. »Das weiß ich.« Dann fügte er mit einer gereizten Geste, die sein offizielles Gebahren zerstörte, hinzu: »Sie sind auch nur ein Mensch, oder?«

»Aber natürlich.« Zur allgemeinen Verwunderung erhob sich der Pastor, trat vor und ergriff die Hand seiner Tochter. »Natürlich«, wiederholte er. »Dieser junge Mann muss sich davon überzeugen, Meg. Du meine Güte. Es dient keinem guten Zweck, die Möglichkeit der Sünde auszuschließen.«

Lukes Lächeln wurde allmählich breiter. »Dann ist ja alles in Ordnung. Sie müssen sich ihn mal selbst ansehen, Sir –«

»Ist ein Chefinspektor der Polizei hier drin, Meg? Ein gewisser Luke?« Die lautstarke Frage vom Treppenabsatz her schnitt ihm das Wort ab und ließ ihn zur Tür eilen. »Irgendeine Dienststelle, dringend.«

Alle lauschten dem folgenden Gespräch, das jedoch nicht sehr aufschlussreich war.

»Wo?«, fragte Luke nach langem Schweigen. Dann: »Aha. Gut. Ich komme gleich. Hat keinen Sinn, in diesem Nebel einen Wagen zu schicken.«

Er kam wieder herein. Seine Wangen waren gerötet.

»Ich fürchte, es muss noch heute Abend sein, Sir«, sagte er zu Avril. »Und ich muss auch Sie ersuchen, Mr Campion, mich zu begleiten. Ich war nicht ganz auf der Höhe. Soeben hat man Duds in einer Seitengasse der Crumb Street gefunden. Man kann ihn nach allem, was ich gehört habe, als mausetot bezeichnen.«

Mr Campion erhob sich langsam.

»So bald schon?«, murmelte er. »Das ist ein Minuspunkt für uns, Charles. Ich habe mich gefragt, ob mit etwas Derartigem zu rechnen sei, aber ich hätte nicht gedacht, dass es so – so prompt erfolgen würde.«

»Soll das heißen, dass er ermordet worden ist?« Meg war sehr blass.

Luke lächelte sie geistesabwesend an. »Er ist nicht an Altersschwäche gestorben.«

Der Pastor stand auf. »Wir müssen sofort gehen«, sagte er.

Als sich die Haustür hinter den drei Männern schloss und ihr deutliches Zuschlagen in der oberen Wohnung widerhallte, ging Meg einmal durchs Zimmer und zurück.

»Ich liebe Geoffrey«, sagte sie.

»Ja.« Amanda regte sich nicht. Ihre Augen wirkten warm und honigfarben im Feuerschein. »Das merkt man, wenn du nichts dagegen hast. Hattet ihr heute Nachmittag Streit?«

»Nein, ich wollte ihm nur alles erklären, was dumm von mir war. Ich dachte, ich kenne Geoff, aber ich kenne ihn nicht, Amanda. Ich liebe ihn wahnsinnig, aber ich kenne mich in ihm überhaupt nicht aus.« Sie sah plötzlich so jung aus, dass die andere Frau den Blick abwandte.

»Das ist im Moment kaum anders zu erwarten«, meinte sie. »Eine Heirat kompliziert immer alles, findest du nicht? Ich weiß, es hat keinen Zweck zu sagen, mach dir keine Sorgen, aber ich glaube, du musst warten. Warten ist eine ganz große Kunst.«

»Der grässliche Kerl auf dem Bahnhof war nicht Martin.«

»Natürlich war er es nicht.«

»Der Chefinspektor hat mir nicht geglaubt.«

»Luke kannte sich nicht aus. Als er mit Morrison sprach, muss ihm klar geworden sein, dass es sich nicht um Erpressung handelt. Jetzt ist er natürlich wütend über sich selbst.«

»Weil er nicht erraten hat, dass der Mann umgebracht wird?«

»Tja«, sagte Amanda, tief in Gedanken. »Er hat nicht gerade gut aufgepasst.«

Meg versuchte, über Morrison nachzudenken, gab es dann jedoch auf.

»Angenommen, Geoff ruft nicht an.«

»Ach, der ruft schon noch an, Mädchen.« Die Tür wurde von einem weichbesohlten Schuh weiter aufgestoßen, und Sam Drummock kam vorsichtig herein. Er trug zwei Tulpengläser, die zu voll waren, und er trat sehr behutsam auf, wie ein dreijähriges Kind, das einen Krug trägt. Er war ein runder Mann mit einem runden, kahlen Kopf. Er hatte kleine, kluge Augen und ein rotes Gesicht, und im Moment war er in sein

Arbeitsgewand gekleidet. Es war eine Art hochgeschlossene Schlafanzugjacke aus schwerer Shantungseide und wurde zu einer grauen Flanellhose getragen. Seine kleinen, runden Füße steckten in glänzend roten Pantoffeln, und seine Gesamterscheinung vermittelte den Eindruck der höchst konventionellen Tracht irgendeines fremden Landes.

»Gin Sling«, erklärte er, jeder der Damen ein Glas reichend. »Selbst gemixt, daher weiß ich, dass er gut ist. Tut richtig wohl. Ihr braucht das. Ich hole nur noch meine Kanne von der Treppe.«

Er bewegte sich so rasch und leicht wie ein Boxer und kam gleich wieder zurück, einen schimmernden Zinnkrug in der Hand.

»Ich habe gelauscht«, gestand er fröhlich. »Jemand ist umgebracht worden, was? Schlimm. Aber mach dir nichts daraus. Gott sei Dank, dass nicht wir es sind.« Ein kleines, glucksendes Lachen entschlüpfte ihm, und er wanderte hinüber zu einem Sekretär, auf dem der Entwurf für ein wunderbares Hochzeitskleid lag. »Das werde ich an meinem Herzensmädchen sehen«, sagte er voll Genugtuung zu Amanda. »Ich werde in der ersten Reihe sitzen und meinen Zylinder auf den Knien halten. Wenn der alte Bischof es nicht mehr erlebt – er sieht seit einiger Zeit nicht besonders gut aus – und Hubert die beiden trauen muss, spiele ich Brautvater. Übrigens, Meg –«

»Ja?«

»Es belastet mich, und daher muss ich es dir sagen. Das Mädchen in Geoffs Büro hat wieder angerufen. Er hat einen Anruf vergessen, den sein Pariser Agent oder Makler oder wie man das nennt, für ihn vorbestellt hat. Er soll sofort telefonieren, wenn er hier ankommt.« Sam war besorgt, aber das ging gleich wieder vorbei. »Vielleicht ist er ein Gläschen trinken gegangen, oder zwei, was?«

»Das sähe ihm nicht ähnlich.«

»Richtig.« Sein Gesicht verschwand im Krug und tauchte erfrischt wieder auf. »Aber wenn es wirklich Martin wäre, dann würde ich mir gar nichts weiter denken.«

Amanda zögerte. »Ich habe Martin natürlich nicht gekannt. War er ein leichtsinniger Mensch?«

»Martin?« Sam legte den Kopf zurück und lachte krächzend. »Er war ein Draufgänger. Ein flotter, umwerfender Bursche. Aber wir wollen nicht von ihm sprechen. Das ist vorbei und erledigt. Mein Herzensmädchen wird mit einem großartigen Menschen glücklich sein. Sie bekommt einen guten, treuen, vernünftigen Mann.« Er fixierte die Besucherin mit einem ernsten Blick. »Ein feiner Kerl«, erklärte er. »Und ich weiß, was ich sage. Ein ehrlicher, sauberer Kerl.«

Das Letztere war offenbar das höchste Lob, das er zu spenden vermochte. Er zögerte, warf einen Blick zur Tür, und Ratlosigkeit ging von ihm aus.

»Wenn er aber nicht flach auf dem Rücken unter einem Bartisch liegt, warum ruft er dann in drei Teufels Namen nicht an?«

3

Es ist nicht leicht zu bestimmen, wann Feindschaft beginnt, wann jene Macht entsteht, die sich teils aus Angst, teils aus Rivalität und teils aus unverhohlenem Selbsterhaltungstrieb zusammensetzt, aber es geschah während des bitterkalten Fußmarsches, dass Charlie Luke Wut auf den Mann bekam, der sein Erzfeind werden sollte.

Wie Amanda vermutet hatte, war er wütend über sich selbst. Seine Aufgabe war es, einen Übeltäter zunächst aufzuspüren und dann lebend herbeizuschaffen, und so erzürnte es ihn aufs Höchste, dass er die Angst missachtet hatte, die so deutlich in dem blassen Gesicht über dem grotesken Schnurrbart zu sehen gewesen war. Es war ein berufliches Versehen schlimmster Sorte gewesen, das er sich nicht verzeihen konnte.

Doch hinter seiner Selbstkritik verbarg sich noch etwas. Eine Ahnung, geboren aus der Erfahrung, sagte ihm, dass ihm etwas Seltsames und Gefährliches bevorstand. Ein Geruch nach Tiger wehte ihn aus dem Nebel an.

Der Weg als solcher war ein Erlebnis. Ohne den alten Avril, der sich auch mit verbundenen Augen in seiner Pfarrei ausgekannt hätte, hätten sie es nie geschafft. Der Nebel war nun ganz arg, er wälzte sich vom Fluss her, dick wie ein Federbett. Er hing zwischen den Straßenlaternen, und da in jener Gegend die Architektur ziemlich gleichförmig ist und alle Straßen Kurven bilden, in denen man selbst bei Sonnenschein im Kreis gehen kann, wirkte die Meile vom Pfarrhaus zur Crumb Street wie ein Irrgarten. Doch der Pastor schritt rasch und zuversichtlich aus.

Hinter seinem Onkel gehend, musterte Mr Campion liebevoll die etwas pittoreske Gestalt. Vor allem Pastor Avrils Mantel war bemerkenswert, ja auf seine Art sogar berühmt. Er reichte bis zu den Stiefeln und war bis weit unter die Knie mit einer Doppelreihe von Hornknöpfen geschlossen, jeder so groß wie eine kleine Untertasse. Außerdem hatte er, da er aus dem Plaid eines Schafhirten gefertigt zu sein schien, im Laufe der Jahre ganz die Form der Gestalt des alten Herrn angenommen, einschließlich der Ausbuchtung in seiner rechten Jackentasche, wo er seine Tabaksdose stecken hatte.

Der Pastor führte seinen Neffen und Charlie Luke durch mehrere Abkürzungen zur Crumb Street, in deren Mitte sie nach einem letzten Spurt durch eine pechschwarze Gasse herauskamen, kaum einen Steinwurf vom Polizeirevier entfernt. Hier blieb er stehen und blickte sich nach den andern um.

»Nun, wo ist der arme Kerl?«

»Im Pump Path«, antwortete Luke prompt. »Gleich da rechts.«

Hier kannte sich Luke bestens aus und übernahm die Führung. Er ging vorbei an geschlossenen Läden und dem Gasthaus »Four Feathers«, vor dem einige Gestalten herumlungerten. Kurz darauf glänzte es an der Einmündung eines Gässchens silbern auf, und ein Schutzmann salutierte, als er Luke erkannte.

»Der Tote liegt am anderen Ende, Sir, an der Ecke Bourne Avenue. Sie brauchen eine Taschenlampe. Da drin ist es ganz düster.«

Luke hatte bereits eine hervorgeholt, die einen ziemlich scharfen Lichtstrahl spendete. Dennoch ging es nur unter Schwierigkeiten vorwärts.

Das Steinpflaster war äußerst abgenützt und senkte sich von beiden Seiten zu einer Abflussrinne in der Mitte, die hohen Mauern aber, die die Gasse säumten, neigten sich gegeneinander, und ihre dunklen Flächen waren kahl wie Klippen.

»Was für ein Ort zum Sterben!« Der Chefinspektor äußerte es angewidert.

»Oder zum Leben, immerhin.« Mr Campions Stimme klang freundlich. Er hatte soeben das Ende der Mauer erreicht und war auf einen schiefen Holzzaun gestoßen, der ausgesprochen rustikal wirkte. Ein Stück dahinter leuchtete das Viereck eines kleinen Fensters orangefarben durch den Nebel.

»Hintergarten von Haus Nummer siebenunddreißig, Grove Road«, erläuterte Luke über die Schulter. »Das Letzte seiner Art. Bietet im Sommer einen fantastischen Anblick. Möchte wissen, ob der alte Mann, der dort wohnt und das

Anwaltsbüro sauber hält, heute Abend etwas gehört hat. Aufgepasst, da muss es irgendwo einen Knick geben … Ah!«

Der Strahl der Taschenlampe beschrieb einen Bogen, sie folgten ihm und erreichten den Tatort. Er bot ein dramatisches Bild. Ein einfallsreicher Schutzmann hatte eine der alten Petroleumlampen aufgestöbert, die einzig wirkungsvolle Beleuchtung bei Nebel. Wie ein wehender Federbusch prasselte und zischte sie über den Köpfen der Männer in der finsteren Spalte, ihr wirbelnder Rauch vermengte sich mit den anderen Dämpfen und bildete Wolken über ihnen.

»Chef?« Die forsche Stimme Sergeant Picots klang hohl herüber, und seine gedrungene Silhouette löste sich von der dunklen Masse.

»Na, George.« Luke gab sich entschlossen munter, wie stets. »Was haben wir da?«

»Eine ganze Menge, Sir. Kommen Sie durch? Nicht viel Platz hier. Der Doktor ist da.« Das Letztere sollte wohl eine gut gemeinte Warnung sein. Sie näherten sich vorsichtig, das Grüppchen teilte sich vor ihnen.

Duds war in einem Loch gestorben. In dem engen Winkel, wo zwei Wände aufeinander stießen, befand sich eine Nische von etwa dreißig Zentimeter Breite und einem halben Meter Tiefe, und dort war sein Körper eingeklemmt worden, sitzend, mit angezogenen Knien, das Kinn auf der Brust. Es schien unfassbar, dass ein Mensch so wenig Platz einnehmen konnte. Da saß er, ein Häufchen Abfall, und der rote Schatten, der sich auf seinem Sportsakko ausbreitete, war über seine Hände auf die Steine geronnen. Er wirkte sehr klein und unbedeutend, kaum schreckerregend.

Luke hockte sich auf die Fersen, und der Schutzmann brachte die Lampe einen Schritt näher. Picot beugte sich zu seinem Vorgesetzten.

»Einer unserer Leute hat ihn um 18.40 Uhr gefunden, aber

er kann schon seit einer Stunde oder noch länger hier gewesen sein«, murmelte er. »Dieser Weg wird nicht oft benützt, und außerdem möchte ich bezweifeln, dass ihn irgendein Passant bemerkt hätte, der es eilig hatte.«

»Oder stehen geblieben wäre, falls er ihn doch bemerkt hätte«, meinte Luke, der aufstand, um Mr Campion Platz zu machen. »Wie viel Uhr war es genau, als er uns heute Nachmittag verließ?«

»Nach fünf, Sir. Genauer kann ich es nicht sagen. Ich hatte gehofft, Sie wüssten es. Ich bin sofort hierher gekommen, nachdem ich die Meldung erhalten hatte. Der Fotograf war auch schon da. Hier ist der Doktor, Sir.«

Der Hinweis war kaum nötig. Seit einiger Zeit war ein beständiges Gebrummel in der Nähe des Ellbogens des Chefinspektors zu hören. Nun wandte Luke den Kopf dorthin.

»Seltsam, dass wir Sie immer beim Abendessen stören müssen, Doktor«, sagte er mild in die Dunkelheit hinein. »Ich habe auch einen Pastor mit dabei. Nichts für ungut. Ich dachte nur, Sie wollten informiert sein.«

Das Gebrummel brach jäh ab, und eine spitze Schulmeisterstimme bemerkte ätzend: »Zu freundlich von Ihnen, sich um meine unsterbliche Seele zu sorgen, Chefinspektor. Ich habe alle Bemühungen um die Ihre bereits aufgegeben. Ich warte hier seit einer halben Stunde, und jede Art von Untersuchung ist unter diesen Umständen natürlich völlig sinnlos. Lassen Sie ihn zu mir bringen, und ich nehme die Obduktion morgen um neun vor.«

»Gut.« Luke drehte den Kopf nicht um. »Bevor Sie gehen – was war los? Durchgeschnittene Kehle?«

»Die Blutung? Aber nein. Das kommt von der Nase.«

»Was Sie nicht sagen!« Die Stimme des Chefinspektors klang erleichtert. »Er hatte also Nasenbluten, hat sich hingesetzt und ist gestorben?«

»Nur wenn er sich dabei mit solcher Wucht einen Schlag versetzte, dass die Schädeldecke zertrümmert wurde.« Seine Stimme verriet Belustigung. »Ich glaube, Charles, dass da jemand nachgeholfen hat. Ich möchte mich nicht festlegen, aber ich möchte sagen, dass es von einem Stiefel herrührt. Morgen werden wir es genau wissen.«

»Können wir sein Gesicht waschen?«

»Wenn es Ihnen Befriedigung gewährt. Guten Abend.« Er trottete davon, und der Nebel verschluckte seine füllige Gestalt.

»Können wir sein Gesicht einigermaßen hinkriegen, sodass man es ansehen kann?«

»Hier, Sir?«

»Ja, bitte. Es ist jemand da, der es sich ansehen soll. Na los, machen Sie schon.« Er verstummte, als Campion seine Schulter berührte. Der alte Avril war in den Lichtkreis getreten und stand nun gebeugt vor den sterblichen Überresten des unseligen Duds. Er hatte sein Haupt entblößt, sein unordentliches, strähniges Haar stand wie hartes Gras von seinem Kopf ab. Mit einem großen, weißen Taschentuch wischte er behutsam das Blut vom Gesicht des Toten, ungeübt, aber mit einer gewissen umständlichen Sorgfalt, als putzte er einem erkälteten Kind die Nase. Er zeigte keine Anzeichen von Widerwillen. Der Chefinspektor verhielt sich ganz still. Er stand gespannt und mit geschärften Sinnen da, seine Augen funkelten.

»So«, sagte der Pastor schließlich, anscheinend zu dem Toten, und er schaute das nicht mehr erschreckende, sondern nur noch schmutzige und ergreifende Gesicht lange an. Dann zog er die Lider über die glanzlosen Augen herab. »Armer Junge.«

Als Avril die Hände des Toten nahm, um sie zu falten, fiel sein Blick auf den Jackettärmel, und er merkte auf. Er hob den rechten Arm an und fuhr mit der Hand bis zum Ellbogen.

»Licht, bitte«, ersuchte er, und Lukes Taschenlampe leuchtete sofort hin. Der Strahl fiel auf einen sauberen Lederflicken am Ellbogen und einen kleineren am unteren Ärmelrand. Es war gute Laienarbeit, wie ein Soldat es gemacht hätte.

»Kennen Sie ihn, Sir?«

Der alte Herr antwortete nicht. Er faltete die Hände des Toten und richtete sich auf. Er beugte sich zu Luke vor.

»Ich möchte mit Ihnen sprechen.«

»Gut, Sir.«

»Wohin bringen Sie den armen Kerl? Können wir mitgehen?«

»Nein, Sir. Wir gehen ins Revier, wenn Sie nichts dagegen haben. Es ist gleich um die Ecke. Der Tote muss ins Leichenhaus. Der Wagen ist sicherlich schon da.« Luke sprach bestimmt, doch respektvoll, und der alte Herr nickte. Die beiden schienen einander völlig zu verstehen, wie Mr Campion bemerkte, als seien sie ganz alte Bekannte.

Picot trat zurück, um einen Befehl zu erteilen. Die Atmosphäre des gesamten Vorgangs hatte sich abrupt gewandelt. Die Unsicherheit war verschwunden, und Leben war zurückgekehrt.

Während Mr Campion seinem Onkel das Taschentuch abnahm, das dieser schon in die eigene Tasche stopfen wollte, erteilte Luke Instruktionen.

»Ist Slaney hier?«, erkundigte er sich und sprach rasch weiter, als ein kompakter Schatten aus der Dunkelheit herbeieilte. »Mrs Gollie, Bill. Sie kennen sie gut, was? Gehen Sie doch schnell mal in das Gasthaus ›Four Feathers‹ und trachten Sie, etwas zu erfahren. Sie wird schon den Mund aufmachen, und vielleicht lässt sich aus dem, was sie sagt, etwas Brauchbares aussortieren. – Coleman!«

»Hier, Sir!« Die junge Stimme hinter Campion klang unsicher vor Beflissenheit, und eine stämmige Gestalt schob sich an ihm vorbei.

»Also, ein Stück weiter unten ist ein niedriger Zaun mit einer Pforte darin. Falls Sie die Pforte nicht finden, springen Sie über den Zaun. Sie werden ein erleuchtetes Fenster sehen, an dieses Fenster klopfen Sie, dann geht gleich die Tür daneben auf. Drin finden Sie einen kauzigen Alten, der Creasey heißt. Hören Sie ihm zu, und wenn Sie nicht die Geduld verlieren, werden Sie mal ein guter Polizist. Falls Sie aus ihm herausbringen, ob er heute Abend zwischen 17.30 und 18.40 Uhr in seiner Gasse etwas Ungewöhnliches gesehen oder gehört hat, dann bringen Sie es womöglich noch zum Kriminalbeamten. Er war bestimmt zu Hause. Er hat eine bettlägerige Mutter. Alles klar?«

»Ja, Sir.«

»Dann los. Ist Sergeant Branch in der Nähe? Ach, da sind Sie ja, Henry. Verständigen Sie seine Verwandten, sie heißen Atkins. Mrs Atkins ist seine Schwester. Sie wohnen in Tufnell Park. Ich muss hier irgendwo die Adresse haben. Ich habe sie mir heute Nachmittag notiert, als ich mich bei ihm erkundigt habe. Da ist sie schon. Smith Street 22. Kümmern Sie sich darum?«

»Wird gemacht, Sir.«

Die Zahl der Beamten hatte abgenommen, und die Besatzung des Leichenwagens trat in Aktion. Luke fasste Campion und Avril unter und führte sie beiseite.

»Wir müssen zurück«, sagte er. »Der Chef wird inzwischen eingetroffen sein. Nun, haben Sie ihn gekannt?«

Die Taschenlampe in der Hand, die unter Campions Arm steckte, bewegte sich in diesem Moment zufällig, und der Strahl glitt über das feine alte Gesicht.

»Nein. Er ist mir völlig fremd«, antwortete der Pastor bedauernd. »Martin hätte ich erkannt. Martin hätte ich überall erkannt. Er war ein ungewöhnlicher, ausgeprägter Typ. Dieser arme Junge sah ihm überhaupt nicht ähnlich.«

Sie traten aus der Gasse und befanden sich auf einem breiteren Gehsteig. Alle drei gingen sehr rasch, drei hoch gewachsene Männer, die Köpfe dicht beieinander.

»Aber das Jackett«, begann Luke, und Avril nickte.

»Das Jackett hat Martin gehört und kommt aus meinem Haus.«

»Was? Wann? Ich meine, wann haben Sie es zuletzt gesehen?«

»Ich habe versucht, mich zu erinnern. Ich weiß es nicht genau. Ich achte nicht besonders auf solche Dinge. Vor ein paar Wochen, vielleicht. Vielleicht vor zwei Monaten.«

Luke spitzte die Lippen, um zu pfeifen, unterließ es dann aber. Sie waren vor dem Revier angelangt, und er führte sie in das nach Karbol riechende, karg eingerichtete Innere und weiter in sein bescheidenes Büro. Selbst hier war der Nebel eingedrungen und hing wie Rauchschwaden in der Luft. Doch die Beleuchtung war recht gut und enthüllte den beiden jüngeren Männern etwas, was sie vorher nicht bemerkt hatten, nämlich, dass der Pastor nicht ungesäubert nach Hause geschickt werden durfte. Wachtmeister Galloway, ein pausbäckiger junger Mann, der Lukes Schreibarbeiten erledigte, sprang hinter seinem Schreibtisch auf, zweifellos in der Annahme, ein Mörder sei auf frischer Tat ertappt worden, und sogar Mr Campion machte ein erschrockenes Gesicht.

»Na ja«, sagte Luke, den alten Herrn fassungslos anstarrend. »Wir begeben uns lieber in den Waschraum. Hat der Chef schon angerufen, Andy? Gezeigt hat er sich wohl noch nicht?«

»Nein, Sir. Aber etwas anderes wäre da. Man hat sich mehrmals nach Mr Geoffrey Levett erkundigt. Seine Sekretärin ist völlig außer sich. Er sollte heute Abend auf einem Essen sprechen, ziemlich große Sache, und ist nicht gekommen. Die Sekretärin und auch Mrs Elginbrodde haben gemeint, er könnte sich mit Ihnen in Verbindung gesetzt haben. Sie machen sich große Sorgen.«

Die beiden jüngeren Männer wechselten einen Blick, dann zuckte Luke die Achseln und berührte Avrils Arm.

»Kommen Sie jetzt mit, Sir«, forderte er ihn auf und fuhr mit seinen Fragen im Waschraum fort.

»O nein, mein Lieber, es ist nicht Jahre her.« Avril stand in Hemdsärmeln da und sprach zu Lukes Nacken, während der Chefinspektor das Vorderteil des berühmten Mantels mit einem nassen Handtuch abrieb. »Dieses Jackett, das man kaum verwechseln kann, hing jahrelang in der Garderobe des Pfarrhauses, aber es war noch vor recht kurzer Zeit da. Es war bestimmt noch diesen Winteranfang da.«

»Woher weißt du das, Onkel?« Mr Campion ließ warmes Wasser über die alten Hände laufen, schlanke, ungeschickte Gelehrtenhände, und er drückte ein Stück Seife zwischen ihre Finger, während er sprach.

»Weil ich es dort gesehen habe, als ich am ersten kalten Herbsttag meinen dicken Mantel nahm, der darüber hing. Das war am Saint-Matthews-Tag, am 21. September, äußerst früh für eine solche Kälte. Uns alten Männern fällt so etwas auf.« Avril nahm die Seife und wusch sich die Hände folgsam wie jemand, der Tyrannei in kleinen Dingen gewöhnt ist. Er ging gründlich zu Werke, wie man es ihm beigebracht hatte. Er hatte ganz offensichtlich keine Ahnung, was er tat, und seine Augen blickten ernst und nachdenklich. »Ja, damals hing es noch dort. Das ist keine sieben Wochen her. Ich habe immer etwas darüber gehängt, weißt du, und ich habe etwas gesucht, womit ich es zudecken könnte. Da war ein Regenmantel, und den habe ich darüber getan.«

»Warum?«

Der Pastor griff nach dem Handtuch. »Weil ich dachte, Meg könnte hereinkommen und es sehen. Es hat mich immer so lebhaft an Martin erinnert. Ich sah keinen Grund, warum es ihr auch so ergehen sollte.« Sein Blick glitt zu Luke hinüber, der ihn mit funkelnden Augen beobachtete. Avril lächelte schwach. »Ich hätte es weghängen können, nicht wahr, zusammenfalten und in meinem Studierzimmer verstecken. Das habe ich aber nicht getan. Ich habe es dort gelassen und jedes Mal wieder zugedeckt. Sonderbar, wie es einem ergeht. Man überlegt nicht, nehme ich an. Das verstehen Sie doch, Inspektor, nicht wahr? Ich dachte es mir.«

Lukes Gesicht wurde eine Nuance dunkler, und er lachte. Gleich darauf wurde er wieder ernst.

»Sehen Sie es sich noch einmal an, Sir. Sicher ist sicher. Sie können sich vorstellen, was das bedeutet.«

»Natürlich, mein Junge, natürlich.« Avril zog sich wieder an. »Jemand, der uns sehr nahe steht, muss mit im Spiel sein, und das ist höchst sonderbar, denn, wie mir scheint, ist diese ganze grausame Komödie direkt gegen Meg gerichtet, und ich hätte nicht gedacht, dass jemand, der sie kennt, ihr so etwas antun würde. Deshalb muss ich das Jackett wiederhaben und mit nach Hause nehmen.«

Aus purer Gewohnheit übernahm er auf dem Rückweg in Lukes Büro die Führung. Er sprach ungehemmt, und seine angenehme Stimme hallte in den tristen Gängen wider.

»Sie glauben, Sie könnten herausfinden, wer es war, Sir?« Luke überholte ihn und öffnete die Tür seines Büros.

»O ja.« Einen Moment lang traf Lukes Blick mit dem der alten Augen zusammen, und er sah dort jene sonderbare Strenge, die er bislang nur an Richtern gekannt hatte. »O ja«, wiederholte Avril. »Das werde ich herausfinden.«

Sie hatten länger gebraucht, als sie gedacht hatten, und Sergeant Picot erwartete sie bereits. Er hatte ein in braunes Papier gewickeltes Paket mitgebracht, dessen Inhalt schon sauber gekennzeichnet auf dem Tisch ausgebreitet lag. Seine kräftigen Brauen hoben sich, als Avril sich auf das fleckige und durchweichte Jackett stürzte und es vor ihnen auseinander faltete.

»Der Tascheninhalt befindet sich hier drin«, raunte er Luke zu, auf ein ungeöffnetes Päckchen deutend.

»Das brauchen wir nicht.« Avril schob ihn beiseite und konzentrierte sich auf das Kleidungsstück. »Es ist ein bisschen grell, wie wir zu sagen pflegen. Der Tweed ist grell. Das ist es, was Meg erkannt hat, verstehen Sie? Sie hat in ihrem Beruf viel mit Stoffen zu tun. Das Jackett hatte sie vergessen, aber das Muster ist ihr im Gedächtnis haften geblieben, und das hat sie mit dem Jungen assoziiert. Leuchtet Ihnen das ein?«

Er zeigte auf die Stelle über der inneren Brusttasche, wo das Etikett des Schneiders sorgsam abgetrennt worden war.

»Wie eigenartig! Wer käme auf die Idee, so etwas zu tun?«

»Eine ganze Anzahl unserer Kunden, Sir. Sie würden sich wundern.« Luke grinste. »Aber Sie haben die Lederflicken wiedererkannt, stimmt's?«

»Ja.« Der Pastor drehte den Ärmel um. »Diese zwei Flicken. Ich habe mich oft gefragt, einfach so, warum es zwei sind. Warum nicht gleich beide Löcher mit einem großen Stück Leder zudecken? Ich verstehe nichts von solchen Sachen, aber ich fand das höchst merkwürdig.«

»Vielleicht entstanden die Löcher zu verschiedenen Zeiten, Sir.«

Avril blieb skeptisch. »Möglich, aber ich bin immer noch der Ansicht, es wäre klüger gewesen, einen einzigen Flicken zu verwenden«, sagte er. »Aber diese beiden kann ich auf meinen Eid nehmen. Ich habe manchmal das Gefühl, dass solche Kleinigkeiten einem Zweck dienen. Man darf nicht pedantisch sein, und solche Gedankengänge verleiten einen zu äußerst merkwürdigen Schlussfolgerungen, aber manchmal fragt man sich doch ... Packen Sie das bitte ein, ich nehme es mit nach Hause und werde festzustellen versuchen, wie es dorthin gekommen ist, wo es war.«

Er reichte Sergeant Picot das Jackett und deutete auf das Packpapier.

Der Sergeant warf einen fragenden Blick auf Luke, der nickte.

»Ich gebe Ihnen George mit, Sir«, sagte er. »Sie gestatten doch?«

Der Pastor runzelte die Stirn. »Ich möchte das lieber allein erledigen. Ich werde es mit meiner Familie zu tun haben. Alle im Hause haben dort so lange gelebt.«

»Eben.« Luke behandelte ihn eher mit Zuneigung als mit bloßer Behutsamkeit. »Deshalb will ich Ihnen George mitgeben. Er ist mein bester Mitarbeiter, ein ruhiger, diskreter Mensch«, fügte er fest hinzu, wobei er den Sergeant unverhohlen drohend fixierte. »Er kann sich so unscheinbar machen, dass Sie ihn gar nicht bemerken werden.«

Avril hatte noch immer seine Zweifel. »Es wäre viel leichter für mich ohne ihn«, sagte er traurig, und Luke zögerte.

»Nein«, entschied er schließlich. »Ich wage es nicht. Es ist ein Beweisstück, verstehen Sie. Es muss dem Gericht vorgelegt werden. George hat dafür quittiert. Er kann es nicht weggeben.«

»Nun gut.« Der Pastor schickte sich drein. »In diesem Fall, Sergeant, müssen wir beide gute Freunde werden. Kommen Sie. Aber ich warne Sie, das kann sehr peinlich für Sie werden, sehr peinlich und unangenehm.«

Picot sah ihn ausdruckslos an, aber er war erfahren und tat, was er in Zweifelsfällen immer tat – er beschränkte sich auf stummes Gehorchen. Er hätte nichts Besseres tun können.

Nachdem sich die Tür hinter dem ungleichen Paar geschlossen hatte, bot Mr Campion Luke eine Zigarette an und bediente sich dann selbst.

»Sie hätten ihm vertraut«, sagte er. »Sie vertrauen ihm überhaupt in überraschendem Maße. Sie tun natürlich recht daran, aber ich begreife nicht ganz, wieso Sie dazu bereit sind.«

»Nein?« Luke wurde ganz verlegen. Er fuhr sich mit den Fingern durchs Haar. »Ich kenne solche Leute«, sagte er. »Es gibt nicht viele davon, und sie haben selten etwas mit der Kirche zu tun. Man findet sie überall, und man weiß, dass man ihnen trauen kann, wo man seiner eigenen Mutter nicht trauen würde. Die können nicht anders, als durch und durch ehrlich sein, klar?«

»Nicht ganz.« Mr Campion ließ durchblicken, dass dies ein Gebiet polizeilicher Erkenntnis war, das er bis dahin nicht gekannt hatte.

Luke seufzte und wandte sich seinem Schreibtisch zu, wo sich allerhand angesammelt hatte.

»Weil sie sonst flach auf die Nase fallen, mein Bester«, erläuterte er. »Sehen Sie sich diese Leute mal an. Normalerweise dürften sie gar nicht frei herumlaufen. Sie müssten eigentlich in der Gosse verhungern und von allen Gaunern unter der Sonne ausgenützt werden. Aber ist es so? Keine Spur! Die gehen herum wie Nachtwandler und gehorchen irgendwelchen Befehlen, die sonst niemand hört. Sie waten im Dreck, und der rieselt einfach an ihnen herunter. Sie geben alles her, was sie besitzen, und doch darben sie nie. Ich habe den alten Knaben gleich beim ersten Wort durchschaut. Der kommt mit der Wahrheit über das Jackett wieder, egal, was es ihn kostet. Er kann nicht anders.«

Campions Augen waren hinter der Hornbrille dunkel geworden.

»Aber wer«, wollte er wissen, »wer in dem Haus konnte das Jackett Duds Morrison zugespielt haben?«

Luke sichtete die Papiere auf seinem Schreibtisch und blickte nicht auf.

»Wer, außer dem Mädchen?«, sagte er langsam. »Entweder sie oder ihr neuer Freund, der anscheinend verschwunden ist.«

»Sie irren sich.«

»Hoffentlich.« Er blickte auf und lächelte. »Vielleicht ist ein Wunder geschehen.«

»Vielleicht steht uns noch eine Überraschung bevor«, sagte Mr Campion.

4

Mrs Gollie kam in Lukes Büro, als betrete sie den Schauplatz eines entsetzlichen Unglücks, oder einfach eine Bühne. Theatralik lag in jeder Bewegung.

»Ich musste selbst kommen, Mr Luke«, begann sie ohne Vorrede. »Ich habe ihn gesehen, wissen Sie, und das wollen Sie doch wissen, oder?« Sie besaß eine sanfte Stimme. »Ich habe Billy Slaney hier gesagt, da muss ich selbst zu Ihnen. Schließlich wollen Bert und ich mithelfen, so gut wir können. ›Nicht sehr angenehm für uns‹, habe ich gesagt, ›direkt vor unserer Tür und in dem Nebel.‹ Das macht einen schließlich ganz fertig, oder? Ich werde kein Auge zutun, das sage ich Ihnen.«

»Schon gut. Sie sind gekommen, um Fragen zu beantworten, stimmt's? Das sollen Sie auch. Setzen Sie sich.«

Luke grinste sie an, deutete auf einen Stuhl und zwinkerte Campion zu.

»Also«, begann er, sich über die Schreibunterlage beugend, ohne sich zu setzen. »Name, Alter, Beruf. Slaney, Sie wissen das auswendig, wie wir alle.« Er warf über ihren Kopf hinweg einen Blick auf den stämmigen Kriminalbeamten und wandte sich dann wieder der Frau zu. »Sie haben also den Mann gesehen. Wann?«

»Also hören Sie zu, ja? Ich möchte schließlich auch zu Wort kommen. Alles, was recht ist. Wir hatten gerade geöffnet. Ich hole die Schlüssel zum Schnapsschrank, da drehe ich mich um, und da steht er ...«

»Woher wissen Sie das?«

»Na, schließlich habe ich Augen, oder?« Sie hatte die Theatralik abgelegt und begab sich in die Defensive, aber der Verstand ließ sie nicht im Stich. »Ach so, ich weiß schon, wie Sie das meinen. Also, es war so. Bill, ich meine Mr Slaney, hat ihn beschrieben und mich gefragt, ob ich so einen heute gesehen hätte, und das habe ich dann natürlich zugegeben. Ich will Ihnen ja nur helfen, klar? Sie brauchen ja nicht zuzuhören, wenn Sie nicht wollen. Bert und ich wollen nicht vor Gericht aussagen. So etwas ist schlecht fürs Geschäft. Aber ich habe beide Männer gesehen. Sie sind hereingekommen –«

»Beide?« Lukes Brauen schnellten in die Höhe. Hinter Mrs Gollie signalisierte Slaney, dass das stimmte, und er ließ sie weiterreden.

»Ich hatte es eilig, ja, und da habe ich sie mir nicht näher angeschaut. Ich habe gedacht, sie sind mit einem Zug angekommen. Die beiden haben die ganze Zeit geredet. Der andere Mann – nicht der, der umgebracht worden ist – hat bestellt. Zwei kleine Gin.«

»Waren sie allein in der Bar?«

»Habe ich doch eben gesagt. Wir hatten gerade geöffnet.«

»Haben sie sich dort getroffen, oder sind sie gemeinsam gekommen?«

»Sie sind gemeinsam gekommen. Habe ich doch gesagt. So hören Sie doch zu, Mr Luke. Sie sind hereingekommen und haben sehr leise miteinander gesprochen, vertraulich, wie über Geschäfte. Da hält man sich am besten raus. Schließlich habe ich nicht umsonst seit fünf Jahren mein eigenes Geschäft, ich weiß, wann einen der Gast braucht und wann nicht. Ich habe sie also bloß bedient und bin zu Bert gegangen. Wie ich zurückkomme, sehe ich gerade noch den Kleineren – das ist der, nach dem Bill mich gefragt hat, der mit dem gut geschnittenen Sportjackett, dem grünen Hut und dem zarten, blassen Gesicht –, wie der seinen Arm von dem anderen losreißt und zur Tür hinausflitzt.«

»Losreißt?«

»Ja, abgeschüttelt hat er ihn. Der andere ihm nach, erinnert sich an mich und wirft zehn Shilling auf die Theke. Dann rennt er ihm nach. Ich habe den ganzen Abend gewartet, dass er sein Wechselgeld holt, aber er ist nicht gekommen.«

»Haben Sie etwas von dem gehört, was gesprochen wurde?«

»Nichts, Mr Luke. Ich habe nicht hingehört. Außerdem war ein Mordskrach, Bert hatte nebenan das Radio aufgedreht. Auf der Straße spielten irgendwelche Musikanten.«

»Also dasselbe Tollhaus wie immer«, bemerkte Luke ruhig. »Wie sah der andere Mann aus?«

»Schade, dass ich nicht hingeschaut habe, aber wer denkt denn an Mord? Er war groß und sauber, wie blank geschrubbt. Ein richtiger Gentleman, falls Sie sich vorstellen können, was ich meine. Hätte bei der Marine gewesen sein können.«

»War er blond oder dunkel?«

»Keine Ahnung. Er hatte einen Hut auf. Obwohl er jung

war, hat er bedeutend ausgesehen. Vornehm, das ist das richtige Wort. Vornehm. Ich weiß noch, wie ich mich gewundert habe, als er gerannt ist. Das war so, als wenn er sich in einen gewöhnlichen Mann verwandelt hätte.«

»Also nicht der übliche Crumb-Street-Typ?«, murmelte Mr Campion.

»Stimmt genau.« Sie lächelte ihn überrascht an. »Ganz und gar nicht. Schließlich hatte er einen eleganten dunklen Überzieher an, einen schwarzen Hut auf und einen weißen Hemdkragen. Der hat gar nicht hierher gepasst.«

»Formelle Kleidung.« Luke kritzelte etwas aufs Löschblatt. »Warum haben Sie das nicht gleich gesagt?«

»Weil es mir nicht eingefallen ist.« Ihre Stimme klang beruhigend und geduldig. »Als dieser Herr die Crumb Street erwähnte, habe ich mich erinnert, warum ich dachte, dass er mit dem Zug angekommen ist. Er hatte eine marineblaue Krawatte mit zwei schmalen Streifen drauf, sehr weit auseinander. Silbergrau und hellbraun, und dazwischen, ganz klein, so was wie eine Blume mit einem Vogelkopf.«

»So?« Campion seufzte. »Fast habe ich es mir gedacht.« Er beugte sich über Lukes Schulter und schrieb aufs Löschpapier: »Phoenix-Rugger-Club-Krawatte. Geoffrey Levett?«

Luke starrte das Gekritzel eine Weile an, bevor er sich aufrichtete und seinen Freund ansah.

»Aber, aber!«, sagte er leise. »Sie wollen ihn doch heute Nachmittag hier draußen gesehen haben, erinnern Sie sich?«

Mr Campion schaute äußerst bedrückt drein. »Das beweist kaum –«, begann er.

»Nein, das beweist gar nichts, aber man kann sich einiges denken. – Na, Andy, was ist denn?« Letzteres war an den Beamten gerichtet, der neben ihn getreten war und dessen rundes Gesicht vor Aufregung glänzte.

»Bei Durchsicht des Tascheninhalts des Getöteten, Sir,

habe ich das hier in der Brieftasche gefunden. Beachten Sie bitte den Poststempel.«

Luke nahm ihm den benutzten Briefumschlag ab und drehte ihn um. Er war an G. Levett im Parthenon Club adressiert, doch auf der Rückseite war eine Büroanschrift mit Telefonnummer in Bleistift hinzugefügt worden. Der Poststempel war ungewöhnlich klar und trug das Datum des heutigen Tages. Der Brief war am Morgen aufgegeben worden.

Luke deutete auf den Bleistiftzusatz. »Ist das seine Schrift?«

»Allem Anschein nach, ja. Das ist die Adresse seines Büros.«

Sie sahen einander an, und Luke verlieh dem Gedanken Ausdruck.

»Warum hat er ihm seine Adresse gegeben und ist ihm dann nachgelaufen und ... Da stimmt etwas nicht. Ich möchte liebend gern mit dem jungen Mann sprechen.«

»Na, habe ich Ihnen geholfen?« Das war Mrs Gollie, vor Erregung glühend. »Schließlich habe ich –«

Luke wandte sich ihr zu und erstarrte. Die Tür hinter ihr öffnete sich, und eine lange, traurige Gestalt kam geräuschlos herein.

Stanislaus Oates, Chef von Scotland Yard, trug seine Würde so, wie er alles trug, nämlich trübsinnig. Er hatte sich in den zwanzig Jahren seit seiner Beförderung nicht verändert. Er war noch immer die schäbige, sauertöpfische Erscheinung, die sich zur Mitte zu unerwarteterweise verdickte, und betrachtete wie stets die böse Welt unter der Krempe seines Schlapphuts hervor, doch seine Miene erhellte sich ein wenig beim Anblick seines alten Freundes Campion, und nachdem er Luke zugenickt hatte, der stocksteif dastand, kam er mit ausgestreckter Hand näher.

»Hallo, Campion, ich dachte mir, dass ich Sie treffen würde. Genau das richtige Wetter für Untaten, was?«

Großer Ruhm hat eine fast magische Wirkung: So schaffte zum Beispiel der Kriminalbeamte Slaney Mrs Gollie hinaus, ohne dass sie ein einziges Wort äußerte, Galloway zog sich in die Nische zurück, wo sein Schreibtisch stand, und die drei, die der Fall am meisten anging, waren im Handumdrehen unter sich.

Oates zog seinen uralten Regenmantel aus und hängte ihn sorgsam gefaltet über eine Stuhllehne.

»Ich dachte mir, ich sehe mal selbst nach, was sich hier tut, Charles«, sagte er, und sein Blick ruhte kurz auf Luke. Er hatte eine traurige Stimme. Die Worte kamen langsam, wie bei einem alten Schulmeister. »Sie haben es vielleicht mit einem zäheren Brocken zu tun, als Sie denken. Wie weit sind Sie gekommen?«

Luke erstattete ihm Bericht. Oates hörte zu, nickte von Zeit zu Zeit, und nachdem Luke geendet hatte, nahm er den Briefumschlag zur Hand und drehte ihn um.

»Hm«, machte er.

»Er muss hier draußen auf Duds gewartet haben.« Mr Campion sprach nachdenklich. »Nachdem wir Duds laufen ließen, muss er ihm gefolgt sein, ihn ins erstbeste Gasthaus geführt und versucht haben, so viel wie möglich aus ihm herauszubekommen, muss ihm seine Büroadresse gegeben haben, und dann – was?«

»Duds war zugeknöpft, weil er nicht auf eigene Faust arbeitete«, steuerte Luke bei. »Und ist bei der ersten sich bietenden Gelegenheit abgehauen. Levett rannte ihm nach, besann sich und bezahlte die Zeche, was darauf hindeutet, dass er nichts unüberlegt tat, und verpasste ihn, weil Duds einen Haken durch Pump Path schlug. Wir wissen, wo Duds geendet hat, aber was ist mit Levett passiert? Wo ist er jetzt?«

»Das möchte Ihr Vorgesetzter auch wissen, denn genau das ist es, wonach sich drei Viertel aller einflussreichen Leute dieser Stadt telefonisch bei ihm erkundigen.« Oates äußerte das mit einem sauren Lächeln. »Mr Levett scheint einen recht ausgefüllten Abend geplant zu haben: Telefongespräche in alle Erdteile, eine Rede bei einem Bankett und hinterher eine geschäftliche Unterredung mit einem Herrn der französischen Regierung in seiner Wohnung. Keiner seiner Freunde kann ihn finden, und sie wollen alle wissen, warum wir es auch nicht können.« Er blickte auf die Uhr über dem Schreibtisch. »Er bleibt recht lange aus – für einen so viel beschäftigten Mann, finden Sie nicht?«

»Das vorläufige medizinische Gutachten lautet, dass Duds einen Tritt bekam«, sagte Campion. »Ich kann mir beim besten Willen nicht vorstellen, dass Levett so etwas täte.«

Oates blickte auf.

»Können Sie sich ihn überhaupt als Mörder vorstellen?«

»Offen gestanden, nein.«

»Können Sie sich anderseits vorstellen, dass er alle seine Verpflichtungen derart vernachlässigt? Es sind wichtige Verabredungen, jede Einzelne davon.«

»Es ist merkwürdig.« Mr Campion runzelte die Stirn. »Geoffrey ist ein pünktlicher, zuverlässiger Mensch, meiner Meinung nach. Ein nüchterner Typ. Abenteuern durchaus abgeneigt.«

»Das denken die meisten Leute.« Oates' graues Gesicht hatte sich zu einem schwachen Lächeln verzogen. »Aber so ist er nicht. Mir ist von ihm einiges zu Ohren gekommen. Ihm gehört Levetts Kugellagerfabrik und noch die eine oder andere sehr gesunde kleinere Firma, und er ist ein sehr reicher Mann. Ich habe heute Abend einige Erkundigungen eingezogen, und da hat sich herausgestellt, dass Levett nach dem Krieg, der sein Vermögen zusammenschmelzen ließ, nach

Abzug der Steuern siebenunddreißig Pfund, fünf Shilling und drei Pence Jahreseinkommen hatte. Zwei Möglichkeiten standen ihm offen. Er konnte sich mit einem Heer von Anwälten versehen und Lücken im Gesetz suchen, oder er konnte an der Börse spekulieren. Zwei Jahre und sechs Monate lang war er einer der größten Hasardeure diesseits des Atlantiks. Er hat sein Vermögen vervielfacht. Dann hat er aufgehört.«

Mr Campions blasses Gesicht zeigte kein Erstaunen. »Das habe ich gehört, aber ich habe auch gehört, dass er einen einwandfreien Namen hat.«

»Hat er«, bestätigte Oates. »Ich sage ja nichts gegen ihn. Er hat nichts Illegales und nichts Verwerfliches getan. Wegen Hasardspiels wird man heutzutage nicht zur Rechenschaft gezogen. Spekulieren ist ehrbar. Ich setze auch jede Woche zwei Shilling im Lotto. Ich muss an mein Alter denken. Meine Pension wird mich nicht ernähren. Ich sage bloß, dieser Levett ist Abenteuern durchaus nicht abgeneigt. Er ist nicht ein Mann, der das Risiko scheut. Über zwei Jahre lang ist er ein Risiko nach dem anderen eingegangen, und sobald man sich einmal daran gewöhnt hat …«

Charlie Luke war unruhig geworden und ging in dem kleinen Raum hin und her.

»Duds war nicht allein«, sagte er. »Er hatte Angst auf dem Bahnhof, und er hatte Angst hier drin. Aber er hatte keine Angst vor mir, und er hatte keine Angst vor Levett. Er kann nicht für Levett gearbeitet haben, wie ich eine Zeit lang dachte, denn sonst hätte er sich nicht dessen Büroadresse aufschreiben lassen müssen. Die muss ihm Levett im Gasthaus gegeben haben. Der Briefumschlag war neu. Er ist erst heute mit der Post gekommen.«

»Deshalb bin ich hier.« Oates griff in die Tasche. »Haben Sie heute Abend schon die Express-Meldung gesehen, Charles?«

Luke blieb plötzlich stehen und zog die Brauen zusammen. »Nein, Sir. Ich habe mich bis jetzt nur mit dieser Sache befasst.«

Oates winkte ab. »Nur keine Aufregung. Vermutlich sind sie noch nicht eingetroffen. Gelegentlich erfahre ich etwas zuerst. Irrtümlicherweise natürlich. Und da habe ich eben meinen Hut aufgesetzt und bin hergekommen, weil ein Zuchthäusler namens Havoc aus Scrubs ausgebrochen ist.«

Luke holte tief Luft und lächelte zufrieden.

»Havoc. Das ist der Mann, der mit Duds geschnappt wurde. Sie haben den Raubüberfall gemeinsam gemacht. Das ist es also. Ich habe mich schon gefragt, wann wir ein bisschen Licht sehen werden.«

Oates antwortete nicht. Er hatte zwei blaue Zettel aus der Tasche gezogen und verglich sie miteinander. Er sah unbeschreiblich betrübt aus, die Brille saß ihm schief auf der Nase.

»Alles höchst unerfreulich«, sagte er schließlich. »Wie ich sehe, haben Ihre Leute Duds Morrisons Leiche um 18.42 Uhr gefunden, aber Jack Havoc ist erst um 18.45 Uhr am anderen Ende von London ausgebrochen. Er hat einen seiner anderen Freunde umgebracht – zumindest nehme ich an, dass er tot ist.«

Charlie Luke wurde zornig. Er stand da, klimperte mit den Münzen in seiner Tasche, und sein dunkles Gesicht verdüsterte sich.

»Diese verdammten Kerle, für wen halten die sich auf einmal?«

»Für Götter«, entgegnete Oates gelassen. »Für großartige und überlegene Wesen mit geflügelten Fersen und Blitzstrahlen in den Händen. Und doch sollte man meinen, dass ein Stückchen Spiegelglas, geschweige denn jahrelange Gefängniskost, einen Menschen von solchen Wahnvorstellungen heilt. Das ist aber nie der Fall. Das wissen Sie genauso gut wie ich, Charles. Was Sie aber nicht wissen, ist, warum ich mich hierher bemüht habe.«

Er legte eine Pause ein, und Campion, der seinen alten Freund beobachtet hatte, merkte plötzlich, dass Oates verlegen wurde. Das war etwas derart Neues an ihm, dass es Campion völlig verblüffte.

Oates lehnte sich zurück und streckte die Beine aus.

»Ich habe die beiden Meldungen gleichzeitig erhalten, und dann habe ich mich erkundigt, was bei Ihrer Unterredung mit Duds herausgekommen ist. Ich habe es mir durch den Kopf gehen lassen. Ich erinnere mich an Havoc. Alle halten Ausschau nach ihm, und wahrscheinlich wird man ihn nach zwei bis drei Stunden wieder eingefangen haben, aber falls nicht, dann werden Sie wohl Spuren von ihm hier in der Gegend finden, und da dachte ich, ich rede mal mit Ihnen darüber. Sie und Campion waren in Übersee, als er das letzte Mal eingesperrt wurde. Da ist Ihnen etwas entgangen. Ein richtiges Phänomen.« Er wiederholte leise: »Ein richtiges Phänomen.«

Mr Campion war fasziniert.

Oates fiel sein Ausdruck auf, doch er nahm es gelassen hin.

»Havoc ist ein ganz böser Mensch«, sagte er schließlich. »Ich bin in meiner Laufbahn außer ihm nur noch zwei solchen begegnet. Ich kann nicht genau beschreiben, wieso es so ist, aber Sie werden es bestimmt merken, wenn Sie ihn sehen. Es ist, als sähe man zum ersten Mal den Tod. Selbst wenn einem dieses Gefühl ganz neu ist, weiß man sofort, was los ist.«

Er lachte vor sich hin und auch über sich. »Ich weiß schon, wovon ich rede«, fügte er hinzu, und Campion, der noch nie das Gegenteil erlebt hatte, war bereit, ihm zu glauben.

Charlie Luke kannte seinen Chef noch nicht so lange. Er war viel zu intelligent, um sich Skepsis anmerken zu lassen, aber er beeilte sich, dass Gespräch auf eine etwas fester umrissene Basis zu verlagern.

»Wollen Sie damit sagen, dass er ein geborener Killer ist?«

»Ja.« Die schweren Lider hoben sich, und der Blick des alten Polizeibeamten ruhte kurz auf seinem Untergebenen. »Er tötet, wann er will. Aber er weiß genau, was er tut. Für einen Verbrecher ist er ungewöhnlich scharfsichtig. Nehmen Sie mal seine letzte Leistung. Falls Sir Conrad Belfry tot ist –«

Campion richtete sich auf. »C. H. I. Belfry?«

»Stimmt. Vorzüglicher Arzt. Heute Abend gegen halb sieben hat Havoc ihn erwürgt und ist über die Feuerleiter entkommen, ohne dass der Wächter, der vor der Tür des Sprechzimmers saß – entgegen aller Vorschrift übrigens –, einen Laut hörte.«

»Großer Gott! Wo war das, Sir? Doch nicht etwa in Scrubs?«

»Nein. In einer im ersten Stock gelegenen Praxis in der Wimpole Street. Nachdem er die Behörden monatelang bestürmt hatte, bekam Belfry Havoc zwecks eines Experiments heraus.« Oates beugte sich beim Sprechen vor. »Das wird Ihnen eine Vorstellung von Havoc vermitteln. Der Mann hat drei Jahre äußerster Selbstdisziplin gebraucht, um seine Nase aus dem Gefängnis herausstecken zu dürfen, und ich wette, es ist genauso verlaufen, wie er es geplant hatte. Sir Conrads Ermordung war beschlossene Sache, ehe Havoc überhaupt wusste, dass es ihn gab. Nach der Verurteilung war Havoc zunächst nach Chelmsworth gekommen, wo er sich schlecht betrug, dann wurde er nach Parkhurst gebracht. Kein Mensch von Verstand versucht, von dort auszubrechen, wegen des Wassers, und eine Zeit lang scheint er sich bemüht zu haben, in eines dieser neumodischen ›offenen‹ Gefängnisse zu gelangen. Aber dafür war er nicht geeignet.«

»Er wurde also krank und kam auf die Krankenstation?« Luke ging die Geschichte zu langsam voran, aber seine Augen funkelten vor Interesse.

Oates ließ sich nicht aus der Ruhe bringen. Er studierte seine Notizen auf der Rückseite der Zettel.

»Sie unterschätzen ihn, mein lieber Charles«, sagte er. »Wie ich es mir dachte. Er wurde krank, aber auf höchst raffinierte Weise. Vor drei Jahren stellte sich bei ihm eine – wo steht es doch gleich –, ach ja, eine Zwangsneurose ein, die Zahl dreizehn betreffend.« Er blickte auf, sah Lukes Miene und lachte laut heraus. »Ich weiß. Das war als Vorwand so fadenscheinig, dass man es ihm glatt abnahm. Seine Darbietung scheint perfekt gewesen zu sein. Abgesehen von seinem ›kleinen Defekt‹ wurde er ein Musterinsasse, und im ersten Jahr – Jahr, wohlgemerkt – hatte er überhaupt nichts davon. Er machte seine Sache gründlich. Er wurde am Dreizehnten eines jeden Monats krank, später auch am Einundzwanzigsten. ›Einundzwanzig‹ hat dreizehn Buchstaben. Als er feststellte, dass die Quersumme seiner Zellennummer dreizehn ergab, hungerte er, bis man ihn verlegte. Er war immer höflich und zuvorkommend, und auch – soweit jeder sehen konnte – verwirrt. Er erklärte, er wisse, dass es albern sei, könne es jedoch nicht ändern. Jedenfalls dauerte es weitere achtzehn Monate, bis es ihm gelang, nach Scrubs überstellt zu werden, wo es eine psychiatrische Abteilung gibt. Dort hatte er es mit Experten zu tun, aber inzwischen war sein Defekt so gut wie echt geworden. Man behielt ihn also dort. Sir Conrad hatte mit der Abteilung natürlich nichts zu tun, aber einer seiner Lieblingsschüler war dort als Berater tätig, und vorigen Monat fuhr er eines Tages hin, um ihn zu besuchen, und man führte ihm die Paradefälle vor. Havoc gefiel ihm, und er gab keine Ruhe, bis er den Mann in die Wimpole Street bekam, wo er eine neue amerikanische Erfindung an ihm ausprobieren wollte, ein so genanntes ›Assoziationsgerät‹.«

Lukes Blick glitt zu dem Mann mit der Hornbrille hinüber, und seine Brauen hoben sich fragend.

»Ich sehe schon, der Chefinspektor denkt, dass entweder wir verrückt sind oder er«, bemerkte Oates gutmütig. Ich berichte nur Tatsachen. Sir Conrad setzte schließlich seinen Willen durch – solche Leute haben gute Beziehungen. Havoc wurde kurz nach sechs heute Abend in einem Taxi zu ihm geschickt. Zwei Aufseher begleiteten ihn, wie es die Vorschrift verlangt, aber einer blieb unten im Hausflur, und Havoc war nicht mit Handschellen an den anderen gefesselt. Eine Weile blieb der andere mit im Sprechzimmer, doch Havoc gab sich so willig und hilfsbereit, aber auch bedrückt von seiner Anwesenheit, dass Belfry den Aufseher schließlich dazu brachte, draußen zu warten. Den Rest der Geschichte können Sie sich denken. Die Türen in dem Haus sind aus Mahagoni und so gut wie schalldicht. Als der Aufseher endlich beschloss, mal nachzusehen, war alles vorbei. Belfry lag auf dem Boden, das Fenster stand offen, Havoc war verschwunden.«

Campion runzelte die Stirn. »Sind Sie sicher, dass die Sache so lange im Voraus geplant war?«

»Ich könnte es beschwören«, versicherte Oates. »Und es würde mich nicht wundern, wenn er sein Vorhaben auf den November verlegt hätte, im Vertrauen auf einen Nebel wie diesen.«

Charlie Luke warf seine Skepsis mit einer ausladenden Handbewegung ab.

»Ich vermute, er besitzt einen gewissen Charme?«, meinte er schließlich.

Oates musterte ihn mit düsterem Blick. »Nein«, sagte er. »Nichts dergleichen.«

Luke resignierte.

»Ich möchte ihn gern sehen.«

Oates zögerte. Er sah gütig und ungeheuer erfahren aus.

»Ich möchte ihn gern tot sehen«, sagte er endlich, und aus seinem Mund klangen die Worte schlicht und überzeugend.

Mr Campion verspürte leises Unbehagen zwischen seinen Schulterblättern, und Luke schaute vorübergehend verlegen drein. Oates tastete nach seiner Pfeife.

»Tja, Luke, ich glaube, wir sind doch ein Stückchen weitergekommen. Havoc steckt irgendwie in der Sache mit drin, verlassen Sie sich darauf. Havoc war der Mann, vor dem Duds Angst hatte, aber ich kann mir nicht vorstellen, wie er ihn umgebracht hat. Er kann es überhaupt nicht zu der Zeit getan haben, selbst wenn er gewusst hätte, wo er sich befindet, was unwahrscheinlich ist.«

Luke schwieg, und Campion, der ihn nun allmählich kannte, begriff, warum er die Unterlippe vorgeschoben hatte. Trotz seiner Hochachtung vor Oates glaubte Charles Luke im Moment nicht so recht an Jack Havoc.

Doch dann wurde er eines Besseren belehrt.

»Eine scheußliche Sache, gleich in der Nähe, bei ›Holloway und Butler‹, Sir, Grove Road 37. Jemand brach ins Haus ein und durchwühlte das Büro im Erdgeschoss. Der alte Creasey, der Hausmeister, der sich zu der Zeit im Souterrain befand und mit einem unserer Leute, dem jungen Coleman, sprach, hörte ein Geräusch; sie gingen hinauf und ließen die bettlägerige alte Frau allein zurück. Sie sind alle tot, Sir, auch die Frau. Erstochen. Überall Blut, sagt der Zeuge. Er heißt Hammond, ein älterer Angestellter der Firma, der allein im Dachgeschoss wohnt. Er ist nicht gleich heruntergekommen, was klug von ihm war. Der Täter ist ungehindert durch den kleinen Garten entkommen, der an Pump Path grenzt.«

Mr Campion reagierte sofort auf die Nachricht.

»›Holloway und Butler‹ waren Elginbroddes Anwälte«, sagte er. »Meg hat es erst kürzlich erwähnt. Ich war sogar in ihrem Auftrag dort und habe versucht, ein besseres Foto von

Martin zu bekommen, aber man konnte mir nicht helfen.« Er blickte Luke an. »Elginbroddes Jackett, Elginbroddes Anwälte ...«

»Und Elginbroddes Nachfolger, bei Gott!«, rief Luke erschrocken aus. »Noch immer keine Spur von Levett.«

Oates war kurz hinausgegangen. Nun kam er wieder zurück. Seine bleichen Wangen hatten Farbe bekommen.

»Alle drei Opfer haben saubere, fachmännische Wunden«, sagte er kurz. »Geschulte, professionelle Arbeit. Verständigen Sie das Überfallkommando für mich, Luke. Sagen Sie Bob Wallis, hier war Havoc am Werk.«

5

Früher am Nachmittag, nachdem Geoffrey Levett Duds Morrison knapp dreißig Meter vom Polizeirevier entfernt auf der dunklen Straße angesprochen und ihn zum Betreten von »Four Feathers« bewogen hatte, indem er ihn einfach am Ellbogen packte und durch die Tür schob, war eine große Sorge von ihm gewichen. Dieser Mann, wer er auch sein mochte, war niemals mit Meg verheiratet gewesen.

Aus Geoffreys Sicht war der ganze Nachmittag ein Albtraum gewesen, und die letzten zwei Stunden waren ihm beinahe unerträglich erschienen. Er war kein geübter Beschatter. Außerdem hatte er nicht geahnt, dass er solcher Eifersucht fähig sein konnte. Diese Entdeckung setzte ihn in Verlegenheit, hemmte ihn bei seinen Handlungen und machte ihn mit der Not der Unentschlossenheit bekannt. Aus einem Impuls heraus hatte er das Taxi entlohnt und war Meg in einigem Abstand gefolgt, weil er den Mann sehen wollte, der sein Glück bedrohte, doch aus einem Grund, den er sich nicht eingestehen wollte, wäre er lieber gestorben, als es sie wissen zu lassen.

Infolgedessen lauerte er dann vor dem Polizeirevier in der Crumb Street, ängstlich darauf bedacht, nicht gesehen zu werden. Er hatte keine Ahnung, was drin vor sich ging, und wurde nicht nur von Neugier gequält, sondern auch von der Besorgnis, ob die Sache auch richtig angepackt wurde. Doch vor allem wollte er sich Gewissheit verschaffen, dass Elginbrodde nicht von den Toten auferstanden war.

Daher war Geoffrey, als Duds raschen Schrittes das Polizeirevier verließ, in der Stimmung für tollkühne Taten.

Er eilte dem Mann nach, von Passanten behindert, auf dem schlüpfrigen Pflaster ausgleitend, und holte ihn erst ein, als eine mit Paketen beladene Frau Duds den Weg versperrte und ihn an ein Schaufenster abdrängte. Geoffrey packte ihn am Ellbogen.

»Hören Sie –«

Der Mann versuchte vergeblich zu fliehen und begann zu jammern.

»Was wollen Sie von mir? Das können Sie mit mir nicht machen! Ich war den ganzen Nachmittag bei der Polente, und sie haben mich laufen lassen.«

Der Klang der Stimme, die Aussprache, die ganze Haltung des Mannes wirkten auf Levett wie ein Beruhigungsmittel. Sein Griff verstärkte sich.

»Vortrefflich. Vielleicht kann ich Ihnen von Nutzen sein. Ich möchte nur mit Ihnen sprechen. Kommen Sie.«

Geoffrey stieß ihn die Straße entlang und in den Eingang des ersten Gasthauses hinein, das sie erreichten. Das kleine Lokal war leer und vom Nebel verdunkelt, und der Lärm war beträchtlich. Hinter einer Trennwand, die den Raum von einer größeren Gaststube abteilte, spielte lautstark ein Radio, die Frau hinter der Theke redete pausenlos auf jemanden ein, der ihr anscheinend zuhörte, und draußen näherten sich Straßenmusikanten.

Geoffrey bohrte seinen Blick in die glanzlosen Augen des Fremden.

»Hören Sie zu«, sagte er deutlich. »Passen Sie von Anfang an gut auf. Es könnte sich für Sie lohnen.«

Er wusste aus Erfahrung, dass diese Worte ihre Wirkung nicht verfehlen würden. Er sah das Interesse aufglimmen, schwach, doch unverkennbar. Die Anspannung in dem Arm, den er festhielt, ließ nach, und der Fremde stand fester auf den Füßen.

Als sich die Frau näherte, gab Geoffrey eiligst eine Bestellung auf. Sie bediente sie, ohne ihren an den unsichtbaren Zuhörer gerichteten Wortschwall zu unterbrechen. Levett holte seine Brieftasche und einen Bleistift heraus, wobei er seinen Gefangenen im Auge behielt, der ihn mit der Beklommenheit des in die Enge Getriebenen beobachtete. Er leckte sich jedoch die Unterlippe und trat einen Schritt näher.

Die Straßenmusik befand sich jetzt direkt vor der Tür, und der Krach war so groß, dass sie ihr eigenes Wort nicht verstanden. Levett kritzelte etwas auf die Rückseite eines Briefumschlags und reichte diesen Duds, der ihn unsicher nahm und das Geschriebene las. Als er den Blick hob, hatte Levett seiner Brieftasche eine Banknote entnommen.

Duds blieb interessiert, und nach einer weiteren Weile reichte Geoffrey ihm das Geld. Die Straßenmusikanten zogen weiter.

»Den Rest, wenn Sie zu mir kommen.«

Duds sah ihn finster an. »Was wollen Sie?«

»Nur die Geschichte.«

»Presse?« All seine Angst stellte sich wieder ein, und er machte eine Bewegung zur Tür hin, doch schien ihn etwas zurückzuhalten. Er schaute sich unbehaglich um. Geoffrey schüttelte heftig den Kopf. Die fürchterliche Straßenmusik hatte kehrtgemacht, und solange sie nicht an der Tür vorbei war, war er gezwungen zu schweigen.

»Nein«, sagte er, als das Sprechen wieder möglich wurde. »Nichts dergleichen. Nur zu meiner eigenen Information. Das werden Sie doch wohl begreifen?«

Zu seiner Überraschung zeigte es sich, dass Duds keineswegs begriff. Gier stritt in seinem Gesicht mit Angst, doch von Begreifen war nichts zu merken.

Geoffrey war verwirrt. Allem Anschein nach hatte sein Name, den er auf das Kuvert geschrieben hatte, dem Fremden überhaupt nichts gesagt. Eine Erklärung fiel ihm ein und brachte seine ganze frühere Unruhe zurück. Wieder packte er den Jackettärmel.

»Wer ist Ihr Auftraggeber?« Seine Besorgnis machte ihn übereifrig, und er sah das weiße Gesicht ausdruckslos werden.

»Niemand. Ich bin arbeitslos. Habe ich schon den Bullen gesagt. Ich bin Schauspieler. Ohne Engagement.«

»Das meine ich nicht. Ich will nur eines wissen, und ich bezahle dafür. Wer hat Ihnen aufgetragen, sich auf der Straße fotografieren zu lassen?«

Auf das nun Folgende war er völlig unvorbereitet. Duds riss sich los und hechtete zu der Schwingtür mit den Milchglasscheiben, als wollte er ins Wasser springen. Ein Strom eiskalter Luft ergoss sich in das Lokal. Geoffrey warf einen Zehnshillingschein hin und setzte Duds nach. Die Frau hinter der Theke starrte ihnen offenen Mundes nach.

Er folgte Duds auf den Fersen, doch die Straße war beträchtlich dunkler geworden, da die Geschäfte die Läden herabgelassen hatten, und eine Sekunde lang dachte er, Duds sei ihm im Nebel entwischt. Doch gleich darauf tauchte er wieder auf, diesmal in entgegengesetzter Richtung laufend, beinahe in Geoffreys Arme. Aber Duds erblickte ihn noch rechtzeitig, wich aus und verschwand in einer Öffnung zwischen den Häusern.

Es kam Geoffrey nicht in den Sinn, dass irgendein anderer Feind das gehetzte Wild zur Umkehr gezwungen hatte. Er sah nichts, außer dem Mann und folgte ihm blindlings in die Gasse, geleitet vom Klang der fliehenden Schritte, die hohl in dem engen Durchgang widerhallten.

Das Geräusch hinter sich nahm er einige Sekunden lang nicht wahr. Er schloss zu Duds auf, der an einer Biegung des Pfades langsamer geworden war, und er hatte sein Jackett in Reichweite vor sich, bevor ihm bewusst wurde, dass sie beide überholt wurden. Ein Wirbel leichtbeschuhter Füße, gefolgt von einem Rasseln, das sich anhörte wie ein Pferdegeschirr, hüllte sie beide ein, und gleich darauf ließ ihn ein wuchtiger Schlag auf die Schulter an Duds vorbei gegen die Wand taumeln.

Dann schlug die Woge aus Männerleibern über ihnen zusammen. Zunächst gab es keine Stimmen, keine Worte, nur schweres Atmen, das Getrappel weicher Sohlen auf den Steinen, und abermals das Klirren von Metall.

Dicht an seiner Schulter wimmerte Duds. Es war ein kaum hörbares Geräusch, schrill vor Angst.

»Wo ist der Boss, Duds?«

Die Gesichter waren so nah, dass die Frage warm aus dem eisigen Nebel kam. Geoffrey, der platt an die Wand gedrückt war, kam es vor, als äußerten viele Münder diese Frage. Dringlichkeit lag darin und Drohung, doch gedämpft und unterdrückt. »Wo ist der Boss? Wo ist der Boss?«

»Im Knast.« Die Worte kamen stoßweise. »Parkhurst. Seit Jahren.«

»Lügner. Warst immer schon ein Lügner, Duds.« Der Hieb, der dieser Feststellung folgte, ging so knapp an Geoffreys Gesicht vorbei, dass er den Luftzug verspürte, und das Geräusch, das er verursachte, als er auf Fleisch traf, ließ ihn zusammenzucken.

Er spürte, wie Duds an seiner Seite langsam heruntterglitt. Er versuchte, den Arm zu heben, um seinen Kopf zu schützen, doch da wichen die Männer einem Druck von hinten, als Soldatenstiefel durch die Gasse dröhnten. Geoffrey wurde ein Stück von der am Boden liegenden Gestalt weggerissen. Panik befiel ihn, und er schlug um sich, wild und laut in die Finsternis fluchend. Sofort wurde er gepackt und hochgehoben. Eine Hand fand seinen Mund, und etwas Hartes, Rundes traf ihn oberhalb des Ohrs, eine Schwärze, dichter als der Nebel, senkte sich auf ihn herab, und er sackte zusammen.

Sein erster Gedanke war, dass es sogar für einen Albtraum viel zu kalt und ungemütlich war, und der Lärm war unfassbar. Das Gefühl, nicht sprechen zu können, war ihm aus Träumen bekannt, und er bewegte unruhig den Kopf und kämpfte, wie er dachte, mit dem Schlaf. Bald erkannte er aber, dass er wach war, sich jedoch in so einer Lage befand, dass er an seinem Verstand zweifelte.

Er war in einen kleinen Rollstuhl eingeklemmt, ein Mittelding zwischen einem Krankenfahrstuhl und einem Kinderwagen, die Arme bewegungsunfähig unter einem alten, im Rücken geschlossenen Regenmantel, die verkrampften Beine angezogen und am Untergestell des Gefährts festgebunden. Sein Mund war mit einem Streifen Heftpflaster verschlossen. Er hatte eine gestrickte Haube auf, die den ganzen Kopf, mit Ausnahme der Augen bedeckte, und er wurde rasch einen nebeligen Straßenrand entlanggeschoben, inmitten eines Haufens marschierender Männer, die zu den dünnen Klängen einer Mundharmonika Schritt hielten.

An diesem Punkt entsann er sich, was ihm bis zu dem

Moment, als er niedergeschlagen wurde, widerfahren war, und er besaß die Geistesgegenwart, keine heftige Bewegung zu machen, die verraten hätte, dass er das Bewusstsein wiedererlangt hatte. Nachdem er sich vergewissert hatte, dass er wirklich hilflos war, von geübten Händen sauber verschnürt, gerade noch im Stande zu atmen, aber mehr nicht, konzentrierte er sich unauffällig auf seine Entführer.

Es waren ihrer zehn oder ein Dutzend farblose, schattenhafte Gestalten, die sich dicht in seiner Nähe hielten und ihn gegen die Blicke der Passanten abschirmten, die in dem braunen Nebel kaum die eigene Hand vor den Augen sehen konnten.

Von dort, wo Geoffrey saß, ganz tief über dem Boden, überragten sie ihn turmhoch, und beleuchtete Busse, die langsam vorbeifuhren, wirkten groß wie Vergnügungsdampfer und genauso fern. In seinem Kopf drehte sich alles, und er rang noch immer mit seiner Fassungslosigkeit, da verwandelten sich die schlurfenden Schemen neben ihm in Männer, und er bemerkte mit Erschrecken, dass jeder von ihnen irgendwie körperbeschädigt war, obwohl sie sich für Leute mit solchen Gebrechen erstaunlich leicht und ungehindert fortbewegten. Die einzigen Füße, die schwer auftraten, gehörten dem Mann, der direkt hinter ihm stapfte. Die anderen trappelten gedämpft durch die von Laternen erhellte Düsternis, ihre Kleidung wisperte und raschelte.

Der Mann unmittelbar vor ihm gab die Richtung an. Er war groß und wirkte monströs, weil er auf den Schultern einen Zwerg trug, einen kleinen Mann, dessen normales Fortbewegungsmittel zweifellos der Rollstuhl war, den nun der Gefangene innehatte. Der Zwerg war es, der die Mundharmonika spielte.

Die Melodie war es, was Geoffrey den entscheidenden Hinweis gab. Es war das Lied »Warten auf dich«, das er mit

Unterbrechungen den ganzen Nachmittag gehört hatte, gespielt von Straßenmusikanten in der Crumb Street. Diese Leute waren ihm schon während der von Nervosität erfüllten Wartezeit vor dem Revier auf die Nerven gegangen, doch nun wurde ihm klar, dass auch sie es auf den Mann im Sportjackett abgesehen haben mussten. Gefunden hatten sie ihn jedenfalls, doch was sie mit ihm getan hatten, wusste er nicht. Er schien sich nicht unter ihnen zu befinden.

Er gelangte zu dem Schluss, bei der ganzen Sache handle es sich um so etwas wie eine Bandenfehde, in die er zufällig hineingeraten war. Durch irgendein Versehen war er niedergeschlagen und statt des Mannes, den sie »Duds« nannten, mitgenommen worden. Zweifellos sollte er jetzt irgendwohin gebracht werden, wo man ihn ausfragen konnte.

Der Boss. Plötzlich fiel es ihm wieder ein. Natürlich! Endlich befand er sich auf der Spur von Duds' Auftraggeber. Trotz seines Unbehagens verspürte er tiefe Genugtuung. Er hatte sich vorgenommen, das Rätsel zu lösen, das sein Leben durcheinander gebracht hatte, und nun schien es, als sei er endlich auf dem besten Weg dazu. Die Methode war allerdings reichlich bizarr, doch zumindest steckte er allem Anschein nach mitten in der Angelegenheit drin. Es kam ihm gar nicht in den Sinn, dass er sich in Gefahr befinden könnte. London ist immer noch eine relativ gesetzestreue, wenngleich nicht sonderlich gesetzesfürchtige Stadt. Er vertraute voll darauf, dass er mit der Situation fertig werden würde, es sei denn, dass Elginbrodde doch noch am Leben war.

Dann fiel ihm der Anruf nach Paris ein, den er hatte tätigen sollen. Er hoffte, Miss Noble würde vernünftig sein und nicht Alarm schlagen. Sein Nichterscheinen im Pioneer Club würde einige Erklärungen erfordern, falls er es nicht doch noch schaffte. Er hatte keine Ahnung, wie spät es war oder wo er sich befand. Sie hatten den Verkehr hinter sich gelassen und gingen eine dunkle Straße entlang, die fast menschenleer war. Er gewahrte hohe Gebäude, wusste jedoch nicht zu sagen, ob es Lagerhäuser waren oder Büros, die bereits geschlossen hatten.

Die kleine Prozession machte plötzlich Halt. Er war nicht darauf vorbereitet gewesen und kippte nach vorn. Die Mundharmonika jaulte auf und verstummte, und er spürte Nervosität rings um sich. Ein Mann links von ihm kicherte blöde.

Ein silberbeschlagener Helm tauchte aus dem Nebel auf, und die Stimme des Gesetzes, gelassen und gewollt überlegen, erkundigte sich: »Schluss für heute Abend, Doll?«

»Stimmt, Wachtmeister. Scheußliches Wetter. Wärmer zu Hause.«

Geoffrey hörte die Beherztheit in der neuen Stimme, die hinter ihm ertönte. Er war überzeugt, dass sie dem Mann mit den schweren Stiefeln gehörte. Der Tonfall war ganz leger und einschmeichelnd.

»Da haben Sie Recht«, stimmte der Gesetzeshüter aus tiefster Seele zu. »Was haben Sie da?«

Geoffrey schnaubte durch seinen Mundschutz, und sofort legte sich eine eiserne Hand auf seine Schulter. Er roch Angstschweiß rings um sich, doch der Stiefelmann schien der Lage durchaus gewachsen.

»Ist bloß der arme Blinky, Wachtmeister.« Und dann vertraulich: »Anfälle. Kriegt sie manchmal.«

»Ach so. Gute Nacht allerseits.«

Der Gesetzeshüter entfernte sich würdevoll.

»Gute Nacht, Wachtmeister.« Der Stiefelmann ließ sich keine Erleichterung anmerken, aber er hob warnend die Stimme, um etwaige Anzeichen von Lebhaftigkeit bei den anderen zu dämpfen. »Los, weiter, Tom. Spiel, Herkules. Blinky gehört ins Bett, klar?«

Der Zwischenfall war recht aufschlussreich. Geoffrey erkannte, dass er es nur mit diesem einen Mann würde aufnehmen müssen. Nachdem die Gefahr vorbei war, besserte sich die Laune der Musikanten merklich. Der Zwerg spielte fröhlich, als sie aus der dunklen Straße in einen Weg einbogen, der trotz des Nebels von einem Ende zum anderen von Licht und Lärm erfüllt war. Es war ein Markt, sah Geoffrey, einer jener »Flohmärkte«, wie es sie in den ärmeren Stadtvierteln hie und da noch gibt. Wacklige Buden, mit flatterndem Segeltuch gedeckt und erhellt von nackten Glühbirnen, standen dicht gedrängt zu beiden Seiten der mit Abfall übersäten Straße.

Die Musikanten hielten sich in der Mitte der Straße und rückten dicht an das Wägelchen heran. Geoffrey erblickte zum ersten Mal ihre Gesichter und entsann sich, einige davon am Nachmittag in der Crumb Street gesehen zu haben. Der Kichernde stellte sich als ein Buckliger heraus, größer als die meisten seines Schlages; er hatte ein schaufelförmiges Kinn und schlaffes schwarzes Haar, das bei jeder Bewegung flatterte. Ein Einarmiger, dessen Ärmel gewaltig hin und her schwang, ging dicht neben ihm, und eine absonderliche Gestalt, mit malerischen Fetzen behangen, bewegte sich mit verblüffender Geschwindigkeit unmittelbar vor ihm vorwärts. Niemand würdigte sie eines Blickes.

Plötzlich schwenkte die Gruppe in eine Lücke zwischen zwei Buden ein, und abermals umfing sie Dunkelheit. Es ging durch einen Eingang neben einem Gemüseladen, vor dem, obwohl er jetzt geschlossen war, welke Blätter und feuchtes Stroh den Gehsteig bedeckten.

Der Flur war schmal und eisig und roch nach Schmutz und Moder und Armut. Außerdem war es stockfinster. Doch es gab keine Verzögerung, bis plötzlich eine Tür aufflog und Geoffrey sah, dass sie sich am Anfang einer trüb erhellten Kellertreppe befanden. Hier wurde das Wägelchen angehalten, halsbrecherisch auf der obersten Stufe balancierend, während die anderen mit aus langer Erfahrung gewonnener Unbekümmertheit an ihm vorbei nach unten strömten.

Er sah vor sich ein riesiges, schattenerfülltes Gewölbe. Vor allem die Sauberkeit fiel ihm auf. Alles war ordentlich und sogar gemütlich. Die Ausdehnung war enorm. Der Raum nahm den ganzen Keller des Gebäudes ein. Er war sehr hoch, die Tragbalken waren zwar schwarz und von Spinnweben überzogen, aber die Wände waren bis zur Höhe von ungefähr drei Metern rein und weiß gekalkt. Ein gewaltiger Eisenofen, schimmernd und nahezu glutrot, stand da, drumherum Sitzgelegenheiten, Stühle vom Trödler und Bänke mit sauberen Sackleinen versehen. Da waren drei Brettertische, mit den Schmalseiten aneinandergerückt, mit frischem Zeitungspapier bedeckt und von Kisten flankiert, und ganz hinten an der Wand bot sich eine Reihe von Schlafstätten, mit Heeresdecken bestückt, dem Blick dar.

Geoffrey kannte sich sofort aus. Er hatte dergleichen schon gesehen: wenn eine Kompanie, geführt von einem guten Sergeant, sich in einer lange zu haltenden Stellung eingrub. Alles verriet Disziplin und eine besondere Art von Persönlichkeit. Keine Abfälle lagen herum, kein Kram, doch an den Wänden hingen an Nägeln kleine Bündel mit Habseligkeiten, in Sackleinen eingeschlagen. Das Ganze wirkte primitiv und maskulin, jedoch nicht ohne Spuren von Zivilisation.

Seine Inaugenscheinnahme wurde auf die erschreckendste Weise unterbrochen. Die Männer unten stoben auseinander. Der Zwerg stieß einen schrillen, ekstatischen Schrei aus, und im selben Moment wurden die Hände, die das Wägelchen hielten, zurückgezogen, sodass das kleine Gefährt die steile Treppe hinunterzuholpern begann, ohne dass er etwas dagegen unternehmen konnte.

Die äußerste Brutalität, mit der dies geschah, die Gleichgültigkeit und Rohheit, ängstigten ihn weit mehr als die physische Gefahr. Sein Gewicht beschleunigte die kleinen Räder, und er warf sich zurück, drückte das Rückgrat durch, um auf diese Weise zu verhindern, dass er kopfüber auf dem Backsteinboden landete. Wie durch ein Wunder kippte das Gefährt nicht um, aber es hüpfte wild, als es den Boden erreichte und durch die johlende Menge sauste und dann gegen einige papiergefüllte Säcke prallte, die vor der Wand aufgeschichtet waren. Ohne diese Säcke wäre das Wägelchen, ganz zu schweigen von Geoffreys Knochen, zerschellt, und noch ehe der Zwerg sein übermütiges Kreischen einstellte, wurde ihm klar, dass dies eine Grausamkeit sein musste, die dem kleinen Mann oftmals zugefügt worden war, vielleicht täglich.

Er fühlte sich zum Sterben elend. Das Heftpflaster hinderte ihn am Atmen, und die Strickhaube störte ihn ungemein. Einmal war ihm zu Mute, als würde er ohnmächtig werden, aber die schweren Stiefel trampelten über die Steine auf ihn zu, und er riss sich zusammen. Der Mann kam heran und bückte sich.

Geoffrey schaute auf und erblickte seinen Peiniger zum ersten Mal. Er sah eine große, schlacksige Gestalt, gebeugt, ältlich, doch immer noch kräftig. Das Erschreckendste an dem Mann war seine Farbe. Er war entsetzlich blass, sein kurz geschorenes Haar entsprach seiner Gesichtsfarbe so sehr, dass die Grenzlinie kaum auszumachen war. Er drehte das Wägelchen herum, um sich seinen Gefangenen näher zu betrachten.

6

Der Blasse zog die Wollhaube vom Kopf des Gefangenen, und die anderen kamen näher. Sie waren ein bunt zusammengewürfelter Haufen, aus dem höchstens sechs beim Militär gewesen sein konnten. Geoffrey fiel besonders der Große auf, der den Zwerg getragen hatte. Er war noch jung und hatte ein grobschlächtiges, freundliches, doch sonderbar leeres Gesicht. Der ältere, kleinere Mann, zweifellos sein Bruder, denn die Ähnlichkeit war auffallend, und der zerlumpte Lahme, der nun die Krücken weggelegt hatte und sich völlig normal bewegte, hätten ohne weiteres ehemalige Soldaten sein können. Die restlichen waren vermutlich wegen ihrer Absonderlichkeit ausgewählt worden. Sie versammelten sich um den Gefangenen, neugierig, doch enervierend stumm. Der Stiefelmann war der anerkannte Anführer und die Hauptperson, das stand außer Zweifel.

Geoffrey wurde von all seinen Fesseln befreit, mit Ausnahme des Stricks, der seine Hände hinten zusammenband, und des Heftpflasters.

Als sein dunkler Mantel und der weiße Hemdkragen zum Vorschein kamen, zögerte der Stiefelmann, und das satte Lächeln der Genugtuung, das bislang auf seinem Gesicht gelegen hatte, machte einer gewissen Nachdenklichkeit Platz. Er wandte sich an den kleineren der beiden Brüder.

»Sag mal, Roly, wer ist das? Wer ist das?«

Der Mann trat vor und blickte dem Gefangenen ernst ins Gesicht.

»Den habe ich nie im Leben gesehen.«

»Ist er das nicht? Das ist nicht der Boss?«

»Ach wo.« Dieser Ausspruch, mit Verachtung geladen, kam von dem größeren Bruder und wirkte geradezu sensationell. Geoffrey begriff, dass es sonst nicht seine Art war, etwas zu sagen.

Der Stiefelmann runzelte die Stirn. »Bill, komm mal her.« Er sprach kein Cockney, sondern den weicheren Dialekt eines bestimmten Küstenstrichs. Die beiden Brüder ebenfalls. »Schau genau hin. Wer ist das?«

Der zerlumpte Mann schob sich heran, spähte herunter und lachte.

»Keine Ahnung. Kenne ich nicht. Ein Freund von Duds wahrscheinlich. Der Boss ist nicht so ein Typ. Wenn das der Boss wäre, hätte ich mich längst verkrümelt.«

Geoffrey gelang es mit Mühe aufzustehen. Der Stiefelmann stieß ihn mit der Hand zurück.

»Sitzen bleiben!«, befahl er. »Wir werden nachsehen, wer du bist.«

Er riss den Mantel des Sitzenden auseinander und griff in die Brusttasche. Der Bucklige schleppte eine umgekippte Teekiste herbei, die der Blasse als Tisch benützte, auf dem er sauber und ordentlich den Inhalt der Tasche ablegte. Geoffrey war zu klug, um Widerstand zu leisten. Er saß ruhig da und wartete. Er trug nie besonders viel mit sich herum. Ein paar Pfund in der Brieftasche, ein Scheckheft, seinen Führerschein, ein kleines Notizbuch. Außerdem war da noch ein Taschentuch mit seinem Monogramm, ein Bleistift, ein Zigarettenetui, ein Feuerzeug und der Brief aus dem Umschlag, den er Duds gegeben hatte.

Das einzig Ungewöhnliche war ein Satz Miniaturorden. Er hatte sie beim Bankett tragen wollen und hatte sie deshalb bei sich. Der Stiefelmann betrachtete sie mit großem Interesse. Er verstand sehr wohl, was sie bedeuteten, und berührte einige der rot weißen Bänder, während sein Gesicht sich noch mehr verdüsterte.

Niemand sprach ein Wort. Der Blasse fuhr gemächlich mit

der Sichtung fort. Das Scheckheft und der Führerschein interessierten ihn, doch das Glanzstück, das die Wende brachte, war der Brief aus dem Umschlag, den Geoffrey Duds gegeben hatte. Es handelte sich um ein Rundschreiben der Gesellschaft zur Unterstützung von Waisenhäusern. Es war ein Ansuchen auf prachtvollem Papier, und unter den oben angeführten Förderungsbeiräten standen auch Königliche Hoheiten verzeichnet. »Mein lieber Mr Levett« war als Überschrift eingesetzt worden, und die Faksimilesignatur von Lord Beckenham, dem Präsidenten, der seinen Dank im Voraus ausdrückte, prankte in überzeugendem Tintenblau darunter. Der Eindruck, den dies auf den Stiefelmann machte, war unbeschreiblich. Er nahm die dunkle Brille ab und hielt das Blatt dicht vor die roten Augen. Seine Lippen bewegten sich lautlos, während er das Schreiben noch einmal las, und seine bleiche Hand zitterte ein wenig.

»So!«, stieß er plötzlich aus, zu den anderen herumwirbelnd. »Welcher Trottel hat sich da geirrt?« Seine Augen, ohne Brille fürchterlich, verengten sich vor Angst und Wut.

»Ich habe euch alle vor Verdruss bewahrt, bis jetzt, oder? Ich habe euch richtig gehätschelt, weiß Gott! Wer hat uns diesmal hineingeritten?«

Die Männer wichen zurück. Nur Roly raffte sich zu einer Entgegnung auf.

»Du kannst reden«, sagte er. »Du kannst reden, Tiddy Doll, hast es schon immer gekonnt. Wer ist das? Ein Polyp?«

»Ein Polyp!«, brauste Tiddy Doll auf. »Der ist bloß ›mein lieber Mr Levett‹, der Freund von Gott weiß wem. Das beweist der Brief da. Unterschrieben von Lord Beckenham. Da macht jemand so einen gewaltigen Schnitzer, weil meine armen Augen nicht viel taugen. Los, macht schon! Nehmt den Strick weg! Wer war so blöd, so einen Schnitzer zu machen, das möchte ich bloß wissen!«

»Aber er war doch mit Duds zusammen. Wir haben es alle gesehen. Sie sind beide weggerannt, wie sie uns gesehen haben, zuerst in die Budike und dann die Gasse runter.«

»Halt's Maul. Du redest erst, wenn du gefragt wirst.« Doll hatte Schwierigkeiten mit dem Strick um Geoffreys Handgelenke. Sein Atem, warm und übel riechend, hüllte ihn ein, während der Mann sich in Entschuldigungen erging. »Das haben wir gleich, Sir. Da ist im Nebel ein Irrtum unterlaufen. Einer von denen dort hat Sie für einen Freund von uns gehalten.«

Der Knoten löste sich, und er riss den Strick schmerzhaft schnell herunter.

»Ich selbst sehe so schlecht, meine Augen taugen nichts, von Kindheit an. Beim Militär hab' ich auch nicht das machen dürfen, was ich gewollt hätte. Musste im Camp bleiben und Weiberarbeit verrichten, obwohl ich was Besseres hätte leisten können, wenn man mich nur gelassen hätte. Aber ich war an der Front, Sir, genau wie Sie. Sie müssen also schon entschuldigen. Ich bin halb blind.«

Nun war es an der Zeit, das Heftpflaster zu entfernen. Der Gefangene hob schon die Hand, doch Tiddy Doll konnte nicht der Versuchung widerstehen, Schmerz zuzufügen. Er riss es so plötzlich ab, dass Geoffrey Tränen in die Augen traten.

»Besser so, nicht?« Doll lächelte. Er konnte es nicht unterdrücken. »Wir wollten uns nur mit einem Freund einen Spaß machen, Sir«, sprach er hastig weiter. »Ich weiß nicht, ob Sie mir das glauben werden, aber Gott ist mein Zeuge, Sir, ich bin noch nie so erschrocken, als wie ich Sie da herunten im Licht gesehen habe. Ich hab' gleich gewusst, dass Sie kein Freund von uns sind, Sir. Ich bin nicht so belämmert wie ein paar andere hier.«

»Das reicht.« Die Worte kamen leise aus Geoffreys trockenem Mund. Er begann zu husten, zu würgen und nach Atem zu ringen.

»Gebt ihm was zu trinken, ja?« Doll war außer sich vor Erregung. »Armer Herr, dem hat man übel mitgespielt, weil irgendein Knallkopf blöd war.«

Geoffrey wies den Emaillebecher von sich, den ihm der Bucklige brachte, und stand mühsam auf. Er hatte sich sehr gut in der Gewalt.

»Wo ist der andere Mann?«, fragte er scharf. »Wo ist der Mann, mit dem ich zusammen war?«

»Da hast du's, Tiddy«, trumpfte der ältere der beiden Brüder auf. »Was hab' ich gesagt? Sie waren zusammen. Er und Duds. Jetzt hat er's zugegeben. Sie waren Freunde.«

»Ich habe ihn erst heute Nachmittag kennen gelernt.« Geoffrey sah den Sprecher kühl an. »Ich habe einige Auskünfte von ihm gebraucht und ihn deshalb ins Gasthaus mitgenommen. Ihr abscheulicher Lärm hat ihn sichtlich erschreckt, und er ist davongelaufen. Da ich noch immer mit ihm sprechen wollte, bin ich ihm nachgegangen. Sie haben uns überfallen, und einer von Ihnen hat die Frechheit besessen, mich niederzuschlagen.«

Es war geschraubtes Gerede, doch wie er vermutet hatte, war es die Sprache der Autorität, die sie alle verstanden.

Ein Mann, den er vorher nicht bemerkt hatte, ein hohlwangiger Mensch, der noch ein Paar Tschinellen umklammerte, ergriff ungesäumt das Wort.

»Das war Tiddy. Der hat kein Musikinstrument.«

»So was nennt sich Dankbarkeit!« Es folgte ein Schwall von Beschimpfungen. »So was nennt sich Dankbarkeit! Aus der Gosse habe ich ihn geholt, den Kerl, und jetzt schwärzt er mich an!«

Geoffrey beachtete den Ausbruch nicht. Er fühlte sich bedeutend wohler.

»Wo ist der Mann, mit dem ich zusammen war?«, wiederholte er. »Sie kannten ihn. Sie nannten ihn beim Namen.« Er wandte sich aufs Geratewohl an den älteren der beiden Brüder, an dessen Stimme er sich zu erinnern glaubte. »Sie dort! Wie heißen Sie? Roly? Sie haben ihn einen Lügner genannt.«

»Nein, das war nicht ich, Sir, das war mein Bruder Tom. Der ist ein bisschen merkwürdig, Sir. Neben ihm ist mal was explodiert, und seither ist er nicht mehr so, wie er war. Deshalb machen wir bei Tiddy mit. Wir sind aus derselben Gegend, Sir. Wir sind alle aus Suffolk, Tom, Tiddy und ich. Tom hat Duds gekannt, Duds war Corporal, wissen Sie?«

Geoffrey kam eine Idee.

»Und der so genannte Boss war Sergeant, nehme ich an?«

»Stimmt, Sir.« Doll, der Mann aus Tiddington, konnte es nicht ertragen, lange abseits zu stehen.

»Haben Sie unter ihm gedient?«

»Nein, Sir«, mischte sich Roly eifrig ein. »Nein, Tiddy war nicht bei uns. Tiddy hat den Boss nie gesehen. Bloß ich und Tom und Bill haben den Boss leibhaftig gesehen. Wir sind die letzten drei, die damals mit ihm waren. Tiddy hilft uns nur, wissen Sie?«

»Ich bemühe mich, dass ihr zu eurem Recht kommt«, sagte der Blasse. »Ich kümmere mich um euch. Ich passe auf, dass ihr anständig bleibt, und ich hoffe, keiner von euch funkt dazwischen.« Geoffrey ignorierte ihn und sprach zu Roly.

»Nun, wo ist dieser Sergeant?«

»Das möchten wir auch gern wissen, Sir.« Roly freute sich, wieder am Ball zu sein. »Wir suchen ihn schon seit fast drei Jahren. Tiddy sagt, jeder kommt mal nach London, der das Geld hat, sich einen Spaß zu leisten. Bleib lang genug auf der Straße, sagt er, und du siehst jeden, den du kennst. Außerdem verdienen wir ja auch was dabei, nicht? Tom kriegt seinen

Anteil, und einen solchen bekäme er bei keinem anderen Job.«

»Und ich hab' Recht gehabt«, warf Tiddy ein. »Wir haben Duds gesehen, oder nicht?«

»Doch«, bestätigte Roly. »Wir haben Duds in der Oxford Street gesehen, fein herausstaffiert, aber wir haben ihn verloren. Das war vor drei Wochen. Heute haben wir ihn wieder gesehen und sind ihm nach. Ich habe ihn gerufen, aber er hat sich in den Bahnhof verzogen. Dann ist er mit der Polente herausgekommen, und die haben ihn mit aufs Revier genommen. Wir haben gewusst, man kann uns nichts anhaben, wenn wir bloß in Bewegung bleiben. Das ist gesetzlich so. Nach einer Weile haben sie ihn wieder laufen lassen. Dann sind Sie zu ihm hin, wir sind euch beiden nach und haben vor der Budike gewartet. Wie er herauskommt, rennt er direkt in uns rein, und Tom, der sonst nie was bemerkt, erblickt ihn und flitzt ihm nach. Die beiden biegen in die Gasse ein, und wir ihnen nach, natürlich. Sie haben wir kaum bemerkt, Sir, ob Sie's glauben oder nicht.«

»Natürlich haben wir den Herrn gesehen«, widersprach Tiddy aufgebracht. »Wir haben ihn aber für den Boss gehalten, das ist alles.«

»Was ist mit dem Corporal geschehen?«

»Tom hat ihm aus Versehen eins verpasst.« Roly blickte seinen Bruder an. Der junge Mann stand im Hintergrund, und seine Augen waren leer. »Tom ist noch immer sehr stark, aber er macht keinen Gebrauch mehr davon. Dann ist Tiddy gekommen, und wir haben uns Sie vorgenommen, Sir, und dann ist Tiddy zu Duds gegangen.«

Es folgte eine kleine Pause, verursacht vor allem von der Verwunderung über ihre eigene Dummheit, sich auf einen Falschen konzentriert zu haben.

»Als du zurückgekommen bist, hast du gelacht, Tiddy«,

sagte der Mann mit den Tschinellen unverhofft. »Du hast gesagt, du hast ihm was mit auf den Weg gegeben. Hast du gesagt, Tiddy. Und dann hast du gesagt, wir sollen den Knilch in den Rollstuhl packen.«

Tiddy Doll setzte sich die Brille auf. Die schwarzen Gläser verliehen ihm etwas Geheimnisvolles.

»Er hat dort gehockt und hat Nasenbluten gehabt«, sagte er angewidert. »Ich hab' ihn nur ein bisschen aufgemuntert. Und dann bin ich gleich umgekehrt. Ich habe gedacht, wir haben den Boss.«

»Hast du nicht, Tiddy, hast du nicht, weil ich dir gesagt habe, der ist nicht der Boss.« Roly sprach hitzig und mit verzerrtem Mund.

»Tiddy hat gedacht, wir haben den Offizier, nicht nur den Sergeant.« Das war die Stimme des Buckligen, und er kicherte. Es war Tom, der jüngere Bruder, der so anders geworden war, der als Erster das Wort ergriff. Er hob den Kopf und starrte den Fremden mit Augen an, in denen kurz Erwachen aufdämmerte.

»Major Elginbrodde«, sagte er in seinem gedehnten Suffolker Dialekt, »der sind Sie.«

»Ist er nicht!«, widersprach Roly erschrocken. »Tom, du liegst ganz falsch. Major Elginbrodde war doch kleiner und dunkler. Außerdem lebt er nicht mehr, der arme Kerl. Das weißt du selbst am besten.«

Der junge Mann schüttelte den Kopf. »Er sieht nicht aus wie er, und er redet nicht wie er, aber ich glaub', er ist es doch.«

»Komm, Tom, setz dich.« Roly führte seinen Bruder zu einer Seifenkiste. »Er ist bekloppt. Er ist manchmal ganz bekloppt«, erklärte er, über die Schulter zurückgewandt. »Major Elginbrodde und Tom waren zusammen, als sie auf die Mine getreten sind. Das war an der Küste in der Normandie, vier Monate vor der Invasion. Den Major hat's erwischt, aber Tom hat nichts abgekriegt, haben wir uns gedacht, bis wir gemerkt haben, dass er so anders geworden ist. Hat nie jemandem was erzählt, der Tom, außer mir, und da waren wir schon zwei Jahre in Zivil.«

Geoffrey reckte das Kinn vor.

»Tom«, sagte er scharf und befehlend, »reißen Sie sich zusammen, Mann! Ist Major Elginbrodde tot?«

Der Junge wuchtete sich hoch.

»Das hab' ich gedacht, Sir. Ich hab' gesehen, wie er und sein halber Kopf an mir vorbeigeflogen sind. Aber jetzt, wo ich Ihnen zuhöre, weiß ich nicht, ob er sich nicht 'nen neuen Körper zugelegt hat oder so. Sie sind's nicht?«

»Nein. Mein Name ist Levett. Aber ich war auch Major.«

»Behaupten Sie, Sir.« Es klang unterwürfig, aber nicht überzeugt, und er setzte sich wieder. Sein Bruder war verlegen und etwas verärgert.

»Hören Sie nicht auf ihn, Sir«, bat er. »Er ist total durchgedreht, der Tom. Früher war er nicht so. Als er noch jünger war, da war er richtig gescheit. Wir haben ein eigenes Boot gehabt, als unser Vater noch gelebt hat. Deshalb hat man uns genommen, Sir. Deshalb hat uns der Boss ausgesucht. Der Boss hat die Leute für die Aktion organisiert.«

»Schluss damit, Schluss damit!«, warnte Tiddy Doll aufgebracht. »Der Herr will eure Lebensgeschichte gar nicht hören. Deine große Schnauze war immer dein Nachteil, Roly. Der Herr muss an seine eigene Lage denken.«

Die Drohung war unverhüllt, Geoffrey fuhr herum und fixierte eisig die dunklen Brillengläser.

»Ich nehme an, Sie haben über Ihre eigene nachgedacht, Doll?«

Doll lächelte. Geoffrey wandte sich wieder an Roly. »Von welcher Aktion sprechen Sie?«

»Die hat keinen Namen gehabt, Sir. Die war geheim.«

»Vier Monate vor der Invasion?«

»Jawohl, Sir.«

»In der Normandie?«

»Weiß ich nicht genau. Ein U-Boot hat uns mitgenommen, und dann sind wir auf ein kleines Boot umgestiegen. Tom und ich haben das Boot bedient. Wir sind nicht zum Haus hinaufgegangen, nicht einmal Bill ist hingegangen. Bill hat am Ufer gesessen mit einer Taschenlampe, damit er das Signal gibt, wenn wir es brauchen sollten. Wir waren alle splitternackt und schwarz angestrichen, und Bill war ganz mit Seegras behangen.«

Geoffrey warf einen Blick auf den zerlumpten Mann, der draußen Krücken benützte und drin nicht, und sah betroffen, dass er lächelte und dass seine tief liegenden Augen funkelten.

»Wo waren die anderen?«

»Da waren nur Duds und der Boss und der Major. Duds ist nicht ins Haus gegangen. Der ist unten geblieben. Sie haben gewusst, dass der Mann, auf den sie's abgesehen hatten, selbst Auto fährt, sodass wahrscheinlich kein Chauffeur da war. Der Einzige, der hätte kommen können, haben sie gedacht, wäre ein Kradmelder gewesen. Keiner von uns hat eine Pistole dabeigehabt. Pistolen waren nicht erlaubt, wegen dem Krach.«

»Hinter wem waren Sie her?«

Roly schüttelte den Kopf. »Haben wir nie erfahren. Duds hat gesagt, es sei ein General, aber der Boss hat mir und Tom gesagt, es sei ein Spion.«

»Aha. Und er sollte allein ins Haus gehen?«

»Tja, sie haben damit gerechnet, dass eine Frau dort sein wird. Es war ja nur ein kleines Haus, ganz für sich allein. Meer und Felsen auf der einen Seite, Privatstraße auf der anderen. Sie haben damit gerechnet, dass er sie dort untergebracht hat.«

Geoffrey nickte. Er glaubte die Geschichte. Einige höchst sonderbare Sachen waren in den Monaten vor der großen Invasion längs der französischen Küste passiert.

Er erwachte aus seinen Überlegungen. Roly sprach weiter. »Der Boss hat seinen Auftrag erledigt; beide, haben wir uns gedacht, obwohl er nie was von der Frau gesagt hat. Der hat das Messer gern gehabt, der Jack. Und wie der das Messer gern gehabt hat!«

Das klang richtig genussvoll.

Geoffrey blickte scharf auf. Seine ursprüngliche Vermutung traf anscheinend zu: Roly war es gewesen, und nicht sein Bruder Tom, der Duds im Nebel geschlagen hatte. Der Mann bestätigte das gleich darauf.

»Duds hat mir gesagt, der Boss ist im Knast, aber er hat gelogen, wie immer. Jack war zu gerissen für so was. Jack hat den Schatz geholt und lebt herrlich und in Freuden wie ein Lord, während seine Kumpels auf den Straßen rumziehen. Deshalb suchen wir ihn.«

Tiddy Doll, der ihm schon längere Zeit Zeichen gemacht hatte, gab verzweifelt auf.

»Jetzt hast du's ausgequatscht«, stieß er aus und ließ eine Flut von ordinären Ausdrücken folgen, aus denen ein Fachmann auf seinen gesamten Lebenslauf hätte schließen können. »Jetzt hast du die Schnauze so weit aufgerissen, dass du dich selbst verschluckt hast. Jetzt hast du alles verraten.«

Geoffrey beachtete ihn nicht. Die Geschichte begann Gestalt anzunehmen. Elginbrodde, der ihm allmählich sympathisch wurde, hatte offenbar nichts mit der Sache zu tun, doch dadurch wurde der Umstand, warum Duds sich für ihn ausgegeben hatte, noch unverständlicher. Er wandte sich wieder an Roly.

»Major Elginbrodde ging zu dem Haus an der Küste, nehme ich an?«

»Klar. Der Boss hat den Major gebraucht. Das Haus hat ihm gehört.«

»Sie meinen, er war dort zu Hause?«

»Freilich, Sir. Er hat als Kind dort gelebt. Es war ein altes Gemäuer, so was wie ein kleines Schloss. Die wären nie so leise den Felsen hinaufgekommen, wenn er nicht den Weg gewusst hätte. Deshalb hat man ihn ausgesucht. Deshalb sind wir überhaupt dazugekommen mitzumachen.«

»Was war mit der Familie des Majors geschehen?«

Der ehemalige Fischer schaute verständnislos drein. »Ich glaube, es war niemand mehr da außer seiner Oma. Aber die ist weggezogen. Dann hat der Spion, hinter dem wir her waren, seine Freundin dort untergebracht, aber den Schatz haben sie nie gefunden.«

Die Betonung, die auf das Wort »Schatz« gelegt wurde, entging Geoffrey nicht. Als er den Blick über die bunt zusammengewürfelte Gesellschaft im Keller schweifen ließ, glaubte er, alles zu begreifen. Jedes einzelne Gesicht war ernst, versonnen und habgierig. Ein Schatz. Das uralte Wort hatte wieder einmal seinen Zauber nicht verfehlt. Es hielt sie zusammen, wie sonst nichts das vermocht hätte, und nährte sie, auch wenn es sie gleichzeitig verzehrte.

»Der Sergeant hat Ihnen das alles beschrieben, nehme ich an?«, fragte er amüsiert.

Seine Belustigung wurde erkannt und sofort übel genommen. Nichts hätte die Männer mehr in Rage versetzen können, denn der Schatz war heilig. Er war das Einzige auf der Welt, woran sie glaubten. Ein Murren, hässlich und gereizt, erhob sich.

»Der Boss hat nicht zu viel gesagt. Der war viel zu vorsichtig«, sagte Roly erbittert. »Aber er hat gewusst, dass was da ist, und der ist bestimmt dorthin zurück, verlassen Sie sich drauf, sowie er erfahren hat, dass der Major ins Gras gebissen hat. Das steht einmal fest.«

»Und jetzt lebt er davon, mit Wein und Autos und Sauftouren«, ereiferte sich Tiddy Doll. »Das merkt man daran, wie sein Kumpel Duds herausstaffiert war. Das ist der Beweis, jawohl!«

»Ich hab' gedacht, du hast ihn nicht sehen können, Tiddy.«

»Klar hab' ich ihn gesehen. Ich hab' ihn gesehen, als wir ihm gefolgt sind.« Der Blasse korrigierte flugs den Versprecher und wechselte das Thema. »Da sind die Andenken. Vergiss die Andenken nicht. Wir wissen, dass dort mal ein Schatz war. Habt ja alle eine Kostprobe gekriegt, oder?«

Ein kurzes Zögern folgte, dann ging Roly zu seinem Bruder hinüber und kam nach einem kurzen Wortwechsel mit einem Päckchen zurück, das in ein Stück Stoff eingewickelt war.

»Major Elginbrodde hat jedem von uns ein Andenken gegeben«, erläuterte er Geoffrey. »Er hat sie in den Taschen mitgebracht. Wir anderen haben sie zu verschiedenen Zeiten verhökern müssen, aber Tom hat seines behalten. Hat es behalten müssen. War zu wertvoll zum Verkaufen. Niemand wollte es nehmen.«

In völliger Stille öffnete er das Päckchen. Unter dem Lappen kam ein buntes Taschentuch zum Vorschein, und darunter lag ein arg zerknittertes Geviert wasserdichter Seide. Die letzte Verpackung war ein Stück Stanniolpapier. Roly schlug es zurück und glättete es mit Händen, die so schwarz waren wie seine Kleidung. Dann hielt er den Inhalt Geoffrey zum Ansehen hin.

Es war eine frühe Miniatur, wunderbar auf Holz gemalt. Geoffrey war kein Fachmann, aber er erkannte, dass es eine hervorragende Arbeit und offensichtlich echt war. Die Behandlung, die ihr zuteil wurde, bekam ihr schlecht. Das Täfelchen war rissig, und die Farbe blätterte ab.

»Hat früher mal einen Rahmen gehabt. Pures Gold, mit kleinen bunten Glassplittern drauf. Ein Kerl in der Walworth Road hat Tom sieben Pfund zehn dafür gegeben.«

»Das war, bevor ich euch gefunden habe«, warf Doll wütend ein. »Da seid ihr übers Ohr gehauen worden!«

»Bill hat zwölf Pfund für seine Spieldose gekriegt«, fügte Roly hastig hinzu. »Ein kleiner goldener Vogel im Käfig.«

Diese traurigen Erinnerungen wurden von einem sonderbaren Zwischenfall beendet. Am hintersten Ende des Raumes erschien durch die Decke plötzlich eine Zeitung und flatterte zu Boden. Der Keller reichte ein Stück unter die Straße, und dort befand sich ein Gitter, das ein zuvorkommender Zeitungsverkäufer als Briefkastenschlitz verwendete.

»Spätausgabe!«, rief der Mann mit den Tschinellen, während er hineilte, um die Zeitung aufzuheben.

»Hunderennen«, sagte Tiddy verächtlich. »Sechs Pence auf die Hunde setzen, das ist für ihn das Höchste. Schade ums Geld. Na, Sir, was halten Sie von unserem kleinen Irrtum?«

Geoffrey wandte den Blick von der Miniatur ab, und Roly wickelte sie mit äußerster Sorgfalt wieder ein.

»Wie lautete doch gleich der Name des Sergeants?« Geoffrey hatte Tiddys Frage ignoriert und sammelte nun seine Habseligkeiten ein.

»Jack Hackett«, antwortete Roly. »Jedenfalls hat er beim Militär so geheißen. Ich weiß nicht, als was er auf die Welt gekommen ist. Wird schon mehrere Namen gehabt haben, denke ich mir.«

»Verlass dich drauf, der heißt nicht mehr Hackett«, mischte sich Doll geringschätzig ein. »Der ist jetzt schon ein Lord.

Vielleicht kennen Sie ihn, Sir? Sie werden es schon noch erfahren, wenn wir ihn erwischen. Was werden Sie denn jetzt machen, Sir?«

»Machen?«

»Wegen unseres kleinen Irrtums.«

»Ich werde ihn vergessen.«

Doll akzeptierte die Zusicherung; er hätte keine Unterschrift so akzeptiert, und wäre sie noch so erlaucht gewesen. Doch das war noch nicht alles. Geoffrey merkte, dass sie noch eine Warnung von ihm erwarteten, und er war bereit, sie zu äußern.

»Aber wenn mir noch einmal etwas Ähnliches zu Ohren kommt, wenn Ihnen noch einmal so ein dummer Irrtum unterläuft, Doll, dann, natürlich, werde ich nicht länger schweigen. Verstehen Sie?«

»Jawohl, Sir.« Es war eine knappe, militärische Antwort, und der Mann schlug die Hacken zusammen.

Niemand beachtete den Mann mit den Tschinellen. Er saß auf einer Kiste, die Spätausgabe dicht vor Augen, und buchstabierte die »Letzten Meldungen« auf der Rückseite. Plötzlich begann er zu fluchen, sodass alle zusammenzuckten.

»Ermordeter Mann in Pump Path. Das ist Duds. Er ist tot.«

»Lüge!« Tiddy Doll stürzte hinüber und spähte in das Blatt.

»Du hast's getan, Tiddy.« Rolys Gesicht war grün geworden, und er und die anderen wichen geschlossen vor Doll zurück. »Du hast es getan. Du hast gesagt, du hast ihm was auf den Weg mitgegeben.«

Der Blasse zerknüllte die Zeitung in seinen großen Händen. Sein Gehirn arbeitete bedeutend schneller als das der anderen, und er hatte Mut.

»Schnauze!«, brüllte er. »Wenn es einer von uns getan hat,

dann haben wir es alle getan, das ist Gesetz.« Er wirbelte herum und zeigte auf Geoffrey. »Der auch!«

Geoffrey blieb keine Zeit mehr. Acht Mann befanden sich zwischen ihm und der Treppe.

»Seid keine Idioten!«, rief er ihnen zu. »Nehmt euch zusammen. Wenn das stimmt, dann habt ihr nur eine Hoffnung. Eine Aussage vor der Polizei, jetzt, sofort, ist eure einzige Chance.«

»Zum Teufel damit!« Tiddys Gebrüll erfüllte den Raum.

7

Am anderen Ende der Stadt hatte Sergeant Picot eine der aufregendsten Vernehmungen seiner Laufbahn hinter sich gebracht, doch um elf Uhr nachts war er bereit zuzugeben, dass sein Chef gewusst hatte, was er tat, als er den »alten Pastor« gewähren ließ. Er saß still in dem Ledersessel in der Ecke des Studierzimmers im Pfarrhaus, sein Notizbuch schicklich in den Falten des Regenmantels verborgen, und dachte, wie leicht doch das Leben sein müsste, wenn sich die Polizei so viel herausnehmen dürfte, wie die Öffentlichkeit immer annahm.

Pastor Avril hatte entweder nie von einschlägigen Vorschriften gehört oder erachtete sie als bei Familienangehörigen unwirksam. Lebensfremd mochte er sein, aber beim Herausfinden der Wahrheit stellte er sich, wie Picot sich eingestehen musste, außerordentlich geschickt an.

Er hatte bei seinem eigen Fleisch und Blut angefangen, und Meg Elginbrodde war einem Verhör unterzogen worden, das den Sergeant nicht nur zufrieden stellte, sondern auch empörte. Sam Drummock und seiner lieben, verängstigten Frau war es ebenso ergangen. Miss Warburton, aus ihrem benachbarten Häuschen herbeigeholt, war erschüttert und schockiert. Und nun, nachdem William Talisman, der Küster, etwas kriecherisch seine Unschuld beteuert hatte, stand seine Frau Mary vor dem Schreibtisch des Pastors, und endlich ging es vorwärts.

Avril hatte seinen Schreibtisch frei gemacht, indem er alles darauf Befindliche in einen großen Hundekorb gefegt hatte, den er darunter aufbewahrte, zweifellos für eben solche Notlagen. Das Sportjackett, in dem Duds gestorben war, lag, so gefaltet, dass die schlimmsten Blutflecken verborgen blieben, auf der abgewetzten Lederplatte. Der Pastor hatte die Brille hoch auf die breite Stirn hinaufgeschoben, und seine Augen blickten streng aus dem gütigen Gesicht.

»Das hat mir Ihr Mann schon gesagt«, erklärte er. »Will sagt, er ist ziemlich sicher, dass er vor etwa einem Monat gesehen hat, wie Sie dieses Jackett in braunes Papier eingepackt haben. Weinen Sie nicht. Wie soll ich dann hören, was Sie sagen? Und lügen Sie nicht mehr.«

Mrs Talisman besaß einen kleinen, dummen Stolz, der sich in ihrem Gesicht spiegelte. Ihr Leben bestand aus Fürsorge für ihren Mann, ihr Enkelkind und den Pastor, und weil sie dieses Privileg genoss, hielt sie sich für etwas Besseres als andere Leute. Sie hatte den alten Herrn bei so mancher Krankheit gepflegt, und ein beim Bügeln entstandenes Fältchen in seinem Hemd kam ihr vor wie der Beweis einer von ihr begangenen Sünde.

»Ja, ich war es!«, rief sie schließlich zerknirscht aus. »Ich habe das alte Jackett genommen und weggegeben.«

»Warum haben Sie das nicht gleich gesagt, Sie törichte Person, statt zu behaupten, Sie wüssten von nichts? Haben Sie Meg oder mich gefragt, bevor Sie es weggegeben haben? Ich erinnere mich nicht, gefragt worden zu sein.«

Sergeant Picot war es durchaus verständlich, dass es niemandem auch nur im Traum eingefallen wäre, den Pastor zu fragen, bevor irgendein Kleidungsstück im Haus weggegeben wurde. Er empfand richtiggehend Mitleid mit der braven alten Person. Ihre Antwort bestand aus einem Schlucken, und Avril fuhr mit dem Verhör fort.

»Wem haben Sie es gegeben? Irgendeinem armen Schlucker?« Sie zögerte, und ein Fünkchen Verachtung glomm in ihren geröteten Augen auf. Der Pastor bemerkte es sofort.

»Ach so. Es war jemand, den Sie kannten. Wer war es?«

Mrs Talisman vollführte eine resignierte Geste.

»Ich habe es Mrs Cash gegeben.«

»Mrs Cash?« Der lauschende Picot begriff, dass das einer Offenbarung gleichkam. Avril lehnte sich zurück, die Lippen leicht geöffnet, Verständnis im Blick und auch, falls Picot sich nicht täuschte, Betroffenheit.

»Dot!«, schrie er.

»Ja, Pastor.« Miss Warburtons hohe, fröhliche Stimme schwebte aus Megs Zimmer die Treppe herunter. »Komm schon!«

Picot erwartete ihr Erscheinen voll Verlegenheit. Sie hatten schon eine Sitzung hinter sich, und sie war nicht der Typ Frau, den er mochte.

»Bitte, holen Sie Mrs Cash«, ersuchte Avril lautstark.

»Sie wird schon im Bett sein, Hubert.«

Ein neuerlicher Tränenausbruch Mrs Talismans lenkte Avrils Aufmerksamkeit ab, und er bedeutete ihr, still zu sein.

»Wie war das, Dot?«

»Sie wird schon im Bett sein!« Sie hörten ihre Schritte auf der Treppe.

»Dann holen Sie sie heraus.« Er schien sich zu wundern, dass ihr das nicht selbst eingefallen war. »Sie soll sich etwas überwerfen und sich nicht erst frisieren. Sie kann sich ein Tuch umbinden. Vielen Dank, Dot.«

Nachdem das geregelt war, schloss er fest die Tür, gerade als die Dame den Flur erreichte.

»So, Mary«, sagte er, als er wieder Platz nahm. »Denken Sie gut nach und regen Sie sich nicht unnötig auf. Nur ruhig, mein armes Kind. Mäßigung. Mäßigung in allen Dingen. Haben Sie das Jackett Mrs Cash angeboten, oder hat sie es verlangt?«

»Ich – ach, ich weiß nicht, Sir.«

»Ah«, sagte er. »Hat sie gesagt, wozu sie es braucht? Nein, natürlich nicht. Wie dumm von mir. Aber hören Sie – hat Mrs Elginbrodde Ihnen die Fotografien gezeigt, die sie mit der Post bekommen hat?«

»Die vom Major? Ja, Sir. Ich habe ihr gesagt, ich verstehe nicht, wie da jemand etwas Bestimmtes sagen kann.«

»Haben Sie denn das Sportjackett auf dem Foto nicht wiedererkannt?«

»Ach, ich habe mir nichts dabei gedacht. Hat man das so gemacht? Ach Gott, es ist mir überhaupt nicht in den Sinn gekommen.«

»Wieso nicht, Mary? Mir ist es auch nicht in den Sinn gekommen.«

»Ich weiß, vielleicht weil die Farbe gefehlt hat, Sir. Das Jackett ist nur wegen der Farbe so auffallend, und die hat man auf dem Foto nicht gesehen.«

»Ja. So, und nun machen Sie sich eine Tasse Tee, setzen Sie sich in die Küche und trinken Sie ihn, und rühren Sie sich nicht von der Stelle, bevor ich Sie rufe. Verstehen Sie?«

»Ja, Sir. Aber, Sir, wenn Mrs Cash –«

»Marsch«, befahl Pastor Avril streng, entnahm dem Hundekorb ein Blatt Papier und begann zu schreiben.

Dies war anscheinend ein Zeichen unwiderruflicher Verabschiedung. Mrs Talisman schickte sich ins Unvermeidliche und verließ, abermals das Taschentuch zückend, unter Tränen den Raum.

»Ich glaube nicht, dass man heutzutage noch so eine Haushälterin findet«, konnte sich Picot nicht verkneifen zu bemerken.

»Da haben Sie Recht. Ich würde ohne diese Frau binnen sechs Monaten sterben. Sie rettet mir jeden Januar das Leben, wenn ich Bronchitis habe«, gestand der Pastor frohgemut.

Picot gab keine Antwort. Sein blühendes Gesicht war ausdruckslos. Der alte Herr kam ihm absolut unwahrscheinlich vor, jedenfalls höchst ungewöhnlich. Über diese Mrs Cash, zum Beispiel, hatte er mit seiner Haushälterin nicht sprechen wollen, und bei der Erwähnung ihres Namens hatte es ihm die Sprache verschlagen. Er fragte sich, was zwischen den beiden sein mochte. Er hätte die Frau gern gesehen.

Sein Wunsch ging fast sofort in Erfüllung. Die Haustür öffnete sich quietschend, und Miss Warburtons muntere Stimme ertönte.

»Kommen Sie, Mrs Cash, kommen Sie. Herein mit Ihnen. Es ist ein netter Polizist da; der Pastor kann Ihnen also nicht den Kopf abreißen. Kommen Sie nur.«

Die Tür des Studierzimmers ging auf, und sie kam herein. Miss Warburton war ein ältliches Fräulein aus guter Familie und hatte das Pech gehabt, ihre Persönlichkeit zu einer Zeit zu formen, als lustige, nichts sagende Wirrköpfe in Mode waren. Doch ihr ursprünglicher Typ begann durchzuschimmern, sodass der Gesamteffekt nun, dreißig Jahre später, etwas peinlich war. Doch im Grunde war sie das geblieben, was sie ihrem Wesen nach war, nämlich sehr feminin, sehr ehrlich, sehr hartnäckig bis zur Uneinsichtigkeit, und sie hatte fast immer Recht.

»Hier ist sie, Hubert«, sagte sie. »Ich habe sie aus dem Bett geholt. Soll ich hier bleiben?«

Die andere Frau war nicht hinter ihr zu sehen.

»Nein, Dot, nein.« Avril lächelte und nickte ihr zu. »Das war sehr nett von Ihnen. Vielen Dank. Gehen Sie wieder hinauf.«

»Ich erwarte, nachher alles erzählt zu bekommen, darauf mache ich Sie gleich aufmerksam.«

»Selbstverständlich, Dot«, versicherte der Pastor. »Selbstverständlich. Treten Sie näher, Mrs Cash.«

Mrs Cash kam herein. Bei ihrem Anblick mobilisierte Picot unwillkürlich alle seine von der Erfahrung geschärften Sinne, obwohl sie zunächst gar nicht irgendwie außergewöhnlich wirkte. Sie war eine stämmige kleine Person, Ende fünfzig, sehr fest auf den Beinen stehend, sehr ordentlich. Ihr schwarzer Mantel war bis zum Hals zugeknöpft, den ein Streifen teuren braunen Pelzes umschloss. Ihr volles Gesicht, die dicken Rollen eisengrauen Haars und der schwarze Hut, der darauf saß, wirkten wie aus einem Stück. Sie trug eine große, schwarze Handtasche, die sie mit beiden Händen vor ihrem Magen hielt.

Sie musterte Picot, tat ihn als nebensächlich ab und ging stracks auf Avril zu.

»Guten Abend, Pastor. Sie wollten mich wegen des Jacketts sprechen?« Ihre Stimme entsprach ihrer Erscheinung; sie war hell, dreist und nicht sehr angenehm. »Ich setze mich hierher, darf ich?«

Sie zog einen kleinen Lehnsessel vor den Schreibtisch und sank hinein. Ihre Füße berührten gerade noch den Boden, doch sie hielt sich aufrecht, und der Sergeant sah ihren Hut, unbeweglich wie einen Felsbrocken, über die niedrige Lehne hinausragen.

Der Pastor hatte sich erhoben und blickte sie ernst an.

»Ja«, sagte er. Er entschuldigte sich nicht dafür, dass er sie zu so später Stunde hatte kommen lassen, und Picot gewahrte, dass diese beiden eher alte Feinde als alte Freunde waren.

»Mary sagt, sie hat es Ihnen vor einigen Wochen gegeben. Stimmt das?«

»Nicht ganz. Ich möchte niemanden in Schwierigkeiten bringen, wie Sie wissen, aber Mary sagt nicht die Wahrheit. Ich habe es gekauft. Für drei Pfund zehn. Es war für wohltätige Zwecke bestimmt.« Sie sprach rasch und anscheinend völlig offen, doch die beiden Männer glaubten ihr kein Wort.

»Sie haben es also von Mary gekauft.«

»Das habe ich schon gesagt. Ich habe natürlich gedacht, sie hat es geschenkt bekommen. So gut müssten Sie mich nach sechsundzwanzig Jahren eigentlich kennen. Nächsten Monat werden es sechsundzwanzig Jahre, dass ich in dem zweiten Pfarrhäuschen wohne.«

Der alte Herr regte sich nicht. Picot sah sein feines Gesicht, ernst und bekümmert, aber auch verschlossen, als wollte er nichts mit ihr zu tun haben. Er ging nicht auf ihre Worte ein.

»Und was taten Sie damit, nachdem Sie es von Mary gekauft hatten?«

»Das ist meine Sache.« Sie sagte es vorwurfsvoll, aber immer noch gelassen.

»Selbstverständlich«, stimmte Avril zu. »Aber Sie werden es wiedererkennen, und das ist immerhin etwas. Wollen Sie es sich bitte einmal ansehen?«

Picot staunte. Er hatte nicht erwartet, dass ein Pastor so hart sein könnte. Er setzte sich so, dass er ihr Gesicht sehen konnte, sobald sie die schrecklichen Flecken erblickte. Sie beugte sich nichts ahnend vor und zog das Jackett zu sich heran. Als sie es auseinander schüttelte, lagen die Aufschläge klebrig vor ihren Augen, und die Hände zögerten, jedoch nur so kurz, dass es kaum wahrnehmbar war. Ihr Gesicht veränderte sich überhaupt nicht.

»Ich glaube nicht, dass das in der Reinigung herausgeht«, bemerkte sie, faltete das Kleidungsstück und legte es wieder auf den Tisch. Ihre spröde Stimme klang völlig gelassen. »Ja, das ist das Jackett, das ich Mary abgekauft habe. Wozu soll ich es noch extra sagen? Sie sehen es ja selbst. Es hat ja weiß Gott wie lange hier im Haus herumgelegen.« Sie lachte resigniert auf.

»Die Polizei wird wissen wollen, was Sie damit gemacht haben«, gab Avril zu bedenken.

»Dann werde ich es wohl sagen müssen.« Sie wirkte sehr selbstsicher. »Ich muss mal in meinem Büchlein nachsehen. Ich glaube, ich habe ein paar Mottenlöcher drin entdeckt, und da habe ich es zusammen mit ein paar anderen Sachen zu Mr Rosenthal in die Crumb Street geschickt.« Sie drehte sich im Sitzen um, sodass sie Picot voll das Gesicht zuwandte. »Ich bin nicht reich, aber ich steuere der Kirche gern etwas bei«, erklärte sie. »Manchmal muss ich ein paar Prozent für meine Mühe aufschlagen, aber das geht ja nicht anders, denn wenn ich nicht leben kann, dann kann ich nichts geben, stimmt's?«

»Sie handeln mit gebrauchter Kleidung, nicht wahr, Mrs Cash?« Der Sergeant ließ sich von solchem Gerede nicht einschüchtern. Er glaubte zu wissen, wie man sie behandeln musste.

Ihre Augen, genauso welterfahren wie die seinen, sahen ihn fest an. »Ich trage mein Scherflein bei, wo ich nur kann«, sagte sie. »Ich kann Ihnen zum Beweis Bücher vorlegen, wo drinsteht, wie viel ich der Mission für Bedürftige, der Charles-Wade-Gesellschaft, der Kirchenhilfe und was weiß ich wem noch gespendet habe. Es steht alles schwarz auf weiß da. Jeder kann es sich anschauen, wenn er will. Habe ich Recht, Pastor?«

Als Reaktion auf die direkte Frage senkte Avril den Kopf und schaute recht bekümmert drein. Der Sergeant hingegen fühlte sich behaglicher als während des ganzen Abends.

»Das ist keine Antwort auf meine Frage«, meinte er.

»Ich bin keine Trödlerin, falls Sie das meinen, junger Mann«, sagte sie selbstgefällig. »Sie sind schon länger hier im Viertel, ich kenne Sie vom Sehen. Sie wissen, was das für eine Gegend ist. Eine Menge sehr anständiger Häuser und sehr anständiger Leute, mit denen es bergab geht. Alte Damen, die Geld dringender brauchen als Juwelen und nicht wissen, wie sie sie verkaufen sollen. Haben vielleicht auch noch ein paar gute Spitzen und alte Möbel. Ich bin nicht hochmütig. All die Jahre in der Nähe des Pastors haben mich Demut gelehrt, und wie er, so möchte auch ich Gutes tun, wo ich kann. So laufe ich eben herum und helfe. So manche alte Frau liegt jetzt unter einer anständigen Daunendecke und fühlt sich viel wohler, als wenn sie stattdessen nur die Brosche ihrer Mutter in der Kommode hätte. Ich komme überall hin, und ich kenne jeden. Manchmal kaufe ich, manchmal verkaufe ich. Und manchmal bekomme ich etwas für wohltätige Zwecke geschenkt, das mache ich dann zu Geld und schicke den Scheck an einen der Vereine.«

»Und Sie tragen alles ins Buch ein.« Picot lächelte breit und nickte.

Sie lächelte ebenfalls. »Ich trage alles in mein Buch ein.«

»Im Augenblick interessiere ich mich für das Jackett.«

»Ja, das merke ich. Wer es getragen hat, der hat einen Unfall gehabt, nicht? Na, ich werde Ihnen helfen, wenn es geht. Ich werde im Buch nachschauen.«

»Ich komme mit.«

»Das können Sie.« Sie hievte die große Handtasche auf ihren Schoß. »Bestimmt ist es zu Mr Rosenthal gegangen. Sein Laden ist gleich neben Ihrem neuen Polizeirevier.«

»Ja, ich kenne Rosenthal. Er führt auch Bücher.«

»Natürlich. Muss er ja schließlich und endlich als Geschäftsmann. Gehen wir?«

»Warten Sie.« Avril, der dem Wortwechsel mit wachsender Bedrücktheit gelauscht hatte, mischte sich schließlich ein. »Mrs Cash, Sie kennen sich hier im Haus aus. Würden Sie bitte in die Küche gehen und Mary herschicken? Bleiben Sie zehn Minuten lang dort, dann kommt Sergeant Picot Sie abholen. Würden Sie das tun?«

»Aber sicher. Ich habe nichts gegen die Küche. Ich habe oft genug dort zu tun gehabt, als Ihre liebe Frau noch gelebt hat. Gute Nacht, Pastor Avril.«

Für eine Frau ihrer Statur erhob sie sich ganz leicht und eilte hinaus.

Nach einer Weile schlich Mrs Talisman herein. Sie war in Tränen aufgelöst.

»Oh, Sir!«

Avril fuhr sich mit den Händen durch das widerspenstige Haar.

»Haben die drei Pfund zehn ausgereicht?«, erkundigte er sich. »Na, sprechen Sie schon. Waren die drei Pfund zehn alles, was Sie ihr schuldeten?«

»Oh, Sir!«

»Nun? War das alles?«

»Ja, Sir. Bei meiner Seele, Sir. Zuerst war es nur ein Pfund. Im Kaufhaus gab es so schöne weiße Hemden. Nur fünfunddreißig Shilling, und mein Mann ist so eigen, und ich möchte, dass er uns Ehre macht. Und sie waren so billig. Fünfzehn Shilling hatte ich gespart, aber bei dem Preis wären sie nicht lange dort geblieben, und als Mrs Cash sammeln kam, da – da habe ich es getan. Sie hat es mir angeboten, und ich habe es genommen. Es war nur ein Pfund.«

»Der Rest waren Zinsen?«

»Ja, Sir. Fünf Shilling die Woche. Es hat sich so schnell summiert. Sie hat mich aber nicht gedrängt. Ich habe sie erst wieder gesehen, als es schon zwei Pfund fünfzehn waren. Und dann ist sie immer wieder gekommen. Mein Mann durfte nichts erfahren, er hätte es mir nie verziehen. Ich habe ihr verschiedene Sachen von mir angeboten, aber sie wollte nichts anderes nehmen als Herrenkleidung, aber die schwarzen Sachen meines Mannes wollte sie auch nicht. Dann hat sie mich gefragt, ob Miss Meg mir nichts von Mr Martins Sachen geschenkt hat, und da – oh, Sir!«

Avril seufzte. »Gehen Sie, Mary. Tun Sie es nie wieder. Das habe ich Ihnen schon das letzte Mal gesagt. Wann war das?«

»Vor sieben Jahren, Sir, bald acht. Oh, Sir!«

»Nein«, sagte Avril. »Nein, nein, nein, genug. Gehen Sie.«

»Verzeihen Sie mir! Oh, bitte, verzeihen Sie mir!«

»Tun Sie es nie wieder, Mary. Törichte alte Frauen wie Sie machen es bösen alten Frauen wie Lucy Cash leicht.«

»Fünfundzwanzig Prozent pro Woche«, sagte Picot, nachdem sich die Tür geschlossen hatte. »Allerhand, sogar in ihrem Geschäft. Stimmt es wirklich, dass sie von Zeit zu Zeit Spenden an die Wohlfahrtsverbände abführt?«

»Ich bin überzeugt davon. Manchmal verkauft sie etwas im Auftrag für eine gute Sache. Ich glaube, die Leute wollen nachher die Bücher sehen. Sie hat sich noch nie geweigert, sie zu zeigen.«

»Was für eine großartige Masche«, sagte Picot ernst. »Mit so einer Tarnung könnte sie alles Mögliche betreiben. Von der werden wir nicht viel erfahren. Von Rosenthal auch nicht. Natürlich hätte es so sein können. Ein Jackett, aus zweiter Hand gekauft. Aber wie wollen wir das beweisen? Na, Sir, dann gehe ich jetzt und hole die alte Wohltäterin ab.«

Er blickte sich um. Die Tür hatte sich geöffnet, und Miss Warburton kam auf Zehenspitzen herein.

»Eine höchst ungewöhnliche Sache, Hubert«, sagte sie, als sie die Tür schloss. »Ich dachte, ich erstatte am besten sofort Bericht. Setzen Sie sich, Herr Beamter. Tut mir ja so Leid, dass ich Ihren Namen nicht behalten habe. Verzeihen Sie mir. Es wird ein Weilchen dauern, aber Sie müssen es hören.«

Sie setzte sich auf die Armlehne des Sessels, den Mrs Cash eben frei gemacht hatte, schlug die langen, dürren Beine übereinander und verfiel in verschwörerisches Raunen.

»Geoffrey hat noch immer nicht angerufen. Meg und Amanda sind ausgeflogen, hinunter ins neue Haus. Also, eine Mrs Smith hat angerufen, völlig außer sich. Der arme Sam war dem nicht gewachsen, da eilte die kleine Dot flugs zu Hilfe. Es stellte sich heraus, dass sie die Frau von Frederick Smith ist, das ist Martins früherer Anwalt. Sie wohnen in Hampstead, und ihr Mann wurde von einem Canastaspiel, das bei ihnen stattfand, von der Polizei weggeholt. Anscheinend ist in seinem Büro etwas Schreckliches passiert, etwas ganz Fürchterliches, so grässlich, dass sie mir nichts sagen konnte, außer dass es drei Tote gegeben hat.«

Sie schöpfte Atem, und ihre unschuldigen Augen ruhten voll arglosen Vergnügens auf dem Sergeant.

»Ich finde es erstaunlich, dass ich Ihnen das sagen muss, aber ich war mir ziemlich sicher, dass Sie es nicht wissen.«

»Warum hat die Dame es ausgerechnet Ihnen erzählt?« Picot war völlig verdattert.

»Mir?«, sagte Miss Warburton. »Ich habe einfach darauf bestanden. Wissen Sie, sie wollte Meg sprechen, weil sie annahm, Albert Campion sei hier. Sie kann ihren Mann im Polizeirevier nicht erreichen. Die Polizei will ihr nichts verraten, und die Ärmste verzehrt sich vor Kummer und Neugier. Verständlich. Sie hat gemeint, Albert könnte ihr helfen, aber der ist ja bei der Polizei, was ich ihr auch gesagt habe. Ich habe ihr versprochen, sie anzuklingeln, sobald ich etwas erfahre, und dann bin ich heruntergekommen, um es Ihnen zu melden.«

Avril schaute sie mit einem Gemisch aus Betroffenheit und Belustigung an.

»Ja«, sagte er. »Wie könnte es anders sein.«

»Aber Sie waren beschäftigt«, fuhr sie fort. »Ich hörte Mary hier drin heulen, ging also in die Küche, um auf sie zu warten, und fand dort Mrs Cash, die Tee trank. Ich weiß nicht, ob sie sich ihn selbst gebrüht hat, und habe nicht danach gefragt.«

»Was haben Sie ihr erzählt?« Picot stellte die Frage eher zurechtweisend als neugierig.

»Sie hat gesagt, sie wartet auf Sie, und ich sagte, ich bezweifle, dass Sie heute noch Zeit für sie haben würden, weil Sie sofort zurückkehren müssen, falls man Sie nicht schon gerufen hat. Drei Morde in einem Haus! Da wird jeder einzelne Mann gebraucht, sagte ich.«

»Morde?« Die Männer sagten es wie aus einem Mund, und sie betrachtete sie gelassen.

»Mrs Smith hat jedenfalls von Morden gesprochen. Sie haben es irgendwie sehr ruhig aufgenommen. Mrs Cash nicht. Deshalb habe ich mich so beeilt, es Ihnen zu erzählen. Stellen Sie sich vor, Hubert, die Frau war ausgesprochen erschüttert. Das ist das erste Mal, dass ich überhaupt eine Gefühlsregung bei ihr gesehen habe, und dabei bin ich seit über zwanzig Jahren ihre Nachbarin! Sie ist so erschrocken, dass sie ihren Tee verschüttet hat, die ganze Tasse, direkt auf ihren Mantel. Sie ist davon, um sich umzuziehen. Das war auch nötig, denn sie war völlig durchnässt. Sie sagte, wenn Sie mit ihr sprechen wollen. müssen Sie zu ihr kommen. Ich dachte mir, das würde Sie interessieren. Interessiert es Sie?«

»Ja, sehr«, antwortete Picot sinnend. Die Nachricht klang nicht allzu glaubwürdig, aber sie schien ihrer Sache sicher zu sein. »Entschuldigen Sie mich, Sir«, fügte er hinzu. »Ich gehe sofort zu der Frau hinüber. Das Jackett nehme ich mit, wenn Sie gestatten. Das darf ich nicht zurücklassen.«

Er verpackte das Jackett in dem braunen Papier, in dem er es gebracht hätte. Miss Warburton war enttäuscht.

»Wollen Sie nicht in Ihrer Dienststelle anrufen? Es sind drei Telefone im Haus.«

Picot verkniff sich die Entgegnung, dass er nie mehr als eines benütze.

»Nein, Miss. Falls man mich braucht, wird man mich rufen. Sollte jedoch ein Anruf für mich kommen, könnten Sie so freundlich sein und erklären, wo ich bin. Es ist das zweite Häuschen links, nicht wahr?«

»Richtig, aber ich bringe Sie trotzdem hin.«

Als sie ein paar Minuten später zurückkam, gab sie sich überhaupt nicht affektiert.

»Mrs Cash hat Licht im Dachfenster, Hubert«, sagte sie. »Ich habe es deutlich gesehen, trotz des Nebels. Sie will Besucher fern halten, solange der Polizist dort ist.«

Avril stand an seinem eigenen gardinenlosen Fenster und starrte auf den Platz hinaus.

»Wie können Sie so etwas behaupten, Dot?«, rief er aus.

»Weil ich aufpasse«, antwortete sie leise. »Ich habe Augen und Verstand. Niemand besucht jemals Lucy Cash, wenn das Licht in der Mansarde brennt. Es ist ein Signal für bestimmte Leute, fern zu bleiben.«

»Bestimmte Leute«, äffte er sie nach. »Was für Leute?«

»Geschäftsleute, nehme ich an«, sagte Miss Warburton.

Der Pastor schwieg eine Weile. Sein Gesicht blieb abgewandt. Dann überlief ihn ein Schauder.

»Hoffentlich haben Sie Recht, Dot«, sagte er unvermutet. »Hoffentlich haben Sie Recht.«

8

Es war eine von Amandas angenehmsten Eigenschaften, dass sie selbst die wildesten Kapriolen menschlicher Gemütserregung als völlig normal und selbstverständlich hinnahm. Daher fand sie gar nichts dabei, als die arme Meg vor lauter Verstörtheit um halb zwölf Uhr nachts den Vorschlag machte, sich das erst teilweise möblierte Haus anzusehen, in dem noch nicht einmal der Strom angeschlossen war.

Sie war froh, dass es nicht weiter entfernt lag als in der letzten der »guten« Straßen, die gegenüber in den Platz einmündeten, aber sie wäre auch in einen Vorort hinausgefahren, wenn man sie darum gebeten hätte.

Das Haus war entzückend. Selbst im Schein von Taschenlampen gesehen, die von eiskalten Händen gehalten wurden, entfaltete es beachtlichen Charme. Geoffrey war entschlossen gewesen, sowohl seinen eigenen Vorstellungen von Solidität und Dauerhaftigkeit als auch dem guten Geschmack seiner Verlobten Genüge zu tun, und das Ergebnis war eine Zweckmäßigkeit und Heiterkeit, die es nie zuvor besessen hatte.

Sie hatten einen Blick in das Schlafzimmer mit der Blumentapete geworfen und das Bad inspiziert und hatten schließlich das Ziel der Expedition erreicht, Megs Atelier unter dem Dach, wo früher einfache Mansarden gewesen waren.

Amandas unvoreingenommenem Auge schien es, als habe Geoffrey den Raum so anlegen lassen, dass er später als Kinderzimmer dienen konnte. Doch vorläufig war es nur ein Arbeitsraum, streng zweckmäßig und noch nicht möbliert. Eine Menge von Megs persönlichen Besitztümern, die darauf harrten, ausgepackt zu werden, waren längs der hellen Wände aufgestapelt. Meg kniete plötzlich vor einem kleinen Bündel nieder.

»Ich wollte das hier finden und verbrennen«, sagte sie, ohne aufzublicken. »Ich wollte es sofort tun, noch heute Nacht. Es sind Martins Briefe. Deshalb habe ich dich hergezerrt. Nimmst du es mir übel?«

»Überhaupt nicht.« Amandas Stimme klang ungemein sachlich. »Äußerst vernünftig von dir. Es kommt immer der Moment, da man sich etwas Derartiges vornimmt, und dann ist es am besten, man handelt sofort.«

»Das dachte ich mir auch.« Meg hatte eine Mappe ausgepackt und leerte sie nun hastig über einem Bogen Packpapier aus.

»Ich habe schon seit Monaten ein schlechtes Gewissen deswegen«, fuhr sie fort. »Ich habe sie jahrelang nicht angesehen, und heute Abend, als ich an Geoff dachte und ihn – nun ja – brauchte, da schien es mir plötzlich ungeheuer wichtig, dass sie nicht in seinem – ich meine, in unserem – Haus bleiben. Hältst du mich für hysterisch? Weißt du, ich hatte Martin allmählich vergessen, und dann kamen diese Fotografien, und ich wusste nicht mehr, was ich empfand. Manchmal kam es mir so vor, als sei ich ihnen beiden untreu, aber heute Abend hat sich alles herauskristallisiert, und niemand existierte mehr für mich außer Geoff. Ich kann jetzt objektiv an Martin denken wie an einen gewöhnlichen Menschen. Das konnte ich vorher nicht.«

Amanda schwieg, aber sie nickte zustimmend.

Als sich die sauber gebündelten Briefe auf dem braunen Papier zu stapeln begannen, fiel plötzlich etwas Hartes und Glänzendes zwischen ihnen heraus. Meg hielt es ans Licht.

»Ach«, machte sie. »Ja, das sollte ich behalten. Das kommt in die Vitrine im Salon. Das hat eine äußerst merkwürdige Geschichte, die irgendetwas mit dem Krieg zu tun hat.«

Sie reichte die Entdeckung der anderen Frau. Es war eine Miniatur, ein lächelndes Mädchengesicht in einem edelsteinbesetzten Rahmen, einem Rahmen, der bedeutend mehr wert war als die paar Pfund, die der Händler in der Walwoorth Road einem Soldaten für das Gegenstück gezahlt hatte.

»Wie schön!« Amanda leuchtete es mit der Taschenlampe an.

»Martin kam eines Abends nach Hause, müde und irgendwie erregt. Einige Wochen zuvor hatte er eine Reise gemacht, über die er mir nichts erzählen durfte. Er zog die Miniatur aus der Tasche. Sie war in ein schmutziges Taschentuch gewickelt. Er sagte, sie habe noch ein Gegenstück gehabt, aber das habe er weggeben müssen, weil ›es sonst nicht gereicht hätte‹. Ich sagte etwas von Kriegsbeute, und er lachte. Ich war ziemlich schockiert, und da sagte er fast im selben Atemzug, er habe das als Kind immer in einer Vitrine bewundert, weil das Mädchen ihm so gefallen habe.« Sie legte eine Pause ein. »Ich habe mich oft gefragt, ob er irgendwie nach Sainte-Odile gelangt ist, während es vom Feind besetzt war. Solche Unwahrscheinlichkeiten kamen vor. Es lag direkt an der Küste, fast schon im Meer.«

»Saint-Odile? Das Haus seiner Großmutter?«

»Ja. Sie musste zu Anfang des Krieges sehr schnell ausziehen. Sie starb in Nizza, kurz bevor er fiel. Aber das erfuhren wir erst viel später.

»Was ist mit dem Haus geschehen?«

»Ach, das steht noch dort. Ich musste vor einiger Zeit hinüberfahren und es mir ansehen. Vater konnte mich nicht begleiten, also fuhr ich mit Dot hin. Sie ist der Geschäftsmann der Familie.« Sie lachte und seufzte. »Es war ziemlich scheußlich. Da Martin nur ›mit Wahrscheinlichkeit gefallen‹ war, gab es endlose Komplikationen. Und Martin hatte alles noch durch ein Testament verschlimmert, das er bei einer Anwaltsfirma hier in der Grove Road hinterlegt hatte. Aus irgendeinem Grunde lag ihm schrecklich viel daran, dass mir der ›Inhalt‹ des Hauses zufallen sollte. Das Gebäude als solches schien ihm egal zu sein, aber alles darin Befindliche machte ihm ungeheure Sorgen. Smith, der Anwalt, sagte, es müsse einmal etwas sehr Wertvolles dort gewesen sein, oder etwas, was Martin sehr hoch einschätzte, obwohl er nicht angab, was es war. Ich bekam alles, was an beweglicher Habe noch da war – Gartengeräte, Blumentöpfe, alles. Es gab eine triste kleine Versteigerung, und das Haus bröckelt allmählich ab und wartet auf einen entfernten Verwandten von Martin, der es geerbt hat und in Ostafrika lebt.«

»Wie traurig«, sagte Amanda. »War es ein angenehmer Ort?«

»Vielleicht früher einmal.« Die junge Stimme bebte leicht. »Als ich dort war, war es scheußlich. Irgendetwas Grässliches hatte sich dort im Krieg ereignet. Irgendein hohes Tier hatte dort seine Mätresse untergebracht, und eines Nachts haben sie sich entweder gemeinsam umgebracht oder sind ermordet worden. Alles Interessante oder Wertvolle wurde nachher aus dem Haus entfernt, und in einem Zimmer hat es sogar gebrannt. Ich war froh, dass Martin das Haus nicht in diesem Zustand gesehen hat. Er hat es als Kind geliebt.«

»Sonderbar, dass er so besorgt war wegen der Möbel und wegen des Gebäudes«, murmelte Amanda. »Wenn man ein Kind ist, liebt man den Ort, nicht die Dinge.«

»Jedenfalls ist jetzt nichts mehr dort.« Megs Seufzer enthielt Erleichterung. »Ich bin so froh, dass ich hergekommen bin, Amanda. Ich nehme die Briefe mit heim und verbrenne sie. Martin wäre einverstanden, das weiß ich genau.«

Sie rappelte sich gerade mit dem Paket in den Händen auf, als sich ihr eine schmale braune Hand auf die Schulter legte und sie festhielt.

»Warte«, flüsterte Amanda. »Es ist jemand ins Haus gekommen.«

Einen Moment lang hielten sie den Atem an. Unter ihren Füßen war es ganz still, feuchte Nebelschwaden hüllten das Haus ein. Keine Großstadtgeräusche waren zu hören. Die Straße draußen war menschenleer, und der Nebel bildete eine Decke, die sie von der Welt abschnitt.

Zunächst hatte Amanda einen Luftzug wahrgenommen. Er wehte von unten kalt herauf. Die Geräusche kamen später, ein rasches Getrappel, vorsichtiges Öffnen einer Tür, Metallgeklirr, das Knarren eines Stuhles auf dem Parkett.

»Geoff.« Meg flüsterte, aber es klang glücklich und erregt. »Sonst hat niemand einen Schlüssel.«

»Horch!« Amanda hielt Meg noch immer fest. »Diese Person kennt sich hier nicht aus.«

Sie warteten. Die Geräusche wurden lauter und kamen näher. Irgendjemand stolperte wie gehetzt durchs Haus und suchte etwas. Die beiden Frauen spürten es deutlich.

»Sollen wir hinuntergehen?« Megs Flüstern klang atemlos in der kalten, abgestandenen Luft.

»Wo ist die Feuerleiter?«

»Gleich hinter uns. Vor diesem Fenster.«

»Könntest du hinuntersteigen und vom Nebenhaus aus die Polizei anrufen? Du musst ganz leise sein, sonst hört er dich. Meg, könntest du das?«

»Ich glaube schon. Und du?«

»Pst. Versuch's mal.«

Unten schlug eine Tür zu. Danach Totenstille. Dann wurden in der Diele wieder Schritte laut, die sich entfernten, Halt machten und weitergingen.

»Jetzt.« Amanda gab Meg einen kleinen Stoß. »Schließ das Fenster hinter dir – und keinen Laut.«

Meg zögerte nicht. Amanda sah ihre Silhouette kurz vor dem Fenster. Dann war sie verschwunden.

Amanda blieb an ihrem Platz und lauschte. Sie hörte das

schwache Quietschen einer Tür – und einen einzigen Schritt. Dann blieb es lange still, bis sich im Schlafzimmer direkt unter ihr etwas regte. Der Eindringling war die Treppe heraufgekommen, ohne dass sie es gehört hatte. Sie hielt den Atem an und vernahm ihren eigenen Herzschlag.

Plötzlich hörte sie ihn abermals, diesmal ganz nahe. Er lief die ersten paar Stufen zum Dachgeschoss herauf und hielt inne. Ein dünner Lichtstrahl lief unter der Tür des Raumes hindurch, in dem sie sich befand. Er berührte ihren Fuß und erlosch. Wieder war es still.

Er kehrte um. Sie hörte es deutlich. Nach einer langen Pause hörte sie ihn wieder unten in der Diele.

Amanda erwog, über die Feuerleiter zu fliehen, überlegte es sich jedoch anders. Die Polizei würde auf Megs Anruf hin unverzüglich handeln, aber der Nebel war sehr dicht und würde sie vielleicht behindern. Schade, dass der Einbrecher entkommen sollte, ohne gesehen zu werden. Sie beschloss hinunterzugehen. Gedacht, getan.

Sie gelangte, ohne ein Geräusch zu verursachen, bis zum ersten Treppenabsatz. Dort verharrte sie eine Weile und hörte ihn abermals.

Er war in dem kleinen Zimmer, dessen Tür sich gleich rechts neben dem Fuß der Treppe befand. Sie hörte, wie dort drin ein Streichholz angerissen wurde.

Angst stieg in ihr hoch, doch sie unterdrückte sie resolut. Ihre Hand ertastete das Geländer, und sie stieg ein paar Stufen tiefer. Die Tür des kleinen Zimmers stand weit offen, und ein Lichtschein, sehr schwach und flackernd, drang heraus und fiel quer über die Diele auf die glänzenden Beschläge einer Truhe und den darüber hängenden Spiegel.

Amanda schob sich vorwärts. Ein weiterer Schritt brachte sie direkt auf die Stelle neben der offenen Tür, und als sie die Diele überblickte, sah sie, dass ein Stück des Zimmers von dem Spiegel reflektiert wurde. Das Erste, was sie ausmachte, war eine Kerze, eine lange, grüne Kerze, die mit drei anderen in einem vergoldeten Leuchter gesteckt hatte. Der Eindringling hatte sie herausgenommen, nun stand sie schräg in einer Vase, und heißes Wachs tropfte ungehindert auf die polierte Fläche eines Tisches, der die Mitte des kleinen Raumes einnahm.

Es dauerte einige Sekunden, bis sie begriff, dass der Schatten zwischen ihr und dem übrigen Bild der Mann selbst war. Er kehrte ihr den Rücken zu und mühte sich mit einem Gegenstand auf dem Tisch ab. Sie konnte dieses Etwas nicht sehen, vermutete jedoch, dass es sich um das Gewürzschränkchen handelte, das Meg ihr so stolz gezeigt hatte, den Umstand beklagend, dass der Schlüssel verlegt worden war, sodass sie ihr die Innenausstattung nicht vorführen konnte. Es war ein entzückendes Stück aus Mahagoni, mit Elfenbein eingelegt, und sollte als Briefpapierbehälter auf den Schreibtisch gestellt werden. Der Einbrecher schien es gewaltsam zu öffnen. Sie hörte das Holz krachen und splittern.

Zorn über die mutwillige Zerstörung des hübschen Schränkchens erfasste sie, und sie öffnete den Mund, um zu protestieren. Da schoss ihr eine Frage durch den Kopf. Womit öffnete er das Ding? Sie war sich nicht sicher, ob sie das Messer sah, ob es das Licht einfing und im Spiegel aufblitzte oder ob sie lediglich hörte, wie sich die Klinge in das brüchige Holz bohrte, und ihr wurde plötzlich ganz kalt.

Knirschend gab die winzige Tür des Schränkchens nach. Im Spiegel sah Amanda den Schatten des Mannes schrumpfen und dann groß werden, und sie hörte ihn wütend die Luft einziehen. Dann flog das leere, zerstörte Spielzeug durch die Tür in die Diele zu ihren Füßen, und augenblicklich, wie auf ein Signal, brach Lärm los.

Das Hämmern an die Haustür klang wie Donnergrollen,

und irgendwo hinten splitterte ein Fenster. Von allen Seiten näherten sich Schritte, schwer und hastig, und Stimmen, unverkennbar Polizei, verlangten Einlass.

In Amandas Nähe, im Zentrum des losgebrochenen Sturms, herrschte kurze, doch tiefe Stille. Dann ging die Kerze aus, und der Fremde kam heraus.

Sie sah ihn nicht, doch er war so nahe, dass er sie beinahe streifte. Er floh die Treppe hinauf, schnellfüßig und lautlos.

Danach herrschte ein heilloses Durcheinander.

Mr Campion fand seine Frau. Sie umklammerte das zerbrochene Schränkchen wie ein Kind, während polternde Polizeistiefel und blinkende Taschenlampen neben und über ihr einen Wirbel verursachten. Er riss sie hoch und zog sie in das kleine Zimmer.

»So eine Dummheit!«, rief er entrüstet aus. »Nein, so eine Dummheit!«

Amanda war eine viel zu erfahrene Ehefrau, als dass sie diesen Ausbruch anders denn als Kompliment gewertet hätte, doch sie war äußerst verdutzt, ihren Mann überhaupt hier zu sehen. Da erst fiel ihr ein, dass diese Lawine offiziellen Beistands kaum das Ergebnis von Megs Anruf sein konnte.

»Oh!«, sagte sie, plötzlich begreifend. »Er wurde verfolgt!«

»Richtig, mein Schatz, und jetzt haben sie ihn, sollte man meinen, wenn du nicht alles verpatzt hast.« Mr Campion ärgerte sich noch immer, und sein Arm lag so fest um ihre Schultern, dass es schmerzte. »Oben«, sagte er ungehalten zu einer uniformierten Gestalt, die vor ihnen auftauchte. »Dieser Raum ist in Ordnung. Ich bin da.«

Dutzende von Männern schienen das Haus zu durchstreifen.

»Was hat der arme Kerl bei sich? Die Kronjuwelen?«, erkundigte sich Amanda.

Campion blickte auf sie hinunter. Im Schein ihrer Taschenlampe sah sie seine Augen rund und dunkel hinter der Brille.

»Nein, du Dummkopf«, sagte er. »Er hat ein Messer.« Er drückte sie an sich. »Mein Gott, bist du dumm! Warum bist du nicht mit Meg gegangen? Nur weil du hier drin warst, mussten wir eindringen. Allein wäre er direkt in die Arme der Polizei spaziert, die draußen einfach gewartet hätte.«

»Ihr habt also Megs Anruf bekommen?«

»Aber nein! Wir kamen an, als sie gerade den Boden erreichte. Verstehst du denn nicht? Es ist alles ganz einfach. Sobald Luke mit dem Anwalt gesprochen hatte, war uns alles klar. Ein Mann wurde losgeschickt, um das Pfarrhaus zu beobachten, und ein anderer, um hier Ausschau zu halten. Ihre Berichte kamen fast gleichzeitig. Wir haben einen furchtbaren Schreck gekriegt. Wir dachten, ihr würdet ihn überraschen. Aber es geschah genau umgekehrt. Während ihr wie zwei Schwachsinnige im Haus herumgekramt habt, schlug er ein Kellerfenster ein. Er muss kurz nach euch angelangt sein. Unser Mann da draußen hat euch überhaupt nicht bemerkt.«

Amanda, die spürte, wie erregt er war, ging nicht darauf ein. »Wir sollten Licht machen«, schlug sie vor. »Da sind ein paar Kerzen an der Wand. Sei vorsichtig. Ich glaube, er hat eine ziemliche Unordnung angerichtet.«

Campion zog ein Feuerzeug heraus, ließ sie aber nicht los, und als die Kerzen ihren Schimmer über die Verwüstung breiteten, stand er, den Arm über ihren Rücken gelegt, still da.

»Wie schade!«, sagte Amanda bedauernd. »Und so töricht. Es waren ja noch keine Wertgegenstände da, nicht einmal Tafelsilber.«

»Er hat kein Silber gesucht«, versetzte Mr Campion grimmig. »Er hat Dokumente gesucht. Im Anwaltsbüro fand er sie nicht, deshalb kam er hierher. – Hallo?«

Das letzte Wort sprach er in Richtung Tür, wo eine gebeugte Gestalt in einem schimpflich alten Regenmantel stand.

»Stanislaus!«, rief Amanda erfreut.

»Meine Liebe.« Oates kam heran und schüttelte ihr die Hand. »Na, junge Frau, Sie haben uns allen einen schönen Schrecken eingejagt.«

Er zog sich einen Stuhl heran, setzte sich, schob den Hut zurück und wischte sich die Stirn.

»Hat man ihn geschnappt?«, fragte Amanda.

»Äh? Ich weiß nicht.« Er lächelte sie schwach an. »Ich bin jetzt ein so hohes Tier, dass ich kaum noch weiß, was vor sich geht. Was hat Sie denn bewogen, mitten in der Nacht dieses Haus anzusehen?«

»Ach, lassen Sie das«, sagte Campion gereizt. »Wo ist Luke?« Eine Bemerkung, weder anständig noch eines Vorgesetzten würdig, drang an ihr Ohr, und gleich darauf erschien der Chefinspektor.

»Entwischt«, eröffnete er ihnen. »Aber wir kriegen ihn binnen zwei Stunden. Bleibt uns gar nichts anderes übrig. Wenn wir weiterhin lahm, blind, dumm und schwerhörig bleiben, müssen wir ihn kriegen. Und zwar lebend, wenn wir ihn nicht beim Versuch, einander aus dem Weg zu gehen, zu Tode quetschen. Fünfundzwanzig Mann! Und was passiert? Der Kerl schlüpft durchs Badezimmerfenster, das einzige Fenster im Haus, unter dem kein Beamter sitzt, und springt in den Nebel. Er muss aufs Geratewohl springen, draußen ist alles wie in Watte verpackt, und erschlägt er sich vielleicht auf den spitzen Gitterstäben rings um den Souterrainschacht? Keine Spur!«

Er hatte zu Oates gesprochen. Doch nun wandte er sich Amanda zu, die er nicht besonders gut kannte.

»Freut mich, dass Ihnen nichts passiert ist«, sagte er, flüchtig lächelnd. »Aber Campion hat bei mir an gesellschaftlichem Ansehen eingebüßt. Er ist nicht so vornehm, wie ich dachte. Hat sich benommen wie ein ganz gewöhnlicher Mensch. ›Holt sie 'raus! Holt sie 'raus!‹ Ich hätte mich nicht schlimmer aufführen können.« Er lachte angesichts ihrer verblüfften Miene auf, die er für Verlegenheit hielt. »Keine Angst, es ist nicht Ihre Schuld. Er wäre uns sowieso entwischt, weil wir nicht in seinen Kategorien denken.«

Oates schaute ihn schief an.

»Er hat den Bewacher gesehen, wusste, dass Sie kommen würden, riskierte es, sein Vorhaben auszuführen, bevor Sie eintrafen, und merkte sich das Badezimmerfenster als dasjenige, das Sie nicht bewachen lassen würden, weil ein Sprung von dort aussichtslos schien.«

»Ja«, sagte Luke. »Das stimmt.«

Oates nickte. »Der Mann hat Nerven und Qualitäten, das muss man ihm lassen.«

»Ich würde den Sprung nicht mal bei Tageslicht wagen«, sagte Luke. »Die Dame hat ihn nicht zufällig gesehen?«

»Ich?« Amanda schüttelte bedauernd den Kopf. »Nein, nur als Schatten im Spiegel. Er war nämlich hier drin, und ich stand draußen auf der Treppe. Ich kann ihn auch nicht beschreiben, weil es so finster war. Ich habe nur seinen Rücken gesehen.«

»Hatte er einen Hut auf?«

Sie zögerte. »Ich kann mich an keine Krempe erinnern, aber an Haar auch nicht. Mein Eindruck ist, dass er einen runden Kopf hatte. Woran ich mich aber erinnere und was ich wiedererkennen würde, ist die außerordentliche Atmosphäre des Mannes, wenn man es so ausdrücken kann. Er hatte etwas Überwältigendes an sich, ähnlich wie Sie, Chefinspektor.«

»Das ist Havoc!«, rief Oates hocherfreut aus. »Das gilt vor

Gericht nicht als Beweis, aber mir genügt es. Missverstehen Sie uns nicht, lieber Luke, aber ich weiß, was sie meint. Er ist ein außerordentlich vitales Raubtier. Er hat eine Ausstrahlung.«

Luke zog die Schultern hoch.

»Von mir aus. Hauptsache, ich weiß, welche Richtung er eingeschlagen hat. Ich behaupte ja nicht, dass wir keine Anhaltspunkte haben. Seine Fingerabdrücke waren überall in dem Anwaltsbüro, und ich bezweifle nicht, dass auch hier welche sind. Der hinterlässt eine Spur wie eine Dampfwalze. Wir werden ihn unbedingt noch vor Morgengrauen haben. Aber einstweilen haben wir vier Tote, darunter einen berühmten Mann und einen braven Jungen, wie man so schnell keinen zweiten findet. Seit sechs Uhr abends vier Morde in meinem Bereich, und der Kerl geht uns durch die Lappen!«

Amanda riss erschrocken die braunen Augen auf.

»Der Mann hat heute Abend vier Menschen ermordet? Sie haben uns nichts davon gesagt. Meg und ich hätten umgebracht werden können!«

Ihre Erregung entsprach so sehr der vorherigen der Männer, dass die emotionale Spannung platzte wie eine Seifenblase. Mr Campion begann zu lachen, und Oates fiel ein. Amanda blieb zornig.

»Man hätte uns doch etwas sagen können!« Die Unvernünftigkeit ihrer Worte kam ihr gleich darauf zu Bewusstsein, und ihr Gesicht wurde ausdruckslos. »Wie entsetzlich«, sagte sie mit veränderter Stimme. »Wer ist der Mann? Ein Wahnsinniger?«

»Nicht dass ich wüsste«, versetzte Luke. »Kein Psychiater wird ihn durch diese Hintertür bugsieren. Der bekommt seine gerechte Strafe.«

»Und Sie glauben, Sie werden ihn bald ergreifen?« Amanda fröstelte, und sie warf einen Blick hinter sich in die Schatten.

»Luke wird ihn bald haben«, versicherte Oates. Er wirkte sehr friedfertig, wie er so dasaß, vom Kerzenlicht beschienen, doch seine Stimme klang kalt vor Überzeugung. »Das Raubtier ist in der Falle. Er hat einen Vorsprung, aber die Maschinerie ist angelaufen, und seine Chancen werden immer geringer. Seine Akten sind inzwischen studiert worden. Das bedeutet, dass jeder Mensch, der – soweit bekannt – jemals etwas mit ihm zu tun hatte, befragt und unter Beobachtung gestellt wird. Wir wissen zum Beispiel, dass eine Frau ihn im Gefängnis besucht hat. Sie besitzt eine Pension in Bethnal Green und hat seit seiner Flucht noch nichts von ihm gehört. Sie wird auch nichts hören. So weit kommt es gar nicht. Auch ihr ganzer Bekanntenkreis wird durchleuchtet. Dort wird er keinen Beistand finden.«

»Er hat sich irgendwo ein Messer und einen Mantel verschafft«, knurrte Luke. »Er hat Gefängniskleidung getragen, als er geflohen ist.«

»Das war am Anfang.« Oates sprach noch immer sanft. »Sie werden feststellen, dass diese Phase vorbei ist. Von nun an wird er immer einsamer werden. Ich habe es immer wieder erlebt. Alle Schlupflöcher werden nach und nach still verstopft, das Netz wird enger und enger. Jetzt kann er keinen Schritt mehr machen, keinen Raum mehr betreten, um keine Ecke mehr biegen, ohne sein Leben aufs Spiel zu setzen.« Er legte eine Pause ein und betrachtete sie mit ernsten Augen. »Wenn er morgen noch nicht festgenommen ist, setzen wir wahrscheinlich eine Belohnung aus. Eine unternehmungslustige Zeitung wird sie sofort auf das Doppelte erhöhen. Dann kann er keinem Menschen mehr trauen.«

Luke atmete schwer. »Schön und gut, aber wir hätten ihn heute Nacht schnappen müssen. Das war unsere größte

Chance. Jetzt wird er sich von Mrs Elginbrodde und deren Freunden fern halten, egal, was er sucht.«

Amanda wunderte sich. »Wieso von Meg? Was sucht er denn?«

»Dokumente«, antwortete Campion. »Etwas, was Martin betrifft. Er hat sich in dem Anwaltsbüro auf Martins Akte gestürzt.«

Er gab ihr eine kurze Erklärung und drückte ihren Arm, zum Zeichen, sie möge dazu schweigen. Sie nickte, doch ihre nächste Frage war nicht gut gewählt.

»Was ist mit Geoffrey geschehen?«

»Sie haben gut fragen.« Lukes Augen funkelten. »Kein Piepser von dem jungen Mann, seit er mit einem Ganoven eine Gasse betreten hat, der kurz darauf tot aufgefunden wurde.«

Campions Hand auf ihrem Arm wurde noch schwerer. »Meine Liebe«, sagte er mit altmodischer Steifheit, »wir beide gehen jetzt nach Hause. Falls Luke einen von uns braucht, weiß er, wo wir zu finden sind. Meg ist ins Pfarrhaus heimgebracht worden, wo sich ein gutes Dutzend braver Leute um sie kümmert. Wir müssen in diesem Nebel irgendwie quer durch die Stadt in die Bottle Street gelangen, und ich finde, es ist höchste Zeit, dass wir es versuchen.«

»Gute Idee«, sagte Amanda rasch und hängte sich bei ihm ein.

Vor dem Haus erwartete sie eine Überraschung. Mr Lugg harrte ihrer in dem eleganten Wagen, der Mr Campions Schwester gehörte. Der Dicke hatte große Angst durchgestanden und reagierte sie nun auf bekannte Weise ab, indem er sich schlecht gelaunt gab.

»Rein mit Ihnen«, gebot er kurz. Sein Mondgesicht starrte ihnen durch die erstickende Düsternis entgegen.

Amanda stieg erleichtert in das warme Gefährt ein.

»Sie sind ein Juwel«, sagte sie. »Wie haben Sie das geschafft? Sie haben bei der Polizei angerufen, nehme ich an?«

»Ich nicht. Bin froh, wenn ich von den Brüdern nichts sehe.« Er beugte sich nach hinten, um seinem Arbeitgeber die Tür zu öffnen. »Wenn diese Mrs Elginbrodde nicht gewesen wäre, die in einem Polizeiauto zum Pfarrhaus gekommen ist wie eine Perle in einem Müllwagen, würde ich noch immer dort auf dem Platz hocken. Von der hab' ich erfahren, wo Sie sind.«

Er warf einen finsteren Blick auf seinen Arbeitgeber, der endlich drinsaß.

»Sie sind wohl ganz in Ihrem Element, was?«, fragte er. »Bis zu den Knien im Blut und kreuzfidel.«

Mr Campion sah ihn eisig an. »Wo ist Rupert?«

»Der passt aufs Telefon auf. Der ist der Einzige, der mir hilft.«

Er legte den Gang ein und fuhr in den Nebel hinein.

»So«, sagte Amanda, als sie unterwegs waren. »Was ist also mit Geoffrey?«

»Richtig. Ja, was ist mit ihm? Ich teile Lukes Ansicht nicht, aber ich wäre sehr froh, wenn der junge Mann die Güte hätte, sich zu melden.« Er berichtete ihr kurz, was man von Geoffrey und Duds Morrison bisher wusste. Auch über Havocs Flucht und den dreifachen Mord in der Anwaltskanzlei setzte er sie ins Bild.

»Aber Luke glaubt doch nicht im Ernst, dass Geoffrey Duds Morrison mit einem Fußtritt getötet hat?«

»Nein. Das wohl kaum. Aber er findet, genau wie ich, dass Geoffrey jetzt nicht den gekränkten Liebhaber spielen sollte. Er hatte mit Meg Streit, nehme ich an?«

»Nein. Bestimmt nicht. Sonst wäre sie nicht so besorgt. Sie glaubt, es könnte ihm etwas zugestoßen sein. Wäre das möglich?«

»Was? Willst du damit sagen, dass die beiden mit einem dritten Mann aneinander geraten sind und dass Geoff jetzt irgendwo unbemerkt liegt?«

»Hör auf. Bitte, sag so etwas nicht. Meg würde nie darüber hinwegkommen.«

Da ließ sich ihr Fahrer vernehmen.

»In dieser braunen Brühe kann man alles Mögliche verlieren, aber dass eine Leiche auf der Straße liegen soll, ohne dass jemand darüber stolpert, das wäre doch unnatürlich, oder?«

»Richtig. Es ist weder wahrscheinlich noch möglich.« Mr Campion verhehlte seine Besorgnis nicht. »Ich begreife einfach nicht, warum der Mann nicht sofort zur Polizei gegangen ist und seine Begegnung mit Morrison gemeldet hat. Wir werden sehr vorsichtig vorgehen müssen, Amanda.«

»Ja, das ist mir klar.« Sie war genauso ernst wie er. »Was auch immer geschehen sein mag, er muss dazu gebracht werden, selbst zur Polizei zu gehen, das ist wichtig. Besteht denn nicht die Möglichkeit, dass er gar nicht weiß, was geschehen ist? Weiß man genau, dass er dem Mann in die Gasse gefolgt ist?«

»Der Schluss liegt nahe. Die Indizien zu diesem Punkt sind recht interessant. Der junge Kriminalbeamte, der in dem Anwaltsbüro erstochen wurde, hatte gerade den Hausmeister verhört, als Havoc kam. Der Kriminalbeamte war anscheinend ein ernster Junge, und er hatte in seinem Notizbuch ein langes Protokoll aufgenommen, das er von dem Hausmeister unterschreiben ließ. Ich kann es nicht wörtlich wiederholen, aber der alte Mann hatte angegeben, er habe jemanden durch die Gasse laufen hören, die seinen Garten begrenzt, und zwar zu der Zeit, als Duds und Geoffrey erwiesenermaßen das Lokal ›Four Feathers‹ verließen. Er erwähnte ›das Geräusch von vielen Füßen‹ und sagte, er habe ›zahlreiche Männer gehört‹. Wahrscheinlich hat das nicht viel zu bedeuten, aber es klingt nicht so, als sei nur Morrison in die Richtung gelaufen. Der Hausmeister hielt sich anscheinend den ganzen Abend im Hinterzimmer auf und hörte sonst niemanden in der Gasse, bis es all die Aufregung gab, als die Polizei eintraf.«

»Und weiter?«, drängte Amanda.

»Tja, die andere Sache ist ziemlich lächerlich. Wahrscheinlich blanke Hysterie, aber niedergeschrieben sieht es sehr merkwürdig aus.«

»Du grüne Neune!«, empörter sich Mr Lugg hinter dem Steuer. »In diesem Nebel fahren und Ihnen zuhören, das ist, wie wenn man bis zu den Augen im Wasser steht! Was hat der Knilch denn aufgeschrieben?«

»Der Hausmeister sagte, er habe Ketten gehört«, erklärte Mr Campion pikiert. »Der genaue Wortlaut war: ›Ich hörte das Rasseln von schweren Ketten, und die Männer liefen vorbei, was mich wunderte.‹«

Mr Lugg knurrte: »Wer hat da Ketten mit sich rumgeschleppt?«

»Niemand, vermutlich. Der Hausmeister hat sich wohl nur etwas eingebildet.«

»Ketten«, sagte Amanda nachdenklich. »Was rasselt wie Ketten, abgesehen von Luggs Getriebe?«

Mr Campion erstarrte plötzlich an ihrer Seite. »Geld«, sagte er. »Münzen. Münzen in einer dieser schweren hölzernen Sammelbüchsen.«

Jetzt entsann er sich. Er sah wieder die Straßenmusikanten auf der Fahrbahn und hörte das Echo eines Liedes, rau und eindringlich.

»Hör mal«, sagte er. »Hör mal, ich kann mich irren, aber vielleicht habe ich soeben etwas entdeckt.«

9

Geoffrey lag auf der Pritsche, die sich am weitesten vom Ofen befand, und litt. Er hatte sich widersetzt, und ihn zu überwältigen war nicht leicht gewesen. Er lag auf Säcken und war mit einer alten Heeresdecke zugedeckt.

Sein Mund war nicht mehr zugeklebt. Sie hatten davon Abstand genommen, als er zu ersticken drohte, doch sie hatten ihm beigebracht zu schweigen. Seine Hände und Füße waren mit demselben Strick gefesselt, der straff in seinem Rücken festgezurrt war, und man hatte ihm den Großteil seiner Kleidungsstücke abgenommen, sodass er auch noch fror. Die anderen hielten sich in geziemender Entfernung von ihm.

Im Keller war es inzwischen fast still geworden. Sogar der Zwerg hatte aufgehört zu schnattern, doch längs der Wände wurde viel geflüstert. Doll hatte sie zwar in die Betten gescheucht, doch zum Schlafen konnte er sie nicht zwingen. Es war nach Mitternacht, lange vor Morgengrauen. Auf dem Markt, der triefnass und schmutzig direkt über ihnen lag, würde sich so bald nichts regen, und ringsum erstreckte sich die Stadt, unruhig unter der schmutzigen Nebeldecke.

Nur der Mann aus Tiddington war noch auf den Beinen. Er stand vor dem Ofen, starrte in den glühenden Schlund und verbrannte seine Stiefel. Er ging methodisch zu Werke. Er zerschnitt das feste Leder mit einem Schustermesser und warf es Stück für Stück ins Feuer. Es war bislang das einzige Anzeichen von Angst, das er gezeigt hatte.

Er wusste, dass die Chemiker der Polizei Blut überall nachzuweisen verstanden, auf Stofffetzen, in Bodenritzen, auf dem Eisenbeschlag eines Stiefelabsatzes, dass sie es zu messen verstanden und einem daraus einen Strick drehen konnten. Er wusste auch, wie verräterisch Asche war, deshalb wollte er nichts riskieren. Geoffrey sah im Widerschein des Feuers, wie er mit einer kleinen Zange sorgfältig die Nägel herauszog und jeden einzelnen in die Tasche steckte.

Zu früherer Stunde hatte Geoffrey Gelegenheit gehabt, etwas über die Gesellschaft zu erfahren, die der Blasse um sich gesammelt hatte, und obwohl es auf den ersten Blick geschienen hatte, dass irgendeine körperliche Besonderheit oder ein Gebrechen der gemeinsame Nenner war, merkte er bald, dass das eigentlich Verbindende zwischen ihnen die hilflose Abhängigkeit war, die sie zu Bettlern gemacht hatte. Roly, Tom und Doll bildeten die einzige Ausnahme, und sie gaben sich über die anderen keinen Illusionen hin. Doll hatte Roly hinausgelassen, hatte es riskiert, da er überzeugt war, der Mann habe durch eine Flucht mehr zu verlieren als zu gewinnen. Der ehemalige Fischer war durch dunkle Gassen zur Fleet Street gegangen, um eine Morgenzeitung zu ergattern, sobald die druckfeuchten Bündel auf die wartenden Wagen verladen wurden. Er hatte sich auch bereit erklärt, etwas zum Essen mitzubringen. Es hatte deshalb schon Gemurre gegeben, und morgen würde es weitergehen, sobald alle die ganze Schwere der Situation erkannten.

Doll und Roly befanden sich nun in einer Lage, in der sie es nicht wagen durften, die anderen aus den Augen zu lassen. Der Keller mit der einzigen Treppe und der Nische hinten unterhalb des Kanalgitters, die nicht mehr enthielt als einen Wasserleitungshahn mit einem Abflussbecken, war zu einem Käfig geworden. Hier waren sie sicher, doch es mangelte an Lebensmitteln, und außerdem hatten sie einen Gefangenen.

Männer, die misshandelt worden sind, sterben manchmal, und jemand, der darauf bedacht ist, sich von einer Leiche fern zu halten, ist nicht darauf erpicht, mit einer zweiten eingesperrt zu sein. Es war eine grauenhafte Lage für einen Menschen mit Fantasie, und an der mangelte es Doll keineswegs.

Er hatte sich vorgenommen, mit dem Verbrennen der Stiefel spätestens um vier Uhr fertig zu sein, und schaffte es fast auf die Minute genau. Er warf das letzte Stück Leder in den Ofen und schloss das eiserne Türchen. Die Eisenbeschläge der Absätze gesellten sich zu den Nägeln und Stiften in seiner Tasche, um bei erstbester Gelegenheit in den Straßen verstreut zu werden. Er betrachtete zufrieden seine Füße. Sie steckten nun in rissigen Lackpumps, die er in seinen Mußestunden zu tragen pflegte. Tiddy wähnte sich in Sicherheit.

Um zehn nach vier befiel ihn Unruhe. Man merkte es nur an dem sehnsüchtigen Blick, den er auf die Stiege warf, und an der Wildheit der Beschimpfungen, die er an den Mann mit den Tschinellen richtete, als er zu jammern begann, er habe Hunger. Doch eine halbe Stunde später fing er an zu schwitzen, die Männer längs der Wand spürten seine Angst, und die Klagen wurden lauter.

Nur Tom, Rolys Bruder, der junge Soldat, der gesehen hatte, wie Martin Elginbrodde zerrissen worden war, und der sich seither so verändert hatte, schlief fest. Er lag da wie ein Kind, mit offenem Mund, und atmete friedlich mitten in der Reihe der unruhigen Männer.

Einige Minuten vor fünf war die Atmosphäre im Keller wie elektrisch geladen.

»Der ist weg. Der kommt nie wieder. Der ist abgehauen und hat dich sitzen lassen, Tiddy.« Bill, der sich an Angst berauschte, sprach schadenfroh aus dem Schatten, wo er unsichtbar blieb, aber sein Lager knarrte, als er sich bewegte. »Der wird noch gegen dich aussagen, wirst schon sehen.«

Doll fuhr herum. Seine Halsmuskeln schwollen an, doch er beherrschte sich.

»Da hat schon so mancher dran gedacht und hat den letzten Fehler in seinem Leben gemacht«, sagte er verhältnismäßig ruhig. »Die, die der Polizei trauen, können sich auf was gefasst machen. Wenn ihr das noch nicht kapiert habt, dann traut euch erst gar nicht hinaus.«

Der Tschinellenmann begann fürchterlich zu husten.

»Ich bin ganz leer, Mann, bin ich leer«, jammerte er nach Atem ringend. »Wann kommt der Fraß?«

Dieser Frage schloss sich unmittelbar darauf der Zwerg an. Seine schrille Stimme kreischte und hallte zwischen den hohen Wänden wider.

»Ruhe!«, brüllte der Blasse gebieterisch. »Soll ich mal zu dir kommen, Kleiner? Halt die Luft an!«

Er stand wartend da und strengte seine schwachen Augen an, um sich keine Bewegung auf der Treppe entgehen zu lassen, doch es war nichts dort, niemand, nur Finsternis und Stille.

»Der Laden an der Ecke macht um fünf auf«, winselte der Tschinellenmann. »Ich will was zum Frühstück. Ich hab' kein Abendessen gehabt, Tiddy. Kannst mich doch nicht verhungern lassen.«

»So?«, brauste der Mann aus Tiddington auf. »Hör mal, Gutsy, ich kann's so einrichten, dass du überhaupt nie mehr Hunger hast. Du wartest gefälligst, ja?«

Oben auf dem Gang wurden Schritte laut. Dolls Zorn legte sich.

»Na also«, sagte er voll Erleichterung. »Na also, was habe ich gesagt? Da ist er. Roly ist da. Was war denn mit dir los, Kumpel? Hast dich verirrt?«

Der Neuankömmling antwortete nicht sofort. Er kam festen Schrittes die Treppe herunter, ein großes, in fettdurchtränktes Zeitungspapier eingewickeltes Paket auf den Armen, aber das war es nicht, was ihn zur Vorsicht anhielt. Doll erwartete ihn am Fuß der Treppe und begann wild zu fluchen.

»Schnaps!«, brach es aus ihm heraus. »Du warst in der

Kneipe am Fleischmarkt und hast gesoffen! Du bist ja total übergeschnappt! Mit wem hast du gequatscht, he? Wem hast du was erzählt?«

Er hatte den Mann am Hemdkragen gepackt und schüttelte ihn wie einen Sack. Ansonsten war Roly der Einzige, dem diese Art von Behandlung erspart wurde.

»Hör auf«, sagte er kurz. »Reg dich ab, Tiddy. Ich hab' mit keiner Menschenseele gesprochen, aber ich hab' ja in die Fischbraterei gehen müssen, und da hab' ich mir nebenan einen genehmigt, zur Nervenberuhigung. Ich muss dir was zeigen, Tiddy. Ich hab' was mitgebracht.«

Letzteres äußerte er halblaut, und sein scharf geschnittenes Gesicht verriet, dass er ungeheure Neuigkeiten mitzuteilen hatte. Doll zögerte. Die Versuchung war groß, doch gab er erst einmal nach, hatte er seine Autorität verloren, wie er dachte.

»Später«, befahl er und behielt die Oberhand. »Zuerst das Futter. Da beklagen sich schon welche.« Er nahm das Paket und stellte es auf den Tisch, neben einen Stapel sauberen Pergamentpapiers. Es spielte hier die Rolle wie anderswo ein Spitzentischtuch, und er bildete sich etwas darauf ein. »Los.« Er nickte in Richtung Wand. »Ihr beiden Jammerlappen, kommt, holt euch euer Abendessen. Ihr habt halt ein paar Stunden drauf warten müssen.«

Indes, er hatte die Geschichte unterschätzt. Während er die Verteilung der gebratenen, mit erstarrtem Fett verkrusteten Fische überwachte, huschte Roly zu Bill hinüber. Ein unvorsichtiges Wort wurde zwischen ihnen laut, und sofort flammte das Interesse der anderen auf. Die halb bekleideten Männer drängten heran.

Tiddy Doll langte eine Sekunde zu spät dort an. Die Schlagzeilen der Morgenzeitung sprangen selbst einem ungeübten Leser sofort in die Augen.

»Mörder treibt sein Unwesen im Nebel!
Berühmter Arzt erwürgt. Drei Tote in Anwaltsbüro. Polizeikordon überlistet, kranker Zuchthäusler geflohen!«

Als der Mann aus Tiddington diese Nachricht anstarrte, schwoll sein Gesicht an und färbte sich brandrot unter der durchscheinenden Haut. Da er die erste Zeile auf sich bezog, erschien ihm alles andere als eine fantastische Lüge, höchst besorgniserregend untermauert von der Autorität des gedruckten Wortes. Er riss die Zeitung an sich und stellte sich unter die Lampe, wobei er sich mit den Ellbogen die anderen vom Leibe hielt.

»›Von unserem Sonderkorrespondenten.‹« Er las jedes Wort mit gleicher Betonung und bewegte, den Buchstaben folgend, den Kopf. »›Gestern zu später Stunde mussten die ausgesuchten Männer der Londoner Kriminalpolizei zugeben, dass ein entflohener Sträfling, möglicherweise einer der gefährlichsten Verbrecher, die dieses Land je gekannt hat, noch immer die nebelverhangenen Straßen der Stadt durchstreift, wahrscheinlich mit einem blutbefleckten Messer in der Hand. Inzwischen wurden in einem Anwaltsbüro im Westen drei unschuldige Menschen, darunter ein Kriminalbeamter, ermordet, laut Aussage von Experten mit derselben Waffe erstochen. Am frühen Abend, am anderen Ende der Stadt, im berühmten Guy's Hospital, verteidigte der allseits verehrte Gelehrte, den die Menschen den Gütigen Heiler nannten, tapfer sein Leben‹ … Erstochen?«, brüllte der Mann aus Tiddington plötzlich auf. »Wer sagt, Duds ist erstochen worden?«

»Nein, Tiddy. Schau mal hierher, auf die Bilder.«

Bill nahm ihm die Zeitung ab und faltete sie so, dass die Reproduktionen zweier Fotografien aus dem Polizeiarchiv sichtbar wurden. Grelle Beleuchtung und schlechter Druck waren den Bildern nicht bekommen, und das Ergebnis war nur etwas für Eingeweihte.

»Falls Sie diesen Mann sehen, rufen Sie 999 an – und gehen Sie in Deckung«, lautete die Schrift über den Bildern, und darunter, in kleinerem Druck, stand: »Dies ist der von der Polizei gesuchte Mann, Jack Havoc, 33 Jahre alt.«

Tiddy Doll erstarrte, und Roly begann vor Aufregung zu stottern.

»Tiddy kennt ihn nicht. Hat ihn nie gesehen. Das ist er, Tiddy! Er hat seinen Namen geändert, wie wir gesagt haben, aber das ist er, das ist der Boss!«

Der Blasse riss sich mühsam zusammen. »Was? Das ist er? Der da?«

»Ja. Der Boss. Er hat seinen Namen geändert.«

Tiddy Doll hob das völlig ausdruckslose Gesicht. »Der Boss!«, sagte er fassungslos.

»Jawohl«, bestätigte Roly. »Er war im Knast, wie Duds uns gesagt hat, aber er ist rausgekommen und hat den Doktor umgelegt. Alle Kriminaler von London sind hinter ihm her, aber sie haben ihn nicht erwischt. Das ist er, jawohl. Ich hab' sein Gesicht gleich erkannt.«

Die Neuigkeit sickerte ganz langsam ein, doch dann hatte sie den paradoxen Effekt, dass sie die Stimmung der ganzen Gesellschaft einesteils hob, andererseits jedoch ein wenig dämpfte. Aus seinem finsteren Winkel sah Geoffrey, wie sich sogar die Silhouetten der Männer veränderten, die sich um die drei drängten, die am meisten zu sagen hatten. Roly traf mit seiner nächsten Bemerkung den Kern der Sache.

»Es sind nur ein paar Zeilen über Duds da, und die stehen hinten. Duds ist denen jetzt schnuppe. Die haben jetzt den Boss im Kopf. Die Straßen wimmeln von Kriminalern, aber die suchen nicht uns. Draußen vor der Tür hat ein Bulle gestanden, der mit der großen Nase, wie ich gekommen bin, und hat ›Gute Nacht‹ gesagt, wie immer. Wir sind fein heraus. An uns denkt keiner.«

»Noch drei sind aufgeschlitzt worden«, sagte Bill, der schneller lesen konnte als die anderen. »Steht hier auf der ersten Seite. Vielleicht glaubt die Polente, der Boss hat auch Duds umgelegt.«

Tiddy Doll hob ruckartig das Kinn. »Vielleicht stimmt es sogar«, sagte er laut. Er hatte sich gefasst, und seine starke Persönlichkeit machte sich wieder geltend. »Der Boss war also die ganze Zeit im Knast.« Echte Bitterkeit lag in den Worten, Bedauern über eine verlorene Illusion. »Er hat gar keinen Schatz.«

»Woher weißt du das? Woher willst du das wissen, Tiddy?«, begehrte Roly auf. »Da wäre ich nicht so sicher.«

»Nein, er hat den Schatz nicht gekriegt«, sagte Bill nachdenklich. »Da steht, er hat sechs Jahre von der Höchststrafe für Raubüberfall abgesessen. Das heißt, er muss geschnappt worden sein, wie wir gedacht haben, er ist desertiert, und das war, bevor der Major ins Gras gebissen hat und Tom anders geworden ist.«

Sie verdauten diese Information, doch dann fasste der Blasse einen Entschluss.

»Ich sage, das ist gar nicht der Boss«, erklärte er, die Fotos antippend. »Wer kann schon behaupten, dass er diesen Mann kennt? Es steht ja nicht mal sein Name darunter.«

Bill lachte laut. »Ich erkenne den Boss an dem, was er getan hat, auch ohne Bilder.«

»Ich sage, das ist er nicht«, wiederholte Doll energisch. »Ich sage, der Boss hat den Schatz geholt und lebt jetzt wie ein Lord, aber eines Tages werden wir ihn finden. Der andere da, der muss den armen Duds umgelegt haben, als wir von ihm weg sind. Wir machen also am besten weiter wie immer, nehmen unser Geld ein und halten die Augen offen.«

Als er geendet hatte, fiel ihm der Haken bei diesem Programm ein, und er warf einen Blick über die Schulter auf das Lager im Winkel. Eine Idee kam ihm. Sie gefiel ihm nicht. Sie erschreckte ihn. Aber sie kam ihm in den Sinn, und er deutete sie halblaut an.

»Wer weiß, was so ein Kerl wie der da in der Zeitung noch alles machen kann«, sagte er.

Niemand ging darauf ein. In diesem Moment ereignete sich etwas. Geoffrey war der Erste, der es bemerkte.

Von seinem Lager aus konnte er die gesamte dunkle Wölbung der Decke überblicken, die über der gekalkten Fläche schmutzig und mit Spinnweben bedeckt war. Es geschah etwas mit dem Kanalgitter, durch das der Zeitungsverkäufer die Spätausgabe geworfen hatte. Die Eisenstäbe waren lautlos entfernt worden, und in der dunklen Öffnung erschien ein Paar Beine. Es waren Beine in eleganten, gut gebügelten Hosen von einem Muster, das sich vor Jahren in gewissen Kreisen großer Beliebtheit erfreut hatte. Wildlederschuhe und helle Socken bekleideten sie, und darüber lugte ein Stück eines dicken, teuren Mantels herein.

Direkt unter dem Gitter befand sich ein Sims in der Kellerwand. Plötzlich wurde es dort lebendig, und Staub und Ablagerungen rieselten die weiße Wand herab.

Alle um die Zeitung Versammelten wurden zugleich darauf aufmerksam. Einen Moment lang herrschte bedrückende Stille, und die aufwärts gewandten Gesichter erstarrten zu grotesken Masken, lächerlich in ihrer Verdutztheit. Dann klappte das Gitter wieder zu, und mit jener Geschmeidigkeit, die mit Kraft gepaart ist, ließ sich vor ihnen ein Mann herunter. Er hing an einem Arm von dem Balken vor dem Sims, die Füße in den erstklassigen Schuhen baumelten zwei, drei Meter über dem Boden. Das Licht fiel voll auf ihn. Es beleuchtete seinen bunten Schal und das Stück Hemd zwischen

Weste und Hosenbund, und jeder Mann im Keller sah das Gesicht, die Stirn, in die das Haar tief hineinwuchs, und die Augen, die sie alle so kühn musterten, als ob sie nach Bekannten suchten.

Dann ließ er sich federnd zu Boden fallen, und ein Lächeln teilte den breiten Mund und entblößte regelmäßige, schöne Zähne.

»Papa ist wieder da«, sagte er, und seine Stimme war weich und beherrscht. Lediglich der Schatten, der über seine Stirn huschte, und seine papierene Blässe verrieten seine Müdigkeit.

10

Absolute Stille herrschte im Keller. Alle hielten den Atem an. Hilflos in seinem Winkel liegend, spürte Geoffrey die Spannung. Er hob vorsichtig den Kopf, sorgsam darauf bedacht, kein Geräusch zu verursachen.

Der Fremde, von den Männern umringt, staubte seine Kleidung ab. Er tat es mit Bedacht, und alle seine Bewegungen waren geschmeidig und sparsam.

Er war knapp unter eins achtzig groß. Seine Hände waren wie diejenigen eines Zauberkünstlers, groß, schmal und wohl geformt.

Sein Gesicht war bemerkenswert. Die Nase war kurz und gerade, die Oberlippe mit einem tiefen Grübchen darüber, das Kinn rund und gespalten. Seine Augen traten etwas vor, aber sie waren leuchtend blau und von dichten, dunklen Wimpern umgeben. Das Haar, das unter der schwarzen Baskenmütze hervorlugte, war braun und kraus, und die Gefängnisblässe konnte der Feinheit seiner Haut nichts anhaben.

Er wartete ab, bis der Schock abklang, und nickte den dreien zu, die er kannte.

»Hallo, Roly. Hallo, Bill. Hallo, Tom. Darf ich mich setzen?« Er sank auf die Kiste am Kopfende des Tisches, wo Dolls Stammplatz war, und nahm, den Zwerg angrinsend, einen Kartoffelchip vom Papier des kleinen Mannes und aß.

»War Duds schon da?«, erkundigte er sich wie nebenbei. Er wartete die Antwort nicht ab und griff wieder nach einem Chip. Er lachte, als der Zwerg ihm nervös eine ganze Hand voll davon hinschob.

Seine Zuhörer überlief es kalt. Mit einem warnenden Blick auf Roly begann Tiddy Doll zu Geoffrey zurückzuweichen, während der ehemalige Fischer in Beteuerungen ausbrach.

»Nein ... Duds war nicht da. Duds ist nie im Leben da gewesen.«

»So?« Havoc aß jetzt rascher, er schob sich einen fetttriefenden Chip nach dem anderen in den Mund. »Das habe ich nicht gewusst. Er hat mir natürlich alles von euch erzählt. Deshalb habe ich gewusst, wo ihr zu finden seid. Ganz annehmbare Bude hier. Ich habe ihn noch nicht gesehen.« Sein Mund verzog sich zu einem Lächeln. »Ich bin getürmt.«

Er wirbelte plötzlich herum, sodass sie alle auseinander stoben, und Bill, der sich fast lautlos herangeschlichen hatte, zuckte zurück.

Havoc lachte ihm ins Gesicht. »Bill, du verdammter alter Knochen, mach so was nicht. Ich bin so lange wegen meiner Nerven behandelt worden, dass ich schon fast welche habe. Du hast ja keine Ahnung.«

»O doch, Boss. Wir wissen es alle. Wir haben es in der Zeitung gelesen, gerade als du gekommen bist.«

Bill legte das Blatt auf den Tisch. Das war für den Neuankömmling ein Schock. Sie spürten es sofort, obwohl er sich nichts anmerken ließ. Sein Magnetismus setzte einen Moment lang aus, das war alles.

Gleich darauf nahm er eine Hand voll Kartoffelchips und ließ sie verächtlich auf die Zeitung fallen.

»Das da?« Er blickte auf. »Das habe ich auch gelesen.«

»Hast du alles gelesen, Boss?«, fragte Bill.

»Alles, was mich interessiert hat.«

»Die letzte Seite nicht?«

»Nein.«

»Hättest du aber sollen, Boss, weil dort was von Duds steht. Er ist tot. Umgelegt. Sein Schwager hat ihn identifiziert.«

»Duds?« Abermals dieser sonderbare Eindruck von Schock und nachlassender Kraft. Seine dichten Wimpern vibrierten. Er schob die Kartoffeln weg und drehte die Zeitung um. Als er aufblickte, erschreckte er sie. »Gott!«, sagte er. »Was jetzt?«

Sie begriffen, dass es ein großes Unglück sein musste, für ihn, und daher auch für sie. Es war umso schrecklicher, als es ihnen noch nicht klar geworden war, dass sie aufgehört hatten, ihn objektiv zu betrachten. Er hatte sie bereits in den Griff bekommen, hatte sie um sich gesammelt wie eine Schar beeindruckbarer Mädchen.

Hinten in der Ecke, wo er sich über Geoffrey gebeugt hatte, wurde Tiddy Doll die Reaktion gewahr, doch ausnahmsweise einmal regte er sich nicht auf.

Er hatte Geoffrey, der notgedrungen stillhielt, den Mund wieder mit Heftpflaster verklebt.

»Wann habt ihr Duds zuletzt gesehen?«

Die gefährliche Frage schwebte durch den Raum, und der Blasse fuhr herum.

»Heute Nachmittag«, antwortete er prompt. »Er ist aus

dem Revier in der Crumb Street gekommen, wir ihm nach, weil wir mit ihm reden wollten, aber er ist uns entwischt.« Die Lüge ging ihm glatt von den Lippen. »Stimmt doch, Kumpel, oder?«

Der alte Anführer setzte sich wieder durch, und sie nickten alle erleichtert.

»Wir haben aber nicht mit ihm gesprochen, Boss«, konnte sich Roly nicht enthalten hinzuzufügen. »Wir haben ihn einmal im Westend gesehen, prima in Schale, aber wir haben nicht mit ihm geredet.«

»Er hat euch öfter gesehen.« Havocs Augen begannen zu brennen, und sein Gesicht zeigte Anzeichen von Erschöpfung. »Duds hat für mich zu tun gehabt. Ich habe von ihm alles über euch erfahren, indirekt natürlich, aber ich bin über Tiddy Doll und Toms kleinen Dachschaden im Bilde.« Er lächelte. »Angeblich habt ihr mich gesucht. ›Der lebt wie ein Lord.‹« Ihre Betretenheit amüsierte ihn. »Du hast immer zu viel geredet, Roly. Manchmal hört jemand zu.«

»Wer hat das ausgequatscht?« Tiddy Doll vergaß vor Verwirrtheit alle Vorsicht, und in der Frage klang eine Spur seiner alten Aggressivität an.

Der Mann, der auf seinem Platz am Kopfende des Tisches saß, betrachtete ihn nachdenklich.

»Ihr Name ist Doll, und Sie stammen aus einem Kaff in Suffolk, das Tiddington heißt«, begann er freundlich. »Nachdem Sie jede Musterungsstelle im Osten wegen Untauglichkeit abgewiesen hatte, haben Sie sich mitten im Krieg im Durchgangslager in Hintlesham unentbehrlich gemacht. Dann hat man Sie – Gott weiß, wieso – sogar angenommen, und Sie haben auch noch einen Streifen bekommen. Nach dem Krieg hat man Sie schleunigst hinausgeschmissen, bevor jemand was gemerkt hat, und dann haben Sie die Offiziere Ihrer alten Einheit so lange belästigt, bis sie Sie bei der Polizei angezeigt haben und man Sie abgeschoben hat. Wollen Sie noch mehr hören?«

Doll war sprachlos. Er stand mit offenem Mund da.

Havoc wandte sich den anderen zu.

»Ihr armen Idioten«, sagte er. »Auf der Straße herumziehen und schauderhaften Krach machen. Glaubt ihr denn, niemand sieht euch? Jeder halbwegs gescheite Mensch in der Stadt weiß alles über euch.«

»Du hast uns also wirklich nicht vergessen, Boss?«, fragte Roly stolz. »Das hätten wir nicht gedacht, ich und Bill und Tom. Tom ist seltsam geworden«, teilte er ihm vertraulich mit. Tom ist nicht ganz da. Ich glaube, er kennt dich gar nicht wieder.«

Der hoch gewachsene Junge, der noch immer auf seiner Pritsche lag, hob den Kopf.

»Ich hab' ihn nicht vergessen«, sagte er. »Ich kenne dich, Boss. Ich weiß, wie dir zu Mute ist. Du bist wie damals in der Nacht, als du zum Boot zurückgekommen bist, du weißt schon, nachdem du die fertig gemacht hast.«

Diese wie selbstverständlich vorgebrachte Feststellung tauchte die ganze erschreckende Situation in grelles Licht. Havoc selbst war wie geblendet. Er senkte den Blick, blinzelte und blickte wieder auf.

»Armer Tom«, sagte er rasch, aber der Schaden war bereits angerichtet. Sie schauten ihn mit wachen Augen an. Das Ungeheuerliche seines Verbrechens trat langsam hinter der Faszination hervor und erreichte Schrecken erregende Proportionen. Im nächsten Moment mussten sie alle von ihm abfallen.

Doll nahm seine Chance wahr. Er setzte sich zum Tisch und stützte die Ellbogen auf.

»Hören Sie mal, Boss«, sagte er. »Ich glaube, Sie sind gar nicht wegen Duds hergekommen. Ich glaube, Sie haben gedacht, wir werden die Zeitung erst später am Morgen sehen, und Sie haben einen Unterschlupf gebraucht. Sie waren bei Ihren anderen Kumpeln, und die haben schon alles von Ihnen gewusst, weil die anscheinend immer alles wissen, und sie wollten mit Ihnen nichts zu tun haben. Sie sind hergekommen, weil Sie sonst nirgendwo hingehen können. Seit dem Krieg hat sich viel geändert. Damit haben Sie nicht gerechnet, das war ein Schock für Sie!«

Havoc lehnte sich langsam zurück. Niemand gewahrte eine Bewegung, doch plötzlich war ein Messer in seiner Hand erschienen. Es war eine Nahkampfwaffe, die nichts Bemerkenswertes an sich hatte, außer, dass sie nicht neu war.

»Wer versucht es als Erster? Du, Kalkgesicht?«

Keiner regte sich. Echte Gewalttätigkeit, wirkliche Bedrohung verbreitet einen Geruch, der in den Nasenlöchern brennt mit einer Schärfe, die von Schauspielerei nie erreicht wird.

»Soll ich euch eine Kostprobe geben?«

»Nein, Boss, nein, nein!« Roly war außer sich. »Nein, wir kennen deine Kostproben. Hör auf. Tiddy versteht nichts, der hat keine Ahnung. Wir halten zu dir, Boss, natürlich halten wir zu dir. Außerdem haben wir noch eigene Gründe zu bedenken.«

Es war ihm entschlüpft, ohne dass er es zurückhalten konnte. Havocs flackernder Blick saugte sich an seinem Gesicht fest, seine Hände wurden ruhig.

»Ach. Was für Gründe?«

Roly wandte sich ratlos an Tiddy Doll, dessen Augen hinter der dunklen Brille verborgen waren.

»Wir haben Privatangelegenheiten wie andere Leute auch«, sagte der Mann aus Tiddington schließlich. »Wir wollen jetzt keine Polizei hier haben, auf gar keinen Fall, das ist alles.«

Es klang überzeugend genug. Der Mann am Kopfende des Tisches war beeindruckt. Neugierig betrachtete er den Blassen, den Kopf ein wenig schräg gelegt, den Mund spöttisch verzogen.

»Keiner von euch ist eigentlich vorbestraft«, sagte er dann. »Und das möchtet ihr euch nicht verderben, was?«

»Es geht nicht um Vorstrafen«, antwortete Tiddy. »Aber vor ein paar Tagen haben wir einen kleinen Unfall gehabt, deshalb wollen wir uns in nichts einlassen, so für eine oder zwei Wochen.« Er zögerte, und keiner vermochte festzustellen, ob seine Augen hinter den dunklen Brillengläsern die Waffe auf dem Tisch ansahen. »Wir verhalten uns ruhig und bleiben unter uns, wie immer.«

Havoc blickte mit lässiger Arroganz um sich.

»Ich habe gehört, dass Sie für Ordnung und Sauberkeit sind, Corporal. Alle Achtung. Ich weiß nicht, wie Sie das schaffen.«

Diese Schmeichelei war beabsichtigt, und der Mann vom Land fiel darauf herein.

»Wir könnten von unserem Fußboden essen«, prahlte er. »Wir haben unsere Regeln, und wir befolgen sie. Wir haben es gemütlich, und wir haben gut zu essen.«

Der müde, gehetzte Tiger im gut geschnittenen Anzug ließ seinen Blick zu der leeren Pritsche neben Tom schweifen, aber er blieb ein Tiger.

»Ich rede nicht viel, ich bin aber auch kein Angsthase«, fuhr Tiddy fort. »Aber alle haben nicht so viel auf dem Kasten.« Er tippte sich bedeutungsvoll an die Stirn. »Aber Sie sehen ja selbst, dass es viele von uns gibt, die Fehler machen.«

Das, was er sagte, enthielt viel Wahrheit. Noch nie hatte die Bande wankelmütiger gewirkt. Die Männer waren sowohl eingeschüchtert als auch erregt, saßen um die beiden herum und schauten ihnen zu, als säßen sie im Theater.

Vom Markt drangen nun Geräusche herein, und obwohl sich das Tageslicht wegen des Nebels nicht durchsetzen konnte, hatte sich die Schwärze beim Ausguss um einige Nuancen aufgehellt, und an der Wand rings um den »Briefkasten« breitete sich ein fluoreszierender Schimmer aus. Die Stadt war erwacht. Bald würden um den Frühstückstisch versammelte Familien die Zeitungen lesen, und aus den umliegenden Bezirken würden immer mehr geduldige und erfahrene Polizeibeamte zum Dienst kommen.

Doll saß da und schaute auf den Tisch. Das Messer war verschwunden. Havocs Hände lagen dort, seine Finger trommelten leicht auf die Platte. Doll wagte nicht, die Pritsche hinten im Winkel anzusehen, aber er hob den Kopf, als Rolys Blick sich hinstahl. Die Idee, die sich in ihm festgesetzt hatte, war verlockend, denn die Situation war natürlich nicht weniger verzweifelt als vorhin.

Nach einiger Zeit machte er eine Kopfbewegung zur Treppe hin. »Das ist der einzige Ausgang.«

Jack Havoc beobachtete ihn interessiert. »Ich weiß, man hat es mir gesagt. Zwei Eingänge, ein Ausgang.«

Tiddy Doll stützte das Kinn auf die Hände, vermutlich um zu verhindern, dass er sie ballte. Vor langen Jahren, in der sonnenhellen Sonntagsschule in Tiddington, hatte er einmal einen Ausspruch gehört, der ihn tief beeindruckt hatte: »Wer mit dem Teufel essen will, muss einen langen Löffel haben.« Er sah diesen Löffel jetzt im Geiste vor sich, oder zumindest einen sehr ähnlichen. Aus Eisen war er und hing neben dem Ziegelofen in seines Großvaters Häuschen. Er holte tief Luft.

»Ich hab's mir überlegt, Boss. Wir sind so viele, dass sich noch einer unter uns verstecken kann, sogar auf der Straße, wenn er mal unbedingt wohin muss.«

»Ihr Gehirn arbeitet«, lobte Havoc freundlich. »Das mag ich.«

»Es wäre aber riskant, wenn wir nicht wissen sollten, was wir tun.«

Es gab kein weiteres Feilschen. Die beiden verstanden einander nur zu gut.

Havoc dehnte sich, und als er sprach, imitierte er bewusst den Tonfall eines britischen Offiziers.

»Ich finde, wir sollten eine Konferenz abhalten, meinen Sie nicht auch, Corporal?«

Tiddy Doll seufzte und vollbrachte sein Meisterstück.

»Zu Befehl, Captain.«

11

Zunächst war Geoffrey der Einzige, dem Tiddy Dolls Manöver mit dem Konferenztisch auffiel. Der Blasse stellte mit großer Sorgfalt einige Orangenkisten zusammen, und zwar so, dass die Verschwörer sich in gebührendem Abstand von den anderen befanden, jedoch die Treppe im Auge behalten konnten. Doll schien gar nicht aufzufallen, dass dadurch das Gespräch so nah bei der Pritsche des Gefangenen geführt werden würde, dass der gefesselte und geknebelte Mann jedes Wort verstehen musste. Das war eine so unglaubliche Nachlässigkeit für einen normalerweise derart vorsichtigen Menschen, dass Geoffrey es gar nicht fassen konnte, bis ihm die teuflische Erklärung einfiel. Doll mochte davor zurückschrecken, einen unliebsamen Zeugen kaltblütig zu beseitigen, Havoc hingegen nicht.

Dieser saß noch immer am Kopfende des Tisches, fremdartig und einsam im Lichtkreis der nackten Glühbirne. Der Art nach zu schließen, wie alle ihn behandelten, hätte er sehr wohl ein wildes Tier sein können, faszinierend und unberechenbar.

Er verfolgte die Vorbereitungen mit wachsendem Verdruss, und wie gewöhnlich war es Roly, der unbesonnen handelte. Da er merkte, was seiner Ansicht nach ein schwerer Fehler war, machte er Doll verzweifelt Zeichen. Havoc sah es, und sofort konzentrierte sich das Interesse aller auf die Pritsche hinten im Winkel.

»Was haben Sie denn dort, Corporal?« Die Mattigkeit der Stimme täuschte niemanden.

Doll war auf diese Frage vorbereitet. Er hatte gewusst, dass sie früher oder später kommen musste. Er machte eine unterwürfige Geste, beugte sich über die Pritsche, um die Decke höher zu ziehen, und eilte dann zum Tisch, stützte die Hände auf die Platte und neigte sich vor, um vertraulich zu sprechen. Seine dunklen Brillengläser verdeckten alle Anzeichen von Nervosität. Nur Roly und Bill wagten, hinter ihn zu treten.

»Das ist unser kleiner privater Kummer«, murmelte er. »Der kleine Unfall, von dem ich gesprochen habe.«

»Wer ist das? Einer von euch?«, erkundigte sich Havoc in gelangweiltem Ton.

Der Mann aus Tiddington zögerte.

»Nein«, sagte er schließlich. »Leider. Das ist einer, den man hergebracht hat, als er stockbesoffen war. Er hatte ein bisschen Geld bei sich und hat es verloren, und da hat er aufgemuckt. Wir haben ihm eine Abreibung verpasst, und da liegt er nun seit zwei Tagen und rührt sich nicht. Und das ist die reine Wahrheit.«

Die Geschichte klang so gewöhnlich, dass sie sogar die beiden Lauscher überzeugte, obwohl sie wussten, dass sie erlogen war. Havoc zweifelte sie nicht an, aber er mochte keine Halbheiten.

»Wozu ihn dabehalten?«, fragte er. »Schmeißt ihn in irgendeinen Hauseingang. In dem Nebel kann nichts schief gehen.«

»Klar, wollten wir ja auch. Meine Schuld, dass wir's noch nicht gemacht haben. Ich habe gedacht, er kommt wieder zu sich, damit wir ihn nicht tragen müssen. Jetzt sieht er aber nicht mehr danach aus. Außerdem haben wir uns nicht getraut. Wir haben nicht gewusst, ob er vermisst wird.«

»Deshalb hat also einer von euch die Morgenzeitung geholt?«

»Eben, eben. Da haben wir dann dein Foto gesehen.« Bill hüpfte vor Vergnügen, weil alles so plausibel klang. »Irr, wie alles zusammenpasst, was?«

Die blauen Augen richteten sich auf ihn. »Es ist nicht mehr wie früher. Niemand hat mehr Mumm. Ewig schade um Duds. Ich könnte ihn gut brauchen.«

»Du hast uns.« Bill war eifersüchtig und kam näher. Havoc scheuchte ihn weg.

»Stimmt. Mein Gott, ja! Wir sollen uns dort hinüber verziehen, Corporal, was?« Er stand auf und schlenderte durch den Raum, jeder Zoll ein gesundes, prächtiges Tier.

Geoffrey verhielt sich unter der Decke ganz still. Er war außerstande gewesen, ein Wort von Dolls Erläuterungen zu erhaschen, und wusste nicht, was mit ihm geschehen sollte, als die Männer herankamen. Er wusste nur, dass er hilflos war. Seine Hände und Füße waren längst gefühllos geworden, der Knebel war scheußlich, aber er konnte atmen, denn die Decke war, obwohl sie seinen Kopf bedeckte, vorsorglich gelockert worden.

Sein Mut sank, als sie ihn ignorierten und sich setzten.

Havoc saß mit dem Rücken zur Pritsche, der Blasse zu seiner Rechten, die beiden anderen zu seiner Linken.

»Sie sind still, weil sie Schiss haben.« Tiddy Dolls Stimme erklang dicht an Geoffreys Ohr. »Die sind schon in Ordnung, Boss. Sie sehen nach nicht viel aus, aber das will ich eben. Ich hab' sie nach dem Aussehen ausgesucht. Das Aussehen ist es, was etwas einbringt. Die sind in Ordnung, wenn sie richtig behandelt werden.«

Havoc machte eine ungeduldige Bewegung, und Roly griff nervös ein.

»Der Boss versteht sich auf Leute, Tiddy. Der hat immer jeden einschätzen können. Das haben wir schon beim Militär gemerkt. Unsere Leute werden keinen Stunk machen, Boss, solange sie zu essen kriegen.«

»Davon wollte ich gerade reden.« Tiddy übernahm entschlossen die Leitung. »Wir werden bald ans Frühstück denken müssen. Frühstück ist wichtig für die Disziplin. Meistens gehen wir in ein kleines Lokal am Markt. Die Leute dort erwarten uns. Ich denke mir, wir gehen hin wie immer. Wenn wir wegbleiben, fällt das auf. Sie können ja mitkommen. Wenn Sie sich umziehen und sich ein bisschen das Gesicht verbinden – da denkt sich keiner was dabei –, fallen Sie unter uns gar nicht auf.«

»Was für ein Lokal?« Die weiche Stimme verriet Interesse.

»Klein«, gab Doll Bescheid. »Aber es sind drei Türen da.«

»Dort ist es so qualmig, dass dich kein Mensch erkennt.« Bill kicherte. »Und uns wirst du ja noch vertrauen.«

»Wollte ich gerade sagen«, mischte sich Doll ein. »Der Boss ist ein Menschenkenner, sagst du. Dann wird er einsehen, dass ich Recht habe. Wir alle wissen zu viel von dem Schatz, von dem noch nicht die Rede war. Wir denken seit Jahren daran, träumen davon. Der Boss weiß, dass wir's wissen. ›Der lebt wie ein Lord‹, hat er gesagt. Und so wollen wir alle leben.« Er machte eine jähe Bewegung. »Wir kriegen doch unseren Teil, Boss?«

»Das war immer meine Absicht.« Havoc verstand auch nachzugeben. »Sie können Duds' Platz einnehmen, Corporal. Ich war immer dafür, dass die Leute, die dabei waren, davon abbekommen sollen. Der Rest –«

»Der Rest ist mir schnuppe«, sagte Doll gedämpft. »Die werden tun, was ich sage, und ich werde mich um sie kümmern, wie immer. Sie werden wie die Freunde eines Lords leben«, setzte er hinzu.

»Kann ich mir denken.« Es klang belustigt. »Ich habe Roly schon längst eingeweiht. Er und Bill und Tom waren damals dabei, haben unter mir gedient. Ich habe sie ausgesucht.«

»Stimmt, Boss. Du hast deine Kumpel nie im Stich gelassen.«

»Quatsch!«, brauste Havoc auf. »Ich habe euch mitgenommen, weil ich euch gebraucht habe. Ich brauche euch wieder, deshalb nehme ich euch wieder mit. Ich verlasse mich auf gar nichts und niemanden, außer auf mich selbst!«

»Boss, hast du das Zeug überhaupt gesehen?« Roly vermochte einfach nicht zu schweigen. »Hast du das Zeug dort liegen sehen?«

Das unsterbliche Märchen von einem Schatz, Gold in Barren und Haufen von Edelsteinen, die aus einer Höhle quellen, berauschte sein einfältiges Gemüt.

Havoc schnalzte mit der Zunge.

»Du redest wie ein Kind, das von Süßigkeiten träumt. Natürlich habe ich es nicht gesehen. Es war gut versteckt. Deshalb wartet es dort noch auf uns. Ich sage euch jetzt, was bei dem Einsatz passiert ist. Als alles vorbei war, waren wir – Elginbrodde und ich – allein im Haus. Der Befehl hat gelautet, ich soll das Notwendige tun und er soll sich vergewissern, ob sie tot sind. Es war ihm gar nicht recht, er war so ein Typ. Der hatte lauter Sachen im Kopf, für die nie jemand Zeit hat. Er war kein Feigling, aber er hatte eben nicht das, was ich gehabt habe. Das hat auch niemand von ihm erwartet. Er hat mich ins Haus gelotst, ich bin ins Schlafzimmer gegangen und hab's getan. Er hat draußen gewartet. Ich komme heraus, und er geht hinein. Als er wiederkommt, ist er weiß wie ein Bogen

Papier, aber ruhig, wie er immer war. Wir hatten noch einiges zu erledigen, und als wir damit fertig waren, sollten wir laut Befehl sofort zu euch an den Strand zurückkehren, bevor jemand auf der Straße daherkam. Es war totenstill. Einen Motor hätte man schon auf fünf Meilen gehört. Als wir in den kleinen Garten hinter dem Haus kommen, macht er Halt.«

Während Geoffrey lauschte, stellte er sich die Stille der Frühlingsnacht vor, den Duft der Kräuter in dem kleinen französischen Gärtchen, das Rauschen des Meeres, tröstlich und ewig, und die schreckliche, notwendige Tat.

Havoc sprach weiter: »Elginbrodde sagt zu mir: ›Passen Sie bitte eine Minute auf, Sergeant, ja? Ich will nur mal kurz nachsehen, ob auch alles in Ordnung ist.‹ Er lässt mich dort stehen, aber gleich darauf erkenne ich am Schein seiner Taschenlampe, wo er ist, nämlich in so was wie einer Steinhütte an der Mauer. Ich ihm natürlich nach, weil ich mir nichts entgehen lassen will. Was er gesagt hat, hat mich neugierig gemacht. Er steht da und leuchtet mit dem dünnen Strahl den Stein an. Die Hütte war so leer wie eine Almosenbüchse. Nachher hat er mir gesagt, dass es ein Eishaus war, so etwas hatte man früher, als es noch keine Kühlschränke gab. Es war bloß ein kahles Loch mit einer Abflussrinne in der Mitte, und in einer Ecke war eine Gartenfigur. Sonst war nichts da, und ich sage: ›Es ist weg, Sir, nicht?‹ Er lacht. Ich habe seine Zähne gesehen, bevor das Licht ausgegangen ist. Und er sagt: ›Nein, alles in Ordnung, Gott sei Dank. Man wird es niemals finden, wenn hier kein Volltreffer hereinkommt, und dann ist es egal.‹«

»Aber er hat doch was davon mitgebracht«, wandte Roly beklommen ein. »Er hat uns allen ein Andenken gegeben. Erinnerst du dich nicht, Boss? Er hat jedem von uns –«

»Das war aus dem Haus.« Die Stimme klang beschwichtigend. »Wir haben dem Feind vormachen müssen, dass es ein Einbruch war. Niemand sollte wissen, dass es eine militärische Aktion war. Das Haus war voll von schönen Sachen, und wenn dort was versteckt war, dann hat es schon was besonders Wertvolles sein müssen. Wir haben nur die Vitrinen im vorderen Zimmer ausgeräumt. Elginbrodde hat ein paar Sachen für euch behalten, den Rest haben wir ins Gebüsch geworfen. Ich habe auch einiges behalten, aber wir waren praktisch nackt und mussten wieder über die verdammte Klippe hinunter.«

»Hat lange gedauert, bis ihr gekommen seid.« Roly ärgerte sich noch nach all den Jahren.

»Und ob. Aber eben deshalb bin ich dahinter gekommen, was ich machen muss. Wenn du den Mond vergessen hast – ich nicht. Der Himmel hat wie ein Federbett ausgesehen, und im nächsten Moment kommt die verdammte Laterne heraus wie ein Scheinwerfer, und Elginbrodde und ich kleben oben auf der Klippe. Wir bleiben liegen und rühren uns nicht. Abwarten, lautet die Parole. Elginbrodde bildet sich dauernd ein, er hört einen Wagen kommen. Der war so fertig, dass er immerzu geredet hat. Da habe ich mir gedacht, ich frage ihn mal nach dem Eishaus. ›Was haben Sie im Brunnen versteckt, Sir?‹, frage ich. ›Das Familiensilber?‹ Ihr müsst wissen, dass ich für ihn nur etwas war, was er sicher zurückbringen musste, ein Gegenstand, kein Mensch. Deshalb hat er zu mir geredet wie zu seinem Gewehr oder so. ›Nein, Sergeant‹, sagt er. ›Dort ist der Santa-Diel-Schatz, und er ist noch immer unangetastet. Ich erfuhr erst mit einundzwanzig Jahren davon, sonst hätte ich ihn außer Landes gebracht. Aber dazu war es zu spät, und ich musste ihn verbergen. Ich bin der letzte von uns. Jetzt weiß niemand Bescheid außer mir.‹ Ich wollte noch einmal den Namen von ihm hören, aber es war nichts zu machen. Mir ist es vorgekommen wie ein Schiffsname.« Das Geheimnis eines Schatzes, von einer reichen Familie gehütet und einem verwaisten Jungen am einundzwanzigsten Geburtstag enthüllt. Diese Vorstellung ließ den Keller in einem Glanz erstrahlen, der zauberhafter war als Mondschein. Roly brachte kein Wort hervor, und Dolls Mund war trocken.

»Dann habe ich ihn gefragt, was damit geschieht, wenn er fällt. Ob es dann für immer dort bleibt?«

»Was hat er gesagt?« Roly zitterte.

»Er hat das Verrückteste gesagt, was ich je gehört habe. Er hat gesagt: ›Dann muss sich der Mann darum kümmern, den meine Frau heiratet. Ich habe genaue Instruktionen in einem versiegelten Umschlag hinterlegt, den er an seinem Hochzeitstag erhält. Sie könnte es allein nicht schaffen, aber sie wird jemanden wie mich nehmen, sonst keinen.‹«

Auf den Säcken liegend, den Kopf kaum einen Meter von dem Sprechenden entfernt, spürte Geoffrey ein schmerzhaftes Stechen im Herzen.

Das war der Schlüssel. Er hörte das ungläubige Murmeln der anderen, doch er hatte den unverkennbaren Klang der Wahrheit aus den Worten herausgehört. Natürlich hatte Elginbrodde genau das getan. Wenn man Meg und den alten Avril kannte, blieb einem ja gar nichts anderes übrig. Außerdem hätte er, Geoffrey, unter ähnlichen Umständen ebenso gehandelt.

Er fand das so verblüffend, dass er seine eigene scheußliche Lage mit all ihren Gefahren vorübergehend vergaß. Elginbrodde hatte so Recht gehabt. Je mehr er über ihn hörte, desto klarer trat es hervor. Sie ähnelten einander wirklich, beide praktisch veranlagt, aber fantasielos, konventionell, doch bereit, etwas zu wagen. Alle Eifersucht, die Geoffrey je gegen Martin gehegt hatte, flammte hoch auf und erlosch. Plötzlich fühlte er sich befreit von ihr, und Meg gehörte nun ihm allein.

Indes rückte die unmittelbare Gefahr für ihn immer näher. Havoc wurde sachlich.

»Na«, sagte er. »Immer mit der Ruhe. Ich habe mich lange

mit der Sache befasst, und ich habe bis jetzt nur das gemacht, was ich mir vorgenommen hatte. Ich habe mir vorgenommen, so vorzugehen, wie wir damals bei der Aktion vorgegangen sind: gute Planung, gute Organisation, rasche Durchführung. Da kann nichts schief gehen. Keine Weichlichkeiten, kein Gepfusche und keine Zeugen. Zuerst einmal muss der Umschlag her, den Elginbrodde hinterlassen hat. Das ist das Wichtigste. Die Aktion damals war streng geheim. Keiner von uns hat gewusst, wo es hingeht, außer Elginbrodde, und der hätte sich eher umbringen lassen, bevor er es verraten hätte. Wir haben gedacht, es ist in Frankreich, aber es hätte genauso gut irgendwo an der ganzen Westküste Europas sein können. Wir müssen wissen, wo das Haus liegt und wo das Zeug versteckt ist. Außerdem werden auch noch Dokumente da sein, Papiere, die den Überbringer ermächtigen, das Zeug wegzuschaffen. Elginbrodde hat bestimmt daran gedacht. Er hat gewollt, dass der neue Mann seiner Frau alles ohne Schwierigkeiten bekommt. Sobald ich diese Dokumente habe, ist die ausländische Polizei auf unserer Seite. Sie wird uns notfalls auch helfen, den Schatz zu heben. Schließlich wollen wir ihn ganz, und nicht jeder nur eine Hand voll, oder?«

Tiddy Doll saß regungslos da, das Kinn vorgereckt, die Augen hinter der dunklen Brille verborgen.

»Wem hat Major Elginbrodde den Brief gegeben?«, fragte er endlich. »Seiner Frau?«

»Nein. Die hätte ihn aufgemacht. Wie jede Frau. Ich habe mir deshalb keine Sorgen gemacht. Ich war fest überzeugt, dass er ihn seinen Anwälten übergeben hat.«

Zum ersten Mal war dieses Wort gefallen, und sofort entstand eine gespannte Atmosphäre. Doll befeuchtete sich die Lippen.

»Sie haben heute Abend in ihrem Büro nachgeschaut, was?«

»Ja.« Die Stimme klang völlig gelassen. »Das hatte ich schon immer vor. Sobald ich mich bei meinem Kontaktmann umgekleidet hatte, ging ich dort hin.«

Da tat Tiddy Doll etwas Unerhörtes. Er streckte den Fuß aus und stieß die Pritsche an, auf der Geoffrey lag. Er tat es verstohlen, aber es war eine untrügliche Aufforderung an den Gefangenen, gut aufzupassen, was gesagt werden würde.

»Und seither sind Sie auf der Flucht, was?«, fragte er sanft.

»Ja. Aber keine Einmischung gestattet, das habe ich mir zur Regel gemacht.«

Stille senkte sich über den Konferenztisch, und Doll sprach erst nach einer langen Pause weiter.

»Wieso sind Sie so sicher, dass das Zeug nach all der langen Zeit noch dort sein wird?«, fragte er.

»Weil es auf mich wartet.« Seine Überzeugung war unerschütterlich, und sie waren davon beeindruckt. »Es ist mir bestimmt, den Schatz zu finden. Ich habe es gleich dort auf der Klippe gewusst.« Er lachte leise. »Ich will euch sagen, warum. Wisst ihr, was ein Elektronengehirn ist? Sie hatten so ein Ding beim Militär. Ich kann es euch nicht erklären, aber es war ein Apparat, groß wie ein Zimmer, so was wie eine riesige Registrierkasse, habe ich gehört. Sie haben festgelegt, wie der Mann für die Aktion beschaffen sein muss – sportlich, mit Fronterfahrung, draufgängerisch, im Stande zu klettern und wenn nötig, jemanden auf dem Rücken zu tragen, Alter sechsundzwanzig, unbekannt, ohne Familie, guter Kamerad und alles Mögliche. Dann haben sie alle Knöpfe gedrückt, und herauskam eine Karte mit seinem Namen und seiner Nummer. Und die Maschine hat auch mich gefunden«, sagte Havoc ernst. »Und wisst ihr, wo ich war? Unter Bewachung, weil ich vors Kriegsgericht sollte. Hat schlimm für mich ausgesehen. Aber plötzlich hat man mich herausgeholt, alles verziehen, Rang wieder verliehen, ausgebildet und mit Elginbrodde gekoppelt. Mich hat man gewollt. Ich war derjenige, welcher.«

Er lehnte sich zurück, und Geoffreys Pritsche zitterte ein wenig, als er sie berührte.

»Ihr werdet sagen, da ist keine Zauberei dabei«, fuhr er fort. »Das hat ein Wissenschaftler erfunden. Aber alles andere nicht. Während ich mit Elginbrodde in Ausbildung war, habe ich mich nach ihm erkundigt, und wisst ihr, was ich erfahren habe? Dass er dieselben Leute kennt wie ich und dass ich ihn immer im Auge behalten konnte. Er war der einzige Offizier in der ganzen Armee, den ich ständig beobachten konnte. Ich habe nämlich jemanden gekannt, der ihm nahe stand. Und dieser Mann stand auch mir so nahe wie sonst niemand. Deshalb habe ich gleich gewusst, dass es wichtig für mich und mein Leben ist, als er dort auf der Klippe zu mir gesprochen hat.«

Er wartete auf ihre Reaktion, und als sie nur unbehaglich mit den Füßen scharrten, lachte er abermals.

»Ihr begreift das alles nicht. Aber wenn man Stunde um Stunde allein in einer Zelle sitzt wie ein Mönch, dann erkennt man die Zusammenhänge. Euch kommt es wie Zufall vor, aber es gibt keinen Zufall, nur Gelegenheiten. Ich nenne das die Wissenschaft vom Glück. Man muss nur zwei Regeln befolgen: immer aufpassen und nicht weich werden. Ich habe mich danach gerichtet, und es hat mir Kraft gegeben.«

»Stimmt, Kraft haben Sie«, bestätigte Doll rasch. Er wusste, dass Männer manchmal ein bisschen sonderbar waren, wenn sie nach langer Haftzeit herauskamen, aber er hatte dennoch Angst. »Haben Sie denn Elginbroddes Frau beobachten können, während Sie gesessen haben?«

»Klar. Ich habe euch alle beobachtet. Im Knast kriegt man mehr zu hören als draußen, wenn man es darauf angelegt hat.

Ich habe gewusst, dass sie wieder heiraten wird, zwei Monate bevor die Verlobung bekannt gegeben wurde.«

»Wieder heiraten?« Das war ihnen neu, und Roly richtete sich mit vor Schreck entstelltem Gesicht auf. »Ist es denn schon passiert? Der neue Knilch hat den Umschlag?«

»Nein, er weiß noch nichts davon, aber er wird es erfahren, deshalb die Eile. Als ich davon gehört habe, konnte ich nicht sofort ausbrechen. Der Doktor, auf den ich es abgesehen hatte, war zwar interessiert, aber noch nicht reif, und da habe ich Duds verständigt, und der hat die Schau abgezogen, auf die wir uns für eben diesen Fall geeinigt hatten. Die Idee war prima und hat fantastisch funktioniert. Mein Kontaktmann hat gedacht, die Hochzeit wird abgesagt, aber jetzt ist Duds hinüber. Er hat irgendeine Dummheit gemacht, sonst wäre das nicht passiert. Er war ein Schlappschwanz. Vielleicht hat ihn der neue Kerl von dem Mädchen umgelegt.«

Geoffrey wartete mit zugeschnürter Kehle auf die nächsten Worte. Einer der drei musste doch jetzt zwei und zwei zusammenzählen!

Doch Dolls Gedanken kreisten noch immer um den Umschlag, der ihnen die Schatzhöhle öffnen würde.

»Bei den Anwälten war also nichts?«, fragte er.

»Nein. Ich habe genau nachgesehen.«

Augen, funkelnd wie Rattenaugen, beobachteten ihn von der gegenüberliegenden Wand aus. Die Männer hatten ihre Mäntel an, saßen da, ihre Instrumente umklammernd, und warteten aufs Frühstück und den neuen Tag.

»Ich bekomme ihn schon noch. Ich habe es heute Abend noch woanders versucht. An einer Adresse, die ich bekommen habe, als ich schon draußen war. Ich bin im Haus von dem neuen Kerl gewesen, wo sie nach der Hochzeit wohnen werden. Fehlanzeige. Die sind noch nicht richtig eingezogen. Es waren überhaupt keine Papiere da.« Er lachte auf. »Dort hätte es mich beinahe erwischt. Ich habe draußen einen Polypen gesehen, habe es aber riskiert und bin hineingegangen. Ich dachte mir, ich habe bei dem dicken Nebel reichlich Zeit, aber er hat wahrscheinlich Alarm geschlagen, und sie sind massenhaft angerückt. Ich bin aus dem Fenster gesprungen. Da war auch eine Frau im Haus. Ich habe ihr Parfüm gerochen.«

Geoffreys Haar sträubte sich, und seine Lippen bewegten sich stumm unter dem Pflaster.

»Sie kann mich nicht gesehen haben«, sprach Havoc weiter. »Sie war auf der Treppe, als ich in einem der Zimmer war. Ich habe keine Zeit an sie verschwendet. Nicht weil ich weich geworden bin. Aber die Polizeiautos sind schon vorgefahren, und ich musste weg.«

»Das muss sie gewesen sein«, flüsterte Roly, als versteckte er selbst sich in einem umzingelten Haus. »Die Witwe vom Major. Heutzutage gibt es keine Hausmädchen mehr, Boss. Sie muss es gewesen sein. Wenn Sie sie bloß umgelegt hätten, könnten wir uns Zeit lassen, so viel wir wollen.«

»Das habe ich nicht gewusst!« Havocs Stimme wurde schrill. »Der Geruch von ihrem Parfüm hat mir gefallen, aber ich hatte keine Ahnung!«

»Das ist doch Unsinn.« Tiddy Doll erkannte als Einziger, wie abergläubisch Havoc war, und zog ihn auf den Boden der Tatsachen zurück. »Was ich gern wissen möchte, ist, warum der Bulle überhaupt vor dem Haus war. Hat der Kontaktmann nicht dichtgehalten? Oder hat einer von den Kriminalern gemerkt, dass Sie was von Elginbrodde suchen? Wenn ja, dann haben sie vielleicht schon alle Schlupflöcher verstopft.«

Die Antwort auf die direkte Frage bestürzte alle.

»Das hat heute schon mal jemand zu mir gesagt.«

Tiddy Doll nickte, und das Licht spielte auf seinen dunklen Gläsern.

»Deshalb will Ihnen keiner von den ehemaligen Kumpeln helfen«, sagte er ernst. »Deshalb haben Sie zu uns kommen müssen, obwohl wir nicht viel zu bieten haben. Sie haben in dem Anwaltsbüro den Kopf verloren. Sie haben nicht mal Handschuhe angehabt!«

»Natürlich habe ich Handschuhe getragen.«

»Nichts haben Sie.« Tiddy schüttelte den Kopf. »Das haben Sie sich im Krieg abgewöhnt. Sie haben heute Abend in dem Anwaltsbüro drei Leute erstochen, bloß weil sie Sie gesehen haben und Sie hätten wiedererkennen können, und dabei haben Sie überall Fingerabdrücke hinterlassen. Sie haben einfach den Kopf verloren.«

Schweigen herrschte, nachdem er geendet hatte. Kaltes Grauen packte Havoc, als ihm die Erkenntnis kam. Sie spürten es alle. Tiddy Doll kannte kein Erbarmen.

»Hat alles in der Zeitung gestanden. Sie haben es nicht gelesen, aber wir.« Sein Ton war selbstgefällig und spöttisch. Er wollte den Mann wütend machen, ihn reizen, ihn aufstacheln wie einen Kampfstier.

Alle wurden dessen gewahr, doch nur der Gefangene, der hilflos hinter ihm lag, erkannte, was er damit bezweckte.

»Sie müssen sich jetzt an die Regeln halten, was?« Doll atmete schwer. »Keine Einmischung, haben Sie gesagt. Wie Sie angefangen haben, so müssen Sie weitermachen.«

»Tiddy!« Roly ertrug die Spannung nicht länger. »Du bist übergeschnappt! Sei doch still!«

»Er hat hundertprozentig Recht.« Die Stimme, die nicht mehr weich klang, schnitt ihm das Wort ab. »Er hat Recht. Ich hätte Handschuhe tragen sollen, und ich hätte mir die Frau in Levetts Haus ansehen sollen. Ich –«

»Im Haus von wem?« Tiddy Doll vergaß alle Rücksichten, als ihm der Name entgegenschlug. »Von wem, hast du gesagt?«

»Von Geoffrey Levett.« Havocs Misstrauen flammte auf. »Levett. Das ist der neue Mann. Das ist der, der den Umschlag bekommen soll. Was ist? Heraus mit der Sprache, Corporal! Was ist? Haben Sie den Namen schon mal gehört?«

12

Inzwischen war der Markt über ihnen zum Leben erwacht. Der Nebel war dichter denn je.

Die Besitzerin des kleinen Gemüseladens, eine dicke Frau, in mehrere Lagen von Stricksachen gehüllt, ließ zwei Männer, die ihr soeben höflich eine Bitte vorgetragen hatten, ihre Meinung wissen.

»Aber wir sind schon kontrolliert worden«, ereiferte sie sich. »Letzte Woche. Ich habe die Nase voll von Beamten. Erst vorige Woche haben sie das ganze Haus durchstöbert!«

Der größere der beiden Besucher, ein schmaler, sanft aussehender Mann, betrachtete sie bedrückt. Mr Campions Lage war heikel. Er hatte sich gezwungen gesehen, die Ermittlung ohne polizeiliche Hilfe durchzuführen, da er immer noch überzeugt war, Levett sei auf eigene Faust irgendwelchen Spuren gefolgt. Er hatte sich also die Adresse der Straßenmusikanten an höchst unoffiziellem Ort besorgen müssen, und nun, da er sie hatte, erwies sie sich als ziemlich ungenau. Man hatte ihm gesagt, in den Keller gelange man durch den Hinterausgang des Ladens. Er bedauerte, sich als Beamter des Finanzamtes ausgegeben zu haben, doch am meisten bedrängte ihn eine Ahnung, dass rasches Handeln geboten war.

Er warf einen Blick auf seinen Begleiter, und Mr Lugg, eindrucksvoll umfangreich in Regenmantel und Melone, fasste das als eine Aufforderung zum Beistand auf. Er hielt der Frau ein Bündel alte Einkommensteuerformulare hin.

»Sie können doch gar nicht böse sein, nicht mit so einem lieben, netten Gesicht«, begann er galant. »Sie werden uns unterstützen, meine Liebe, bestimmt werden Sie das.«

»Hören Sie bloß mit meinem Gesicht auf! Ich hab's schon mein Leben lang, und Sie brauchen mir nichts davon zu erzählen. Los, gehen Sie weiter! Kontrollieren Sie nebenan!«

Mr Campion hüstelte. »Es handelt sich um den Keller«, begann er vertraulich. »Unsere Leute haben vergessen, die Maße des Kellers einzutragen, und das muss jetzt nachgeholt werden.«

»So geht man mit Steuergeldern um! Gleich zwei, um den Keller nachzumessen. Nein. Ich gebe den Schlüssel nicht her. Kann ich gar nicht. Meine Mieter lassen den Schlüssel da, wenn sie zur Arbeit gehen. Da hängt er, an der Wand. Falls Sie ihn anrühren, rufe ich die Polizei.« Sie verstummte fassungslos, und sie starrten zu dritt den großen Nagel an, der aus der Wand ragte. »Er ist weg!«, schrie sie auf. »Wer hat ihn genommen?«, fuhr sie Lugg an, von Argwohn erfüllt.

Der Dicke war äußerst gekränkt.

»Ich nicht. Sie können mich durchsuchen.«

»Als wenn ich sonst nichts zu tun hätte.« Ihre glänzenden Augen, klein und dunkel wie seine eigenen, musterten boshaft seine Leibesfülle. »Was schleppen Sie da mit sich rum? Die Kuppel von Sankt Paul?«

Das hatte gesessen, und Lugg vergaß alle Vorsicht. »Sie sind auch nicht gerade vom Covent-Garden-Ballett!«

Im Nu war ein Streit im Gange. Ihr Busen schwoll, ihr Gesicht wurde violett, und sie hob die erdverkrustete Hand, um ihn zu ohrfeigen. Doch dann fiel ihr etwas Besseres ein, sie beugte sich über einen Haufen leuchtender Orangen und schrie lauthals: »Polizei!«

Zu ihrer tiefsten Verblüffung hörte sie ein Schutzmann. Er stand direkt vor dem Laden, sein blauer Rücken befand sich keinen Meter entfernt. Er drehte sich sofort um und betrat das Geschäft.

»Was geht hier vor?«

Ihr Zorn verrauchte, und sie begann sich zu rechtfertigen. Ihre Erklärung war wortreich, doch völlig klar. Nachdem sie geendet hatte, blickte der Schutzmann von den »Beamten« auf den Nagel.

»Wie kommen Sie überhaupt auf die Idee, dass der Schlüssel gestohlen wurde?«, fragte er ruhig. »Sind sie schon weg? Ich habe sie nicht vorbeigehen sehen.«

Das war zu viel für die arme Frau. Sie presste sich die Hand aufs Herz.

»Und es ist neun durch! O mein Gott, Wachtmeister, der Ofen! Wie oft habe ich sie gewarnt! Ich habe einmal in der Zeitung gelesen von einer Familie, alle tot am Morgen, erstickt an Gasen von so einem Ofen.«

»Was reden Sie da!«, protestierte der Schutzmann. »Wahrscheinlich schlafen sie sich aus. Ich kann es ihnen nicht verübeln bei diesem Wetter.«

Mr Campion witterte eine Chance. »Egal«, sagte er fest. »Ich finde, Sie sollten nachsehen, Wachtmeister.« Und dann fügte er, als ein Staatsdiener zum anderen, in vertraulichem Flüsterton hinzu: »Ich sollte dort mal nachmessen.«

Der Schutzmann zögerte.

»Ich kann Sie nicht einlassen«, murmelte er. »Aber falls Sie mir einfach folgen, kann ich Sie kaum daran hindern.«

Er machte auf dem Absatz kehrt, und die beiden Männer folgten ihm.

Unten im Keller hatte Tiddy Doll eben seine Sitzkiste zurückgeschoben und war aufgesprungen. Havoc beugte sich zu ihm vor, seine Augen brannten, als er wartete, von einem

Zufall zu hören, der seine entsetzliche Philosophie bestätigen würde.

»Na? Haben Sie den Namen schon mal gehört?«

Doll fand keine Worte, doch sein Gehirn arbeitete. Der Erfolg seines Planes war überwältigend. Der unliebsame Zeuge hinter ihm war so gut wie tot. Aber zuvor musste noch eine kleine Schwierigkeit überwunden werden. Sollte der Boss mit Geoffrey Levett sprechen, bevor er ihn erledigte – und das konnte durchaus geschehen –, würde bestimmt das gefährliche Thema Duds zur Sprache kommen. Nervös warf er einen Blick auf die beiden anderen und sah erleichtert, dass ihnen die Bedeutung des Namens entgangen war.

Er stand noch immer da und erwog die beste Lüge, als die Tür unter dem Druck des Schutzmannes nachgab, und jeder Mann im Keller, mit Ausnahme eines einzigen, sprang auf und starrte hinauf.

Ein uniformierter Polizeibeamter und zwei Zivilbeamte in Regenmänteln standen oben. Sie trafen keine Anstalten herabzusteigen.

In der ersten Schrecksekunde spürte Tiddy Doll, wie seine Arme von hinten mit eisernem Griff umklammert wurden. Er wurde von Havoc einfach als Schild benützt und wusste, dass er so rücksichtslos behandelt werden würde, als sei er nichts anderes. Dieses Bewusstsein verlieh ihm eine ungeahnte Gelassenheit.

»Hallo!« Seine Stimme klang klar und aggressiv. »Was wollen Sie? Wir sind alle da.«

Beinahe hätte es geklappt. Der Schutzmann begann sich bereits zu entschuldigen, aber die Straßenmusikanten waren nicht aus demselben Eisen geschmiedet wie ihr Anführer. Längs der Wand entstand Bewegung. Der Zwerg fing an, hysterisch zu kreischen, und die ganze Horde stürzte in die Mitte des Raumes.

Der Schutzmann, von dem Gewimmel verwirrt, drehte sich wieder um. Havoc lockerte den Griff. Er musterte das Gitter hoch oben an der Decke. Es im Sprung zu erreichen war unmöglich, und die Panik des Mannes schlug Doll wie ein eisiger Luftzug ins Genick. Der Blasse begann seine Leute anzubrüllen. Er zwang ihnen seine Überlegenheit auf, wie er es schon tausendmal getan hatte.

»Angetreten! Los! Weil ihr verschlafen habt, besteht kein Grund zur Panik. Wir kriegen noch was zu essen. Habt ihr eure Instrumente? Auf was warten wir noch? Dalli, dalli!«

Der Zwerg trippelte schrill quäkend an ihm vorbei. Doll packte ihn am Kragen, hob ihn hoch und setzte ihn Havoc auf die Schultern.

»Da, trag ihn, Kumpel«, sagte er mit lauter Stimme. »Sonst verlieren wir ihn noch im Nebel.«

Doll hätte für keine bessere Tarnung sorgen können, denn aller Augen hefteten sich natürlich eher auf den Kleinen als auf dessen Träger.

Der Tschinellenmann befand sich bereits auf der Treppe, Doll trat vor und schaute hinauf. Seine dunklen Brillengläser starrten die Eindringlinge leer an.

»Wir gehen jetzt frühstücken«, verkündete er. »Was dagegen?«

Der Schutzmann winkte ihn herauf und trat zurück. Nur die Männer in den Regenmänteln wichen nicht, und alsbald setzte der Schlankere den Fuß auf die erste Stufe. Doll gefiel das nicht, auch sein Schweigen erfüllte ihn mit tiefem Argwohn.

»Wir kommen rauf, wenn Sie nichts dagegen haben!«, rief er warnend. Er hoffte, ihn loszuwerden und wieder Gewalt über den Keller zu erlangen, doch wieder einmal machten ihm seine eigenen Leute einen Strich durch die Rechnung. Sie drängten heran und fluteten die Treppe hinauf. »Was wollen

Sie?«, schrie er abermals, und Campion war gezwungen, ihn anzusehen. In diesem Moment huschte der Zwerg, der die Köpfe überragte und dessen Händchen das Gesicht des Mannes umklammerten, der ihn trug, inmitten der anderen an Campion vorbei und hinaus auf den Gang. Doll folgte als Letzter. Er hatte keine Zeit, die Eindringlinge anzuhören. Doch als sich herausstellte, dass sie keine Kriminalbeamten waren, verlor er schlagartig das Interesse an ihnen. Havoc war schon zu weit voraus. Wenn er ihn jetzt aus den Augen verlor, dann hatte er ihn für immer verloren, und alles andere ebenfalls.

Er drängte sich rücksichtslos an Lugg vorbei. »Kann Ihnen nicht helfen«, sagte er über die Schulter. »Kann Ihnen gar nicht helfen.« Und er flitzte hinaus in den Nebel, den Straßenmusikanten nach.

Mr Lugg erlangte mühsam das Gleichgewicht wieder und wandte sich seinem Begleiter zu.

»Donnerschlag!«, sagte er. »Was soll man davon halten?«

»Wenn ich das wüsste.« Campion ging bereits die Treppe hinunter. »Mir gefällt das ganz und gar nicht.«

Lugg holte ihn ein, als er unten angelangt war. Dann betrachtete er den Raum, wo der erkaltende Ofen offen stand und das gelbe Licht noch immer brannte. Die ansonsten hier herrschende Ordnung war unter der gegenwärtigen Unordnung noch wahrnehmbar, und die nach Karbol riechende Sauberkeit fiel ihnen beiden auf. Lugg schob sich die Melone aus der Stirn.

»Mr Levett war nicht darunter«, sagte er, seine Stimme aus unerfindlichem Grund dämpfend. »Ich habe mir jeden Einzelnen genau angeschaut. Ein schöner Zirkus, was?«

»Haben Sie den Mann gesehen, der den Zwerg trug?«

»Den mit der Baskenmütze? Nicht direkt, aber er war's nicht. Zu groß. Warum?«

»Ich habe ihn übersehen. Wie es der Blasse beabsichtigte.

Ich frage mich, warum.« Campion ging von einer Pritsche zur anderen und zog überall die Decke weg, wo sich ein verdächtiger Buckel abzeichnete. Doch trotz aller Sorgfalt wäre ihm das Lager im hintersten Winkel beinahe entgangen. Der »Konferenztisch« und die Kisten drum herum verbargen das in dunkle Decken gehüllte Bündel Mensch, auf das der einfallsreiche Roly noch eine Kiste geworfen hatte.

Nachdem er in der Nische nachgeschaut und einen Blick unter die Treppe geworfen hatte, hob Campion den Kopf.

»Geoff!«, rief er, einer Eingebung folgend.

Seine Stimme hallte von den Wänden des riesigen Raumes wider, den noch der warme Atem der geflüchteten Straßenmusikanten erfüllte.

Die beiden standen und lauschten. Durch die offene Tür oben an der Treppe drang das Rumpeln des Verkehrs und das Getrappel vieler Schritte auf dem Gehsteig herein. Dann hörten sie es. Es war nicht sehr laut, nur so etwas wie ein ersticktes Schnauben aus dem hintersten Winkel. Und dann, als der Mann auf der Pritsche sich mit einer Anstrengung, die an seinen verkrampften Muskeln zerrte, aufrichtete, begann die auf ihm liegende Kiste zu schwanken, kippte und schlug auf den Ziegelfußboden auf.

13

Nachdem Mr Campion vom Polizeirevier in der Crumb Street aus, wohin man Geoffrey gebracht hatte, Meg verständigt hatte, begab sie sich unverzüglich dorthin. Und kurz vor vier, an einem stockfinsteren Nachmittag, als ein Sprühregen aus dem Nebel niederging, rief sie im Pfarrhaus an. Sam Drummock nahm den Anruf entgegen.

Der Journalist hatte inzwischen alles organisiert. Er hatte sein Wohnzimmer umgestaltet, alle anderen Telefonanschlüsse im Haus stillgelegt und sich mit seinem eigenen Apparat als Presseraum, Auskunftsbüro und Zentrum des Familiengeschehens etabliert.

Emily Talisman war sein Bote, sein Schankbursche und sein Publikum. Sie saß nun schweigend auf dem Klavierschemel, die nackten Beine um die Säule ihrer Sitzgelegenheit geschlungen, und beobachtete ihn aufmerksam und schwärmerisch.

»Gut«, sagte er schließlich. »Sam regelt alles. – Der Junge ist doch in Ordnung? – Das ist die Hauptsache. – Gut. In einer halben Stunde. Adieu, Meg.«

Er legte auf, lehnte sich zurück, schob sich die Brille auf die Stirn und sah das Kind an. Er dachte über etwas Schwerwiegendes nach, das merkte Emily. Er war dabei, einen Entschluss zu fassen. Sie hütete sich, ihn zu stören. Onkel Sam tat stets das Richtige, wenn man ihm nur genügend Zeit ließ. Sie liebte ihn sehr.

Endlich tauchte er aus seinen Gedanken auf und wandte sich an sie.

»So, Partner«, sagte er. Sie lasen beide für ihr Leben gern Westerngeschichten, und gelegentlich geschah es, dass das Vokabular der Prärie sich in ihr Gespräch einschlich. »Flitz mal zu deiner Oma und sag ihr … Nein. Wir machen das lieber offiziell, damit nichts schief geht.«

Er begann zu schreiben und gab ihr noch zusätzlich Erläuterungen.

»Mrs Elginbrodde, ihr Bräutigam und ein paar höhere Polizeibeamte werden in einer halben Stunde hier sein. Albert kommt auch mit. Kannst du das behalten?«

Sie nickte.

»Und Geoff braucht ein heißes Bad. Sag deiner Oma, alle

werden Hunger haben, und erkundige dich auch, ob genug Bier da ist, sonst muss dein Opa welches holen. Falls kein Geld in der Haushaltskasse ist, dann helfe ich aus. An Miss Warburton wendest du dich unter gar keinen Umständen. Wir haben ohnehin schon genug Ärger.«

Er riss das Blatt vom Block. Er hatte geschrieben: »Meg, Geoff, Polizei, Albert. BAD. Essen. BIER. Halbe Stunde.«

»Das gibst du der alten Dame mit meinen besten Empfehlungen und sagst ihr, dass es wichtig ist. Ach ja, und nimm meinen Rasierapparat und leg ihn ins Bad. Er wird ihn brauchen. Nimm die Beine in die Hand!«

Nachdem sich die Tür hinter ihr geschlossen hatte, stand er auf und begab sich zum Kamin. Über der mit Platten ausgelegten Feuerstelle befand sich ein Aufsatz. Er musterte ihn nachdenklich, dann holte er einen Stuhl, stieg hinauf und spähte über den oberen Rand. Wie ihm sehr wohl bekannt war, klaffte zwischen dem Holz und der Wand eine beträchtliche Lücke. Er rieb die Köpfe der Schrauben, von denen die ganze Angelegenheit festgehalten wurde, zuckte die Achseln und kehrte nach einer Weile wieder an seine Schreibmaschine zurück, denn er musste noch einen Artikel beenden. Doch die Arbeit wollte nicht recht gelingen.

Als Emily gleich darauf wiederkam, schlug er sich aufs Knie und sagte: »Das hat keinen Sinn, mein Herz, das hat wirklich keinen Sinn. Ich kann mich nicht konzentrieren. Es nützt nichts. Hol mir einen Schraubenzieher.«

14

Amanda und Meg saßen auf dem Teppich vor dem Kamin in Megs Wohnzimmer, so nahe wie möglich am Feuer. Mr Campion stand daneben auf den Kaminsims gestützt. Sie unterhielten sich nicht so ungezwungen, wie sie gewollt hätten, denn der kleine Rupert kletterte auf einem Lehnstuhl im Hintergrund herum. Seine Anwesenheit wirkte sich hemmend aus, und zwar seit bereits zehn Minuten, doch niemand hatte den Mut besessen, ihn ins Souterrain zu schicken.

»Aber selbst wenn Geoff dich aufmerksam gemacht hätte, selbst dann hättest du den Mann nicht fangen können, oder?« Meg hatte diese Frage schon einmal an Mr Campion gerichtet, hatte jedoch die Antwort vergessen.

»Das muss Inspektor Luke doch einsehen!«

Mr Campion lächelte ihr durch seine Brillengläser zu.

»Der tapfere Chefinspektor ist nicht grundlos fuchsteufelswild«, sagte er leichthin. »Geoff ist es gelungen, die Aufmerksamkeit auf sich zu lenken, und das war unter den gegebenen Umständen keine geringe Leistung. Er war völlig erschöpft, als wir ihn fanden, und das Heftpflaster abzunehmen muss scheußlich für ihn gewesen sein, bei den Bartstoppeln, die darin eingebettet waren. Aber er hatte nichts anderes im Sinn, als uns von Havoc zu berichten. Er wusste nicht genau, wer Havoc war, und dieser war inzwischen natürlich längst im Nebel verschwunden.« Er lächelte sie an. »Ich war äußerst erleichtert. Die Tage, als der gute Albert allein in den Kampf stürmte, sind endgültig vorbei. Havoc ist etwas für die Polizei. Jedenfalls hat sich Geoff sehr geärgert, dass er uns entkommen ist.«

Sie schenkte ihm ein reizendes Lächeln, doch gleich darauf versank sie wieder in dem Entsetzlichen, das sie umgab.

»Ich danke dir. Ich hoffe, es ist ihm nichts Ernstliches zugestoßen, ohne dass wir es bemerkt haben? Wo bleibt er nur so lange?«

»Lugg ist immer gründlich«, warf Amanda prompt ein. »Seine Wiederbelebungsversuche sind Zeit raubend, und da Sam mithilft, kann es noch länger dauern. Ich glaube, die beiden bilden sich ein, Betreuer eines Boxers zu sein. Sam hat im Bad alles bereitgestellt. Es sieht alles ungeheuer professionell aus. Sie werden ihn wieder fit machen, falls er nicht die Geduld verliert und sie beide niederschlägt. Aber es kann nicht mehr allzu lange dauern, denn ich höre Lugg kommen.« Ihre schmale braune Hand berührte die Schulter der Jüngeren. »Es ist alles in Ordnung, Liebes.«

Meg warf ihr verstohlen einen Seitenblick zu. Ihre Augen schwammen in Tränen.

»Ich bin eine Gans«, sagte sie zerknirscht. »Das macht die Erleichterung, Reaktion und so weiter, aber ich habe gedacht, ich hätte ihn verloren, und erst da ist mir zu Bewusstsein gekommen, wie sehr ich ihn brauche. Die ganze Sache kommt mir so völlig irrsinnig vor. Ein Mann im Gefängnis, der einen anderen dazu anstiftet, sich für Martin auszugeben, damit ich Geoff nicht heirate. Und als das nicht klappt, bricht er aus und tut all diese entsetzlichen Dinge. Er ist wahnsinnig, das ist mir klar, aber dadurch wird nichts besser.«

»Ich glaube nicht, dass er wahnsinnig ist«, sagte Amanda. »Er will nichts anderes als den Schatz. Das mag verwerflich sein, zeugt aber nicht von Wahnsinn.«

»Aber es kann gar kein Schatz da sein! Martin hat nie einen Schatz besessen«, wandte Meg ein. »Die Familie war wohlhabend, verlor aber alles im ersten Weltkrieg. Er hat es mir gesagt, bevor er um mich angehalten hat. Wir würden arm sein wie die Kirchenmäuse, hat er gesagt, bis er sich nach dem Krieg eine Existenz aufbauen würde.«

»Sieh mal an«, murmelte Mr Campion. »Klingt wie Geoff.«

»Nicht wahr?« Sie lächelte flüchtig. »Aber dieser Mörder macht einen schrecklichen Fehler. Martin muss etwas zu ihm gesagt haben, was er völlig missverstanden hat. Er hat all die Jahre darüber gebrütet, und jetzt wütet er wie ein menschenfressender Tiger und tötet rücksichtslos. Und alles wegen nichts. Ich begreife das nicht. Wenn ich mir vorstelle, wie Geoff dalag, ganz hilflos, und dieser Mann, wenn der bloß geahnt hätte, wer das ist –«

Ihre Stimme versagte, und Amanda warf einen Blick hinter sich. Rupert hörte nicht zu. Ihn beschäftigten private Sorgen. Am Nachmittag hatte Mrs Talisman etwas höchst Beunruhigendes fallen lassen. Sie hatte gesagt, es stehe schwarz auf weiß in der Bibel, dass alle Haare auf dem Kopf gezählt seien, und seither überlegte Rupert ohne Unterlass, ob der kahlköpfige Mr Lugg das wohl wusste. Falls nicht, was würde er dann tun, wenn er einmal zur Rechenschaft gezogen wurde? Der Ärmste! Nun, vielleicht konnte man Abhilfe schaffen. Wenn sie bloß längere Zeit miteinander allein sein könnten, dann könnte Rupert ihm schonend die Neuigkeit mitteilen, und sie könnten Vorsorge treffen.

Er fing den besorgten Blick seiner Mutter auf und lächelte beruhigend. Sie würde sich bestimmt noch mehr sorgen als er, deshalb hatte er sich vorgenommen, ihr nichts zu sagen. Dazu war immer noch Zeit, sollte die Lage verzweifelt werden.

Meg bemerkte den Blickwechsel und erhob sich impulsiv. »Liebes, entschuldige, dass ich mich so gehen lasse. Ich muss mal nachsehen, wie weit Geoff ist.«

Nachdem sich die Tür hinter ihr geschlossen hatte, sagte Campion zu Amanda: »Ich möchte dich und Rupert am liebsten in Watte verpacken und noch heute Abend aufs Land schicken. Hättest du etwas dagegen?«

Ihre ruhigen braunen Augen blickten zu ihm auf.

»Angst?«

»Ein bisschen. Luke macht sich Sorgen. Geoff sagt, Havoc habe einen Kontaktmann, auf den er sich verlässt, aber er will nichts gehört haben, was ihn mit diesem Haus in Verbindung bringt.«

Amanda runzelte die Stirn. »Wer?«

Campion schüttelte den Kopf. »Das weiß Gott allein. Ich kann es mir nicht gut vorstellen. Dieser Familie haftet nichts anderes an als der Geruch der Lauterkeit, und solche Sachen haben einen unverkennbaren Gestank an sich. Trotzdem habe ich ein ungutes Gefühl. Erlaube mir, euch wegzuschicken.«

»Du bleibst?«

»Ja, ich halte es für besser. Ich mag Geoff und Meg.«

Amanda wandte sich an ihren Sohn: »Was hältst du von einer Fahrt aufs Land, heute Abend, mit Mr Lugg?«

»Wir zwei allein?« Die Erwartungsfreude überraschte und kränkte sie ein wenig. »Wann können wir losfahren?«

Seine Mutter wandte sich an ihren Mann. »Alles klar. Ich bleibe bei dir.«

Rupert umschlang ihren Hals, und sein Haar vermischte sich mit ihrem, bis es nur eine einzige flammende Krone war.

»Du kannst ja mitkommen«, sagte er. »Aber wir haben etwas zu besprechen.«

Sie flüsterte ihm ins Ohr: »Ich möchte lieber beim Chef bleiben.«

»Gut.« Er war ungeheuer erleichtert. »Behalt sie nur«, sagte er zu seinem Vater. »Können wir jetzt gleich losfahren?«

Mr Campion blickte auf ihn hinunter. Er erschrak über die Intensität seiner eigenen Empfindungen.

»Warum nicht«, meinte er. »Sobald Lugg von Mr Levett zurückkommt. Geh und hol deine Sachen. Verabschiede dich von Onkel Hubert, falls er schon da ist. Und stör Lugg nicht beim Fahren.«

»Nein, das tue ich nicht.« Der Junge war ungewöhnlich ernst. »Leb wohl, Papi.« Er reichte ihm feierlich die Hand, dann wandte er sich wieder an Amanda. »Mrs Talisman hat meinen Mantel an einen sechs Meter hohen Haken gehängt«, brachte er entschuldigend vor.

»Wir holen ihn gemeinsam«, schlug sie vor. »Du musst auch noch etwas essen. Komm.«

Er hüpfte an ihrer Seite hinaus, ohne einen Blick zurückzuwerfen. Er hatte den Kopf voll. Vielleicht gab es ein Mittel, mit dem Lugg sich einreiben konnte. Und schlimmstenfalls gab es ja Perücken. Einen Erzengel täuschte das zwar bestimmt nicht, aber es war immerhin ein annehmbares Zeichen ehrlichen Bemühens.

Allein gelassen, hatte Mr Campion den Eindruck, der Raum habe sich verdunkelt. Er setzte sich ans Feuer und zündete sich eine Zigarette an. Die Situation gefiel ihm ganz und gar nicht. Havoc, Doll und die drei Männer, die damals an der Sonderaktion teilgenommen hatten, waren allzu spurlos verschwunden. Die anderen wurden nach und nach gefasst. Es waren traurige Gestalten, außer Stande zu helfen. Doch die Rädelsführer blieben wie vom Erdboden verschluckt, fünf erfahrene Männer, von einem Traum getrieben und geleitet von etwas, was in der eintönigen Geschichte des Verbrechens glücklicherweise nicht oft vorkam.

Die letzte Nachricht, die Luke Campion übermittelt hatte, bevor sie die Crumb Street verlassen hatten, kam ihm in den Sinn. Die Wasserwacht hatte den Zwerg kurz vor Anbruch der Nacht aus der Themse gefischt. Sein Leben konnte nicht mehr gerettet werden. Die Kinnlade des Kleinen war aber zerschmettert worden, sodass er nichts hätte aussagen können, auch wenn er am Leben geblieben wäre. Und man wusste nicht, ob er schreiben konnte.

»Da sind Sie ja«, sagte Levett zu Campion. »Hören Sie, eine ganz tolle Sache. Einfach unwahrscheinlich. Ich will nicht, dass es jemand sieht außer Ihnen, ich werde also Ihren Beistand brauchen, falls der Inspektor ungemütlich werden sollte.« Seine Augen waren hart und dunkel, und seine Hand zitterte ein wenig, als er zwei zusammengefaltete Bogen aus der Tasche des Morgenrocks zog und sie Campion reichte. »Da, ein Brief von Martin Elginbrodde.«

Campion richtete sich auf. »Wirklich? Ist es möglich? Wo haben Sie ihn her?«

»Von Sam. Können Sie das fassen? Er hat ihn die ganze Zeit gehabt. Er sagt, er habe beabsichtigt, ihn mir nach der Trauung zuzustecken, wie er es Elginbrodde versprochen habe, aber Meg habe heute am Telefon etwas zu ihm gesagt, was ihn stutzig gemacht habe, und deshalb habe er den Brief hervorgeholt. Er war hinter dem Kaminaufsatz in seinem Wohnzimmer versteckt. Er war mal dorthin gerutscht, und Sam wusste, dass er dort gut aufgehoben war.«

Er lachte auf und setzte sich ans andere Ende des Kamins.

»Ich hätte es mir denken können«, sagte er. »Sam ist der Mann, dem ich selbst so ein Schreiben anvertraut hätte. Lesen Sie es, Campion. Diesen Brief sucht Havoc. Er hatte Recht. Es liegen noch einige Schriftstücke bei, die ich den dortigen Behörden vorweisen muss, genau wie Havoc vorausgesagt hat.«

Als Mr Campion die Bogen auseinander faltete, sprach die tiefe, angenehme Stimme weiter, doch nun war sie ein wenig belegt.

»Ich habe es ihm nicht gezeigt. Er hat es nicht verlangt, und ich hielt es für besser so, es hätte ihm womöglich das Herz gebrochen. Sie werden sehen. Der Junge muss das geschrieben haben, kurz bevor die Aktion startete, und er war anscheinend noch ganz voll davon, als er mit Havoc auf der Klippe sprach.«

Der Brief war an NN adressiert, mit dem Vermerk »persönlich«, Campion begann zu lesen.

»Visitors« Club, Pall Mall, S.W. 1
4. Februar 1944

Sehr geehrter Herr,

ich bedaure, Sie nicht anders nennen zu können. Dennoch fühle ich mich Ihnen sehr verbunden. Wenn Sie dieses Schreiben erhalten, bin ich bereits von der Bildfläche verschwunden. Meg ist ein so prächtiger Mensch, dass sie ein Leben mit einem Mann verdient, der völlig vernarrt in sie ist. Ich weiß, dass Sie es sein werden, sonst hätte sie Sie nicht heiraten dürfen. Es ist mir klar, dass mein Eindringen in Ihr Leben an diesem Punkt ziemlich unverschämt ist, gelinde ausgedrückt, aber da ist etwas, was Sie tun müssen.

In der alten Kühlkammer im Garten des Hauses in Sainte-Odile-sur-Mer befindet sich der Sainte-Odile-Schatz. Meg kann damit machen, was sie will, sofern sie darauf achtet, dass er an einen sicheren Ort gelangt. Wenn Sie arm sind, bewegen Sie sie dazu, ihn zu verkaufen. Wer ihn kauft, wird schon dafür sorgen, dass er gut aufbewahrt wird. Sicherheit ist die Hauptsache.

Ich halse Ihnen die Arbeit auf, weil ich so eingebildet bin, zu glauben, dass Sie vom selben Schlag sind wie ich und den Schatz sofort holen werden, sobald es nur geht. Die alten Frauen in der Gegend von Sainte-Odile pflegten zu sagen: Man liebt immer nur denselben Mann. Deshalb bin ich überzeugt, dass Meg nur dann wieder heiraten wird, wenn sie wirklich liebt, und deshalb glaube ich, dass Sie und ich einander in wichtigen Dingen ähneln. Ich hoffe, Sie fühlen sich davon nicht beleidigt. Da ich gerade einen heiklen Einsatz vor mir habe, ist mir das ein großer Trost.

Machen Sie sich keine Sorgen. Der Schatz ist tragbar, wird

aber große Vorsicht erfordern. Ich beschreibe auf einem separaten Blatt seine genaue Lage in der Kühlkammer. Ich weiß nicht, warum ich das tue, aber ich halte es für sicherer. Ich habe den Schatz selbst versteckt, deshalb sieht das ganze Ding vielleicht etwas sonderbar aus. Äußerste Vorsicht beim Zerschlagen!

Natürlich bin ich mir bewusst, dass das alles vergeblich sein kann. Vielleicht wird das Haus schon geplündert sein oder einen Volltreffer bekommen. Das lässt sich dann leider nicht mehr ändern. Doch in einem solchen Fall sagen Sie Meg bitte nichts. Aus diesem Grunde habe auch ich ihr nie etwas davon erzählt. Sie würde sich nur unnötig grämen. Und sie hat sich schon genug gegrämt.

Sollte der Krieg zufrieden stellend ausgehen, dürfte alles ziemlich einfach sein. Für diesen Fall lege ich Briefe für einige Leute bei, die Ihnen nützlich sein könnten, falls sie noch am Leben sind.

Das ist alles. Bitte, fahren Sie hin und holen Sie es, sofort, wenn Sie die Zeit für geeignet halten, und geben Sie es Meg. Übermitteln Sie Meg meine Liebe, aber sagen Sie ihr nicht, dass es meine ist. Viel Glück, Sie Glückspilz. Das wünsche ich Ihnen von ganzem Herzen.

Hochachtungvoll
Ihr
Martin Elginbrodde

Mr Campion starrte die Unterschrift sekundenlang an, bevor er den Brief noch einmal zu lesen begann. Es war ganz still im Raum. Geoffrey schaute ins Feuer.

Nach beendeter Lektüre gab Campion Geoffrey den Brief zurück. Sein blasses Gesicht war ausdruckslos, und seine Augen hinter den Brillengläsern waren verschattet. Geoffrey nahm den Brief und reichte ihm ein drittes Blatt.

»Das lag bei. Sehen Sie es sich an.«

Als Campion die einzige Zeile las, hoben sich seine Brauen.

»Sonderbar«, murmelte er. »Aber ganz eindeutig. Ja. Was werden Sie jetzt tun?«

Levett knüllte die Blätter einzeln zusammen und warf eines nach dem anderen auf die glühenden Kohlen. Blaue Flämmchen züngelten empor und verzehrten sie.

Mr Campion sagte vorläufig nichts. Er fand insgeheim, dass der Mann voller Überraschungen steckte. Kaum dachte man, dass man ihn kannte, stieß man auf eine neue Besonderheit. Er hatte ihn sehr schätzen gelernt, hatte aber keine derartige Sensitivität vermutet.

»Und jetzt?«, fragte Campion.

»Jetzt fahren wir hinüber und holen es uns, genau wie er es verlangt.« Das war ganz der bekannte Geoff, sachlich, zielbewusst und tüchtig. »Warten hat keinen Sinn. Es hieße nur, Gefahr heraufzubeschwören. Wir regeln alles mit der Polizei, und dann fahren wir alle vier, Sie und Amanda, ich und Meg. Wir fahren heute Nacht mit dem Wagen nach Southampton, Nebel hin, Nebel her, und besteigen das erste Schiff nach Saint Malo. Den Wagen nehmen wir für die Fahrt längs der Küste mit. Ich habe das Gefühl, es wird für alle sicherer sein, wenn Meg sofort von hier weggebracht wird. Die Sache *muss* erledigt werden, also erledigen wir sie gleich.«

Je länger Mr Campion über den Vorschlag nachdachte, desto besser gefiel er ihm. Je weiter die Frauen vom Schauplatz des Geschehens entfernt waren, desto besser. Er blickte auf die Uhr.

»Luke muss jeden Moment kommen«, bemerkte er. »Wie ich ihn kenne, wird er fasziniert sein. Übrigens, was erwarten Sie überhaupt zu finden?«

»Ich habe nicht die blasseste Ahnung.« Geoffrey erhob

sich. »Ich bin auf alles gefasst. Es ist fragil und umfangreich, mehr weiß man nicht. Vielleicht ein Kristall-Lüster, vielleicht auch nur ein Teeservice. Etwas was hoch in Ehren gehalten wurde, als Elginbrodde ein Kind war. Familien hüten die ungewöhnlichsten Schätze. Aber es kommt ja nicht auf den Sachwert an. Das Wichtigste ist, dass es *sein* Schatz war und er wollte, dass Meg ihn bekommt und unversehrt erhält. Werte sind relativ. Nein, und wenn es nur eine Büste der Minerva ist oder ein Satz Kamingeräte, ich wäre unter Umständen bereit, mein Leben einzusetzen, um sie für Meg zu sichern. Ich kann nicht anders. Sie haben doch nicht etwa an Gold gedacht, oder?«

Campion lachte. »Nicht ganz. So etwas dürfte eher Luke einfallen, und ich würde ihm die Illusion nicht rauben. Er ist kein strahlender Optimist, aber er muss diese Leute jagen und sie der gerechten Strafe zuführen, und es wäre nützlich, ihn an ihrem Traum so lange wie möglich teilhaben zu lassen.«

Auch Geoffrey entdeckte an seinem neuen Freund mehr, als er erwartet hatte.

»Genau«, sagte er. »Er wird uns doch gehen lassen?«

»Ich denke, schon. Das entspricht dem herkömmlichen Vorgehen. Phase eins, Sicherstellung der Beute. Seine einzigen Befürchtungen bezüglich Ihrer Person sind, dass Sie hier jemanden decken könnten, nämlich Havocs Kontaktmann.«

Er sagte es leichthin, aber seine Augen waren wachsam.

»Unsinn. Havoc hat einen Kontaktmann erwähnt, aber es fiel keine Andeutung, dass es sich um jemanden hier im Haus handelt. Wer könnte es sein? Sorgen Sie sich um die Sicherheit meines künftigen Schwiegervaters?«

»Eigentlich nicht. Onkel Hubert ist in guten Händen.«

Geoffrey verschwand hinter der Tür, und Campion blieb lächelnd zurück. Geoffrey war »richtig«, fand er. Die Bemerkung über das Kamingerät hatte ihm gefallen, und er hegte keinen Zweifel, dass es dem jungen Mann Ernst war mit dem, was er gesagt hatte. Mochte der Schatz sich als eine noch so gewöhnliche Kuriosität herausstellen, er würde ihn in Ehren halten.

15

Ein unnatürlicher Friede hatte sich über das Haus gesenkt, als Luke spät in der Nacht mit Pastor Avril im Studierzimmer saß. Die beiden Personenwagen waren kurz zuvor abgefahren. Rupert und Lugg waren unterwegs in die Gefilde von Suffolk, während die vier Schatzsucher sich in die entgegengesetzte Richtung durch den Nebel tasteten, um in Southampton das erste Schiff nach Saint Malo zu erreichen.

Das Pfarrhaus war still ohne sie, obwohl es keineswegs leer war. Sergeant Picot räkelte sich auf einem Stuhl in der Diele, während im Souterrain zwei seiner Leute halbstündlich ihre Runden drehten. Unter dem Dach arbeitete Sam an dem Artikel, der am nächsten Morgen auf dem Tisch des Redakteurs liegen musste. Emily und ihre Großeltern schliefen in den zwei kleinen Räumen hinter der Küche, und in Megs elegantem Schlafzimmer bürstete Miss Warburton, die man bewogen hatte, ihr einsames Häuschen für diese Nacht zu verlassen, vor dem Spiegel ihr Haar.

Im Studierzimmer, wo es warm war und blauer Tabakrauch in der Luft hing, knisterte das Kohlenfeuer, wenn die weiße Asche zerfiel, leise in das Schweigen, das sich zwischen den beiden Männern ausbreitete. Luke saß am Schreibtisch. Der Pastor hatte darauf bestanden, denn die Zettel, auf denen er sich Notizen machte, bereiteten ihm Schwierigkeiten.

Er sprach seit einiger Zeit über Jack Havoc. Pastor Avril hörte ihm aufmerksam zu. Er saß in einem abgenützten Sessel, die Hände über der schwarzen Weste gefaltet. Er sah sowohl weise als auch gütig aus, aber es ließ sich nicht erraten, was hinter seinen ruhigen Augen vor sich ging.

»Sehen Sie, Sir, meistens kennen wir diese Burschen wie Brüder. Wir kennen ihre Familien, und obwohl wir sie nicht lieben, stehen wir ihnen nahe. Havoc bildet eine Ausnahme. Wir wissen nichts von seinem Leben vor seiner ersten Verurteilung im Jahr vierunddreißig. Er war damals sechzehn, behauptete er zumindest, und das ist anscheinend alles, was man aus ihm herausbekommen hat. Der Name stimmt natürlich auch nicht.«

»Nein?« Der alte Herr schien nicht erstaunt zu sein, lediglich interessiert.

»Ich finde ihn allzu gewollt. Doch unsere Leute haben ihn anscheinend akzeptiert. Er sagte, er habe kein Zuhause, niemand fand sich, der sich seiner angenommen hätte, und aus unserer Sicht begann sein Leben erst dann. Ich weiß nicht mehr über ihn, als was in den Akten steht. Die letzten fünf Jahre war er eingesperrt, und kurz davor war er unauffindbar, wahrscheinlich beim Militär. Für mich ist er ganz neu, und von meinem Standpunkt aus gesehen ist am auffallendsten, dass es ihm laut Aktenaufzeichnungen gelungen ist, bereits zweimal so zu verschwinden wie eben jetzt.«

Der Pastor nickte. »Ich verstehe«, sagte er, als habe er sich widerwillig überzeugen lassen. »Sie haben das Gefühl, dass er Freunde haben muss.«

»Das liegt doch auf der Hand, oder? Woher hat er den Anzug, den er trägt? Mr Levett sagt, er war maßgeschneidert, und in solchen Dingen kennt er sich aus. Wo hat ihn Havoc so schnell herbekommen? Wer hat ihm den Anzug bereitgelegt? Wer hat gewusst, dass er ausbrechen würde?« Er legte den Kopf schräg. »Das ist wichtig«, fuhr er fort. »Denn die einzige Person, von der man weiß, dass sie in Verbindung mit ihm stand, während er einsaß, ist eine alte Frau in Bethnal Green, die eine Pension leitet, wo er einmal gewohnt hat. Sie ist uns wohl bekannt, und gleich nachdem wir von seiner Flucht gehört hatten, sind wir ihr auf die Bude gerückt, aber er hat sich dort nicht blicken lassen, und sie und ihre Kontaktpersonen stehen seither unter Beobachtung. Sie war es also nicht. Wer war es?«

Er lehnte sich zurück und verschränkte die Hände im Nacken. »Nun ja«, fuhr er mit entwaffnender Bescheidenheit fort, »die Polizei ist trotz unserer gegenteiligen Behauptungen nicht so überwältigend gründlich. Die Alte hat zwei Töchter, die beide in verschiedenen West-End-Läden arbeiten. Die Mutter wurde im Auge behalten, weil sie nachweislich mit einem Sträfling korrespondierte, aber kein Mensch hat sich um die Töchter gekümmert. Dabei leben alle im selben Haus. Wir haben sie uns heute vorgeknöpft, aber sie reden nicht. Warum sollten sie?«

Avril seufzte. »Sechzehn Jahre alt, und niemand fand sich, der sich seiner angenommen hätte«, sagte er langsam. »Das muss schrecklich gewesen sein.«

Sein Tonfall hatte sich nicht verändert, doch er übermittelte einen so tiefen Schmerz, dass es Luke aus der Fassung brachte. Er hatte Gegenargumente erwartet, und nun dies!

»Schon möglich, Sir«, stimmte er verdrossen zu. »Aber ich stelle mir unter einem liebenswerten Jungen etwas anderes vor. Er und zwei andere Burschen hatten einen Lieferwagen gestohlen, überfuhren einen Briefträger, machten ihn zum lebenslangen Krüppel, klauten seine Tasche und ließen ihn auf der Straße liegen. Dann bauten sie einen Unfall, während sie sich um die Post rauften. Einer der jungen Halunken war sofort tot, der andere schwer verletzt, und Havoc wurde geschnappt, als er weglaufen wollte. Bei den Ermittlungen stellte sich heraus, dass der verletzte Junge Havoc erst am selben Nachmittag kennen gelernt hatte, und auch die Eltern des toten Jungen kannten ihn nicht.«

Er beendete seinen Vortrag mit einiger Befriedigung und sah den alten Herrn erwartungsvoll an.

Avril schwieg. Sein Kinn war auf die Brust gesunken, und seine Augen starrten blicklos auf den polierten Säulenfuß des Schreibtisches. Luke war überzeugt, dass ihm die Geschichte neu war, doch er konnte nicht feststellen, wie sie auf ihn wirkte. Er sprach äußerst behutsam weiter.

»Mrs Cash«, sagte er. »Die Frau, die Geld leiht. Wir haben große Hoffnungen auf sie gesetzt.«

»Ah. Das Sportjackett. Ich dachte es mir. Was ist dabei herausgekommen?«

»Nicht viel«, gab Luke zu. »Sie hat Picot erzählt, ein Händler habe sie ersucht, ihm das Jackett zu verschaffen, und das hat der Mann auch bestätigt. Er sagt, Duds sei zu ihm in den Laden gekommen und habe gefragt, ob er ihm ein altes Jackett oder einen Anzug von Martin Elginbrodde beschaffen könne, und habe diese Adresse genannt. Duds habe erklärt, er sei Schauspieler und beabsichtige bei einem Kompanietreffen seinen ehemaligen Offizier zu imitieren. Der Händler dachte sich nichts Böses dabei. Außerdem wusste er, dass Mrs Cash, die ab und zu solche Geschäfte macht, hier in der Nachbarschaft wohnt, und da hat er sich an sie gewandt. Dabei bleibt er. Unerschütterlich.«

Avril nickte. »Raffiniert«, stellte er fest. »Mrs Cash tritt nur am Rande in Erscheinung.«

Charlie Luke sah ihn forschend an. »Wie ich höre, kennen Sie sie bereits sehr lange, Sir. Sie hat Picot gesagt, seit über fünfundzwanzig Jahren.«

»Sechsundzwanzig«, bestätigte der Pastor. »Meine Frau

hat mich vor sechsundzwanzig Jahren überredet, sie in einem der Häuschen wohnen zu lassen.«

»Und sie war damals eine Witwe mit einem Kind, einem kleinen Jungen. Stimmt das?«

»Völlig. Hat sie Ihnen das gesagt?«

»Nein. Das wissen wir von Mrs Talisman. Mrs Cash haben wir seit gestern Abend nicht mehr behelligt. Sie hat Picot eine ganze Menge erzählt und hat ihn sich das Haus ansehen lassen, wozu sie nicht verpflichtet war. Seither behalten wir es im Auge. Nicht so einfach, bei diesem Wetter. Sie ist heute noch nicht ausgegangen.«

»Das hat sie mir gesagt. Anscheinend ist sie erkältet.«

Luke setzte sich auf. »Das war, als Sie heute Nachmittag bei ihr waren?«

»Allerdings. Eine andere Gelegenheit hatte ich ja nicht.«

»Würden Sie mir verraten, warum Sie dort waren?«

»Gewiss. Ich fragte sie, ob sie herüberkommen würde, um nach dem Protokoll der letzten Sitzung des Diözesanausschusses für Erziehung zu suchen. Sie sagte, sie sei erkältet.«

Luke starrte ihn verständnislos an. Er fand, das Einzige, was er von dem Mann mit Sicherheit wusste, sei, dass er nie lügen würde. Daran hegte er nicht den geringsten Zweifel.

»Ach so«, sagte er schließlich. »Das habe ich nicht bedacht. Sie müssen, wie alle anderen, mit Ihrer Arbeit weitermachen, egal, was um Sie herum geschieht.«

Der alte Herr lächelte. »So ist es.«

»Mrs Cash hat also eine Erkältung«, sagte Luke. »Ob die wohl in ihren Beinen steckt? Hat sie krank ausgesehen?«

»Es ist mir nicht aufgefallen. Im Flur war es dunkel.«

»Ich weiß. Und Sie sind gleich wieder gegangen.« Luke ließ das Thema fallen und wandte sich wieder dem Kern der Sache zu. »Dieser Sohn von ihr«, begann er, ohne aufzublicken. »Erinnern Sie sich, Sir, wann er gestorben ist?«

Avril zögerte. »Das Jahr weiß ich nicht mehr«, sagte er schließlich. »Aber es war kurz nach dem Dreikönigstag – das ist Anfang Januar. Ich lag mit einer Grippe im Bett, und die Seelenmesse wurde verschoben.«

»So hat man es mir berichtet. Mrs Talisman sagt, es war im Januar fünfunddreißig. Der Junge war damals vierzehn oder fünfzehn, aber groß für sein Alter.« Nun, da er beabsichtigte, die einzige Theorie, die er für halbwegs plausibel hielt, zu testen, entmutigte ihn deren Dürftigkeit, doch er fuhr resolut fort: »Meinen Informationen zufolge starb der Junge auf dem Land, wo er einige Zeit zugebracht hatte, und sein Leichnam wurde für eine Nacht ins Haus seiner Mutter gebracht, bevor er auf dem Friedhof in Wilsford beigesetzt wurde. Sie lagen im Bett, aber Ihre Frau hat die Mutter aufgesucht. Sir, ich habe eine Frage an Sie. Mrs Talisman behauptet, Mrs Avril habe, als sie zurückgekommen sei, gesagt, dass sie die Leiche gesehen habe. Der Junge habe öfter im Kirchenchor mitgesungen, daher habe sie ihn recht gut gekannt, und sie habe gesagt, sie habe ihn als Toten gesehen. Erinnern Sie sich noch daran?«

Avril hob den schönen Kopf. »Ja«, sagte er. »Meine arme Margaret.« Sein Gesicht veränderte sich nur einen Augenblick lang. Gram erschien und verging wie der Schatten eines Blattes im Wind.

Luke hatte nicht die Absicht, seinen neuen Freund zu quälen. Er verwarf seine Theorie der »Kindesunterschiebung«. Es war von Anfang an eine aussichtslose Sache gewesen. Die Idee war ihm gekommen, als Picot ihm berichtet hatte, Mrs Cash sei hart. Da ihm Frauen dieses Schlages nicht unbekannt waren, war ihm eingefallen, dass es einer egozentrischen Witwe, die unter dem Deckmantel großer Ehrbarkeit zwielichtige Geschäfte machte, vielleicht lieber gewesen wäre, die Nachbarn in dem Glauben zu lassen, ihr Sohn sei tot, als mit ansehen zu müssen, wie er sich zu einer ständigen Gefahr für sie entwickelte, und das umso eher, als sie dadurch Gelegenheit hatte, ihn heimlich nach Kräften zu unterstützen.

Die Daten waren es gewesen, die ihn am meisten interessiert hatten. Im Mai Einlieferung eines Jungen in Borstal, ungefähr zur gleichen Zeit Verschickung eines anderen Jungen aufs Land, weil er »schwierig« war. Und im Januar war er gestorben. Doch wenn Mrs Avril das tote Kind tatsächlich gesehen hatte, war der Fall damit erledigt.

Er nahm die amtlichen Fotografien des gesuchten Mannes, die vor ihm auf dem Tisch lagen. Keine guten Bilder. Das Gesicht war starr und leblos.

Luke schob die Bilder Avril zu, der sie ansah und zurückgab.

»Das ist der Kerl, den wir suchen, Sir.«

»Und wenn er gefangen wird, was geschieht dann mit ihm?«

»Dieser Mann«, brauste Luke auf, »hat einen Arzt umgebracht, der ihm helfen wollte, einen armseligen Hausbesorger, der dem Alter nach sein Vater hätte sein können, eine invalide, bettlägerige Frau und einen jungen Menschen, für den ich sehr viel übrig hatte. Ich war heute bei seiner Mutter, und ich konnte ihr nicht in die Augen sehen.« Er war so aufgebracht, dass ihm beinahe die Tränen kamen, doch er beherrschte sich. »Der Mann ist vom Morden besessen!«, tobte er weiter. »Er sticht links und rechts alles nieder, als sei ein Menschenleben nichts wert. Und was hat er im Kopf? Nichts als einen vergrabenen Schatz aus dem Märchenbuch, der vielleicht nichts Aufregenderes ist als eine Flasche Gin. Er hat keinen Anspruch aufs Leben. Für ihn gibt es keinen Platz auf der Welt. Er wird gehängt. Was täten denn Sie mit ihm, Sir?«

»Darüber denke ich schon den ganzen Tag nach.« Avril

sprach geistesabwesend. »Ich bin froh, dass ich kein Richter bin.«

Niemand hatte daran gedacht, Luke zu sagen, dass der Pastor niemals das Wort »arm« auf einen Mann oder eine Frau anwandte, nur weil sie nicht mehr unter den Lebenden weilten.

Seinem gesamten Haushalt war das so wohl bekannt, dass es dem alten Herrn nicht eingefallen war, Luke darüber aufzuklären. Wenn Onkel Hubert einen Mitmenschen als »arm« bezeichnete, dann meinte er damit, dass er durch Zufall oder mit Absicht etwas Unrechtes getan hatte.

16

Nachdem sich Pastor Avril vergewissert hatte, dass die Haustür zugesperrt war, zur leichten Belustigung Picots, der direkt davor saß, wollte er sich zu Bett begeben, doch Miss Warburton vertrat ihm den Weg mit einer dampfenden Tasse Milch.

»Da sind Sie ja«, verkündete sie laut. »So lange aufzubleiben und mit der Polizei zu plaudern! Hier, trinken Sie das schön brav. Ich habe ein Schlafmittel hineingetan, denn wenn Sie keine gute Nacht haben, sind Sie morgen ganz zerschlagen, und der Himmel weiß, was uns morgen noch alles bevorsteht!«

Avril bedankte sich höflich für die Milch, die er keineswegs zu trinken beabsichtigte, und trug die Tasse vorsichtig in sein Schlafzimmer, das im Erdgeschoss lag, gleich hinter dem Wohnzimmer, während sie an der Schwelle stand, darauf erpicht zu schwatzen.

»Pastor«, sagte sie forsch, »angenommen, der Mörder

kommt her, um Martins Brief zu suchen. Ja, ja, ich weiß, er wird sofort geschnappt. Das Haus wimmelt von Kriminalbeamten. Aber – sehr nett wäre das nicht, oder?«

»Für wen?«, konnte er sich nicht enthalten zu fragen.

»Er könnte uns alle umbringen.«

»Der Mann wird nicht herkommen«, entgegnete der Pastor energisch, doch sie wollte das Thema nicht fallen lassen.

»Woher wissen Sie das?«

Avril runzelte die Stirn. Er überlegte, was sie dazu sagen würde, wenn er ihr erklärte, dass Havoc nicht kommen würde, weil er, Avril, es allem Anschein nach so eingerichtet hatte. Er stellte sich vor, dass ihre Miene sich verändern würde wie Mrs Cashs Miene, als er am Nachmittag an deren Tür geklopft und seine Bitte vorgetragen hatte, sie möge zu ihm kommen und in seinem Haus nach Papieren suchen, die er verlegt hatte.

Er sah den Ausdruck ihres Gesichts noch immer vor sich, zunächst den der Verwunderung und dann den der Angst, und er erschauerte noch nachträglich, wenn er sich an das wissende Lächeln erinnerte, das gefolgt war, und an die Worte, die sie geäußert hatte.

»Nein, ich komme nicht mit. Ich bin erkältet. Aber machen Sie sich keine Sorgen. Wir verlassen uns auf Ihr Wort. Es gibt im Pfarrhaus nichts zu suchen.«

Die Schnelligkeit, mit der sie seiner Bitte eine Bedeutung beigemessen und sein Motiv durchschaut hatte, erschütterte ihn noch jetzt.

Miss Warburton ließ sein Schweigen über sich ergehen, deutete jedoch seinen Gesichtsausdruck falsch.

»Ach, Sie machen sich also doch Sorgen«, sagte sie betroffen. »Deshalb möchte ich, dass Sie schlafen. Trinken Sie das aus, sonst muss ich annehmen, dass Sie ein Buch … Was wollten Sie heute lesen? Verraten Sie mir doch, was los ist.«

Er wusste sehr wohl, dass sie darauf brannte zu erfahren, wie er als Geistlicher das Problem Havoc sah.

»Meine Liebe«, sagte er ernst. »Falls Sie sich einem Arzt konfrontiert sähen, der einen Patienten hat, dem sogar Sie als Laie ansähen, dass sein Tod nicht mehr fern ist – was würden Sie von dem dummen Menschen halten, wenn er sich in seine Bibliothek zurückzöge und zu lesen begänne?«

Der tiefere Sinn dieser Worte entging ihr. »Ach, Sie meinen, Sie wissen also, was mit ihm zu geschehen hat? Warum können Sie es mir dann nicht sagen?«

»Ich meine, dass ich es nicht weiß«, antwortete Avril fest. »Und sollte ich es jemals wissen, dann nur, weil es dem Allmächtigen gefallen hat, es mir einzugeben. So, und jetzt gehen Sie, sonst erkälten Sie sich noch. Der 139. Psalm eignet sich am besten, falls Sie sich ängstigen. Gute Nacht.«

Er begann sein Jackett auszuziehen, und sie enteilte sofort, wie er es vorausgesehen hatte. Allein gelassen in dem kleinen, dunklen Raum, der das Wohnzimmer seiner Frau gewesen war, als sie noch das ganze Haus bewohnt hatten, bedeckte er die Tasse Milch mit einem Buch, damit er sie nicht doch versehentlich austrank. Er wollte nicht schlafen.

Er erinnerte sich, wie seine liebe, törichte Margaret mit den großen Augen am dritten Tag ihrer letzten Krankheit ihr Geständnis herausgeschluchzt hatte, als sie beide wussten, was bevorstand. Was war das für eine kleine, törichte Geschichte gewesen! Die Veränderungen des Geldwertes während des Ersten Weltkriegs hatten Margaret völlig überrascht. Avrils herrschsüchtige unverheiratete Schwester, die bis an ihr Lebensende seine Finanzen verwaltet hatte, hatte für Margarets Extravaganzen kein Verständnis gehabt, und daher hatte Margaret sich Geld geliehen. Es war eine geringfügige Summe gewesen, und diese Cash hatte sie so viel dafür zahlen lassen, nicht nur mit Geld, sondern auch mit Seelenqual. Avrils Gesicht wurde streng, als er sich dessen entsann, doch es entspannte sich wieder, als ihm einfiel, dass es ihm glücklicherweise nicht zustand zu richten.

Er war damals zornig gewesen, und der Zorn hatte seine Sinne abgestumpft, und er hatte dafür gebüßt. Er büßte noch immer. Er konnte sich nicht erinnern. Er konnte sich nicht genau erinnern, was sie gesagt hatte, als sie an seiner Schulter weinte, ganz benommen vor Todesangst. Hatte sie gesagt, sie habe wirklich ein anderes Kind im Sarg gesehen, oder hatte man ihr lediglich befohlen zu sagen, sie habe den Jungen gesehen, obwohl sie ihn nicht gesehen hatte? Avril wusste es nicht mehr. Er erinnerte sich nur an ihre Qual.

Von diesem Moment an hatte er die Witwe Cash aus seiner Welt verbannt. Es war ihm nicht in den Sinn gekommen, sich materiell an ihr zu rächen, zum Beispiel sie aus dem Häuschen zu vertreiben. Nicht etwa, dass er darüber erhaben gewesen wäre, aber es fiel ihm einfach nicht ein. Er versuchte nicht, ihr auszuweichen, und wenn sie in der Kirche vor ihm kniete, schloss er sie in den Segen mit ein, denn es nicht zu tun wäre anmaßend gewesen, da er in diesem Hause nur ein Diener war.

Doch als er dastand, das Hemd halb über den Kopf gezogen, und sich erinnerte, spürte er wieder Zorn in sich aufsteigen. Das erschreckte ihn, und er begann hastig zu beten, um nicht die Einsicht zu verlieren.

Er schlüpfte in seinen Morgenrock, der wie eine Mönchskutte geschnitten war, um ins Badezimmer hinaufzugehen. Es war ein ziemliches Stück Weg in den ersten Stock. Die Angehörigen seines Haushalts waren gewöhnt, der Kapuzengestalt in den zugigen Gängen zu begegnen. Der arme Sergeant Picot jedoch, den niemand darauf hingewiesen hatte, bekam einen tüchtigen Schreck, als er sich nach einem Geräusch umdrehte und am Fuße der Treppe einen »schwarzen Mönch«

erblickte. Der Pastor trug die Tasse Milch in der Hand. Es lag ihm viel daran, Dot nicht zu kränken, indem er sie das unberührte Getränk am Morgen finden ließ, und er war gerade dabei, es wegzuschütten. Picots heftiges Zusammenzucken bei seinem Anblick wertete er als einen klaren Beweis für überreizte Nerven, und er reichte ihm erleichtert den Schlaftrunk, froh, eine so gute Verwendung für ihn gefunden zu haben.

Der Sergeant war kein Milchtrinker, doch er hatte seit einem späten Mittagsimbiss nichts gegessen, und er hatte eine lange Nacht vor sich. Er fasste das als eine äußerst freundliche Geste des alten Herrn auf. Er erwartete, das Zeug werde unangenehm schmecken, und wunderte sich nicht, als das zutraf. Er leerte die Tasse bis auf den Grund, ohne zu wissen, dass Miss Warburton zwei der Schlaftabletten hineingetan hatte, die ihr der Arzt bei ihrer letzten Grippe verschrieben hatte. Eine hatte genügt, sie wie ein Murmeltier schlafen zu lassen, aber sie hatte zwei hineingetan, weil der Pastor eine ruhige Nacht haben sollte. Als Avril aus dem Bad zurückkam, war Picot schon friedlich eingenickt.

Wieder in seinem Zimmer, völlig ahnungslos, was er da angerichtet hatte, kramte Avril noch ein wenig herum und wartete auf etwas, er wusste selbst nicht, worauf. Er kannte diese Stimmung. Sie hatte ihn nicht oft befallen, höchstens fünf- bis sechsmal in seinem Leben, und sie war immer einem Ereignis vorangegangen, bei dem er eine wichtige Rolle zu spielen hatte. Dennoch fühlte er sich ganz ruhig. Er verspürte keine Angst. Auch das kannte er aus Erfahrung. Mit der Gefahr würde sich auch der Mut einstellen.

Der Moment der Klarsichtigkeit ging vorbei, und er wurde wieder ein von Sorgen geplagter alter Mann, der sich anschickte, zu Bett zu gehen. Die Uhr auf dem Bord zeigte zehn Minuten nach eins an. Das Haus war still.

Er nahm den Überwurf von seinem Bett ab, bemerkte den

Buckel, den die Wärmflasche unter der Decke bildete, dann knipste er das Licht aus und tastete sich zum Fenster, um die Vorhänge auseinander zu ziehen. Das Fenster ging hinaus auf die Steintreppe zwischen dem Haus und der Kirche, und weil es sich im Erdgeschoss befand, hatte man es an der Außenseite mit schlanken Gitterstäben versehen. Avril zog immer die Vorhänge auseinander, weil er sich gern von der Sonne wecken ließ, und er knipste vorher stets das Licht aus. Es war eine Gewohnheit, an der er eisern festhielt.

Das Geviert grauen Lichts erfüllte ihn mit Gefallen. Der Nebel begann sich also endlich aufzulösen. Er spähte hinaus, um zu prüfen, ob sich auf dem dreckigen Stück Himmel zwischen der hohen Mauer und dem Kirchturm Sterne zeigten. Er sah keine. Doch zum ersten Mal seit Tagen war das Dreieck sichtbar, heller grau als der Rest. Wie er so hinausschaute, erhaschte er aus dem Augenwinkel noch etwas anderes, ganz schwach und flüchtig, und als er genauer hinsah, war es verschwunden. Doch er wusste sofort, was es gewesen war, und plötzlich wurde ihm übel vor Beklommenheit.

Er hatte einen Lichtschein gesehen, hoch oben in der grauen Wand, geschwind wie das Aufleuchten eines Eisvogelflügels und genauso blauschimmernd. Ein Licht in der Kirche, vielleicht der Strahl einer Taschenlampe, war über das Ostfenster gestrichen und hatte das blaue Gewand des Heiligen aus buntem Glas erfasst. Avril stand wie erstarrt.

Nun begriff er, nun war ihm alles klar, als hätte ihn jemand auf all die Tatsachen aufmerksam gemacht, die – wie Psychologen ihm gesagt hätten – seinem Unterbewusstsein längst bekannt waren.

So wusste er zum Beispiel, dass Mrs Cash, als sie Picot durch ihr Häuschen geführt hatte, ihm auch das winzige Hintergärtchen mit der Tür zum Kohlenschuppen gezeigt haben musste. Es war kaum anzunehmen, dass der Sergeant trotz all seiner Gründlichkeit diese Tür geöffnet hatte, die, direkt in die Mauer des Fundaments der Kirche eingelassen, keine große Tiefe dahinter zu haben schien. Und hätte er sie geöffnet, dann hielt es der Pastor für unwahrscheinlich, dass er die schwere Tür hinter Mrs Cashs kleinem Vorrat an Brennmaterial bemerkt hätte.

Vor sechsundzwanzig Jahren hatte Avril der Frau gestattet, den Hintereingang zur Krypta als Kohlenschuppen zu verwenden. Dieser tief in die dicke Mauer eingelassene Eingang war zum Nutzen des früheren Küsters angelegt worden, der in besseren Zeiten das Häuschen bewohnt hatte. Als Hausherr hatte Avril den Umbau selbst bezahlt und damals verfügt, dass die hintere Tür versperrt bleiben und den Schlüssel Mr Talisman aufbewahren sollte.

Nun fiel ihm zum ersten Mal ein, dass das nie geschehen war. Nach dem, was er jetzt von allen Beteiligten wusste, war er sogar überzeugt davon. Der alte Zugang musste offen geblieben und die Krypta, neuerdings nicht mehr ihrem ursprünglichen Zweck dienend, musste Mrs Cash ohne weiteres zugänglich gewesen sein.

Er dachte weiter – an die verschwundenen Männer und deren Versteck. Es war so einfach, so bequem. Sie mussten sich durch die Kirche hineingeschlichen haben, die sie nicht vom Platz, sondern von der Avenue dahinter betreten hatten. Das Gebäude war verschlossen, wenn es nicht benutzt wurde, doch neben der Pforte zur Sakristei war ein lockerer Stein im Mauerwerk, und dahinter bewahrte seit Jahrzehnten Talisman den Schlüssel auf. Der Mann, der sich Havoc nannte, wusste bestimmt darüber Bescheid, und einmal in die Kirche gelangt, war es für jemanden, der sich auskannte, nicht schwierig, in die Krypta zu gehen.

Avril, allein im Finstern stehend, gestand sich ein, dass Luke ihm nicht glauben würde, wenn er in diesem Moment bei ihm erschiene und ihm erklärte, dass all diese Tatsachen ihm erst jetzt zu Bewusstsein gekommen waren. Und dennoch war es so. Für gewöhnlich war er nicht so begriffsstutzig.

Avril erschienen die eigenen intellektuellen Mängel nur als ein Teil von etwas viel Größerem und ungleich Wichtigerem. Er wartete, und alsbald wurde ihm der Grund für seinen nachmittäglichen Besuch bei Mrs Cash klar. Indem er ihr, und damit dem Mann im Hintergrund, zu verstehen gegeben hatte, dass sich Martins Brief nicht im Pfarrhaus befand, hatte er ihr natürlich auch zu verstehen gegeben, dass er wusste, wo er war.

Avril war überzeugt, dass der Junge den Brief suchen würde. Zweifellos kramte er jetzt dort drin in dem alten schwarzen Aktenhefter, den der Pastor unter dem Pult auf der Kanzel aufbewahrte. Er wähnte sich wohl in den frühen Morgenstunden sicher, doch Avril hatte den Lichtschimmer seiner Taschenlampe gesehen.

»Nein«, sagte er laut in die Dunkelheit. »Nein, das ist Wahnsinn.« Dennoch vernahm er im selben Moment die Aufforderung und wusste, dass er ihr Folge leisten würde. All seine menschliche Schwäche, sein gesunder Menschenverstand empörten sich dagegen.

Und es ergab sich ein Streitgespräch zwischen den beiden Avrils, höflich, doch lebhaft geführt, wie zwischen zwei Brüdern, die lange miteinander gelebt hatten. Jeder brachte seine Argumente vor, der weise, praktisch denkende Kirchenmann und der eigentliche Avril, der zaghaft und arglos war.

Schließlich begab Avril sich im Dunkeln zum Telefonapparat. Er war noch immer uneins mit sich und hob zögernd den Hörer ab.

Die tiefe Stille in der Leitung tröstete ihn. Er war natürlich der einzige Mensch im Haus, dem Sam zu sagen vergessen hatte, dass er alle Anschlüsse im Erdgeschoss außer Betrieb gesetzt hatte.

Er fasste die Stille als Bestätigung auf. Er wählte eine Nummer, die Nummer der Polizei, die Nummer von Chefinspektor Luke, doch die Leitung blieb tot. Er seufzte und legte auf.

»Siehst du«, sagte er zu sich. »Ich hatte doch Recht. Die Ereignisse lassen mir keine Wahl.«

Leise ging er aus dem Zimmer und den Gang entlang.

Picots Schnarchen schallte laut durch die Diele, und der Pastor bewegte sich ganz leise, um den müden Mann nicht zu wecken. Der Nebel löste sich jetzt rasch auf, und er konnte den Magnolienbaum in der Mitte des Platzes ausmachen. Niemand war zu sehen. Der Kriminalbeamte, der das Haus bewachte, war eben in die Küche gegangen, um telefonisch Meldung zu erstatten, und zum ersten Mal in dieser Nacht war die Luft rein.

Avril merkte nichts von alledem. Er ging wie ein Kind zwischen Fallgruben, erklomm die Treppe zur Avenue, schritt unter der hohen Mauer zur Kirchentür, überquerte den gepflasterten Hof in völliger Dunkelheit, ohne zu stolpern, und strebte zur Tür der Sakristei.

Sie war nicht versperrt, öffnete sich leise auf frisch geölten Angeln und ließ ihn in die Schwärze dahinter ein. Er fror, und sein Herz hämmerte, doch tief innerlich war er ganz ruhig, sehr glücklich und äußerst zufrieden.

Sein langes Gewand streifte die Holzverkleidung der Sakristei, er stieß die innere Tür auf und trat in das dunstige Dunkel des großen Gebäudes; dann blieb er stehen und blickte sich um.

»Johnny Cash«, sagte er mit derselben Stimme wie schon einmal vor vielen Jahren. »Komm heraus.«

17

Der Strahl von Havocs Taschenlampe zerschnitt das Dunkel wie eine Klinge und erfasste Avril. Einen Augenblick lang ruhte er zitternd auf ihm, und der alte Herr, der sich ausnahmsweise entsann, was er anhatte, schlug die Kapuze seiner Kutte zurück und ließ das Licht auf seinem Gesicht spielen.

»Komm herunter, mein Junge«, sagte er in dem etwas schulmeisterlichen Ton, den er anschlug, wenn er etwas rasch erledigt haben wollte. »Dort ist gar nichts für dich.«

Kaum waren die Worte gesprochen und die Stimme erkannt worden, verließ der Lichtstrahl das Gesicht und erforschte einen Eingang nach dem anderen. Es war ein Suchen nach einer Falle, doch die Türen standen unbeweglich, und alles war still.

Avril hatte im tanzenden Licht einen Kirchenstuhl neben sich ausgemacht. Nun setzte er sich und faltete die Hände auf dem Schoß. Sein Geist war ruhig und erleichtert. Er fühlte sich in der Kirche geborgen, wie stets, und alsbald räusperte er sich laut, wie er es vor der Predigt zu tun pflegte.

»Ruhe!« Das Flüstern war der extremste Laut, der je zwischen den Wänden ertönt war. Der Lichtstrahl erlosch, Füße huschten über poliertes Holz, dann herrschte wieder Stille.

Das leise Lachen, das danach hörbar wurde, enthielt so viel Erleichterung, dass es fast fröhlich klang. Avril war erstaunt, dass es so nah war, doch obgleich seine Stirn schweißnass war, empfand er keine Furcht.

»Sind Sie allein?« In dem Flüstern lag sowohl Fassungslosigkeit als auch Belustigung.

»Natürlich«, sagte Avril gereizt.

»Aber Sie haben telefoniert.« Der Mann flüsterte nicht mehr, er sprach nur sehr leise.

»Nein«, sagte Avril, seinem Stern dankend, dass er diesen Fehler vermieden hatte und daher antworten konnte. »Nein. Niemand weiß, dass wir hier sind.«

»Sie – alter Narr.«

Avril hörte es kaum. Er rückte ein Stück zur Seite.

»Komm, setz dich«, sagte er.

Keine Antwort erfolgte, es gab nur ein leises Rascheln, dann ertönte die Stimme hinter ihm.

»So passt es mir besser.« Und dann: »Was gibt's denn, Pastor? Hoffentlich kein Geschwafel vom verlorenen Sohn?«

Ihm schlug die Ausdünstung entgegen, die jedes Lebewesen sofort richtig erkennt. Avril roch Angst.

»Du musst ja so müde sein«, sagte er.

Das Gemurmel in der Schwärze hinter ihm war so leise, dass er es nicht verstand. Doch er spürte die Verblüffung, den Argwohn und die wachsende Wut, die von dem Mann ausgingen. Er war sehr nahe.

»Was wollen Sie eigentlich? Man hat gesagt, Sie haben alles gewusst, als Sie am Nachmittag bei ihr waren, aber sie hat geschworen, dass Sie nichts verraten werden. Aber wir wollten nichts riskieren. Man hat uns ein anderes Versteck besorgen müssen. Ich bin zurückgekommen, weil ich weiß, dass Sie hier immer Zeug versteckt haben.«

»Nicht versteckt«, widersprach Avril. »Aufbewahrt.«

»Ruhe, nicht so laut. Was wollen Sie hier?«

Avril gab keine Antwort, weil er keine wusste. Da spürte er, wie eine Hand über seine Schulter strich, nach ihm tastete, sich vergewisserte, wo er war.

»Sind Sie mein Vater?«

Die Frage wurde in die Dunkelheit ausgestoßen. Avril begriff das Ungeheuerliche, das sie beinhaltete, aber es empörte ihn nicht.

»Nein«, antwortete er sachlich. »Der Mann, der dich gezeugt hat, starb bei einer Wirtshausschlägerei. Deiner verwitweten Mutter besorgte meine Frau kurz danach ein Obdach in dem Häuschen, damit sie nicht länger in der Gegend leben musste, wo das Unglück geschah. Damals hielt man sehr viel von Ehrbarkeit.«

»Wem sagen Sie das? Man hat vor lauter Ehrpusseligkeit sogar einmal einen leeren Sarg beisetzen lassen. Stellen Sie sich vor, was das für Geld gekostet hat, und alles, was dabei herauskam, war, dass ich sie in der Hand hatte. Damit hatte sie nicht gerechnet.«

»Wer weiß. Sie hat dich damit aber auch festgehalten.«

»Quatsch. Hören Sie, die Zeit wird knapp. Also, was wollen Sie hier? Wollen Sie vielleicht meine Seele retten?«

»Ach nein.« Avril lachte ehrlich erheitert auf.

»Also was, zum Teufel?«

»Ich weiß nicht«, antwortete Avril und suchte nach Worten, um die Wahrheit so klar darzulegen, wie er es vermochte. »Ich kann dir nur sagen, dass ich ganz gegen meinen Willen kommen musste. Den ganzen Tag lang hat sich jede Kleinigkeit verschworen, mich herzubringen. Ich habe das schon früher erlebt, und ich glaube – falls mich nicht irgendeine Dummheit oder Schwäche dazu verleitet hat –, dass es sich schließlich herausstellen wird, warum es so ist.«

Zu seinem Erstaunen wurde diese Erklärung, die er selbst für völlig unzulänglich und unbefriedigend hielt, anscheinend akzeptiert. Er hörte, wie der Mann hinter ihm die Luft einzog.

»Das ist es«, sagte Havoc, und seine Stimme klang natürlich. »Das ist es. Wissen Sie, was das ist, Sie armer alter Schwätzer? Das ist die Wissenschaft vom Glück. Die funktioniert immer.«

Avril begriff seinerseits, und tiefes Entsetzen befiel ihn.

»Die Wissenschaft vom Glück«, wiederholte er vorsichtig. »Du beobachtest also. Das erfordert viel Selbstdisziplin.«

»Klar, aber es lohnt sich. Ich beobachte alles, immerzu. Ich bin ein Glückspilz. Ich habe das Talent. Das habe ich schon als Kind gewusst.« Das Gemurmel wurde intensiver. »Aber erst jetzt, als ich so lange allein war, habe ich es begriffen. Ich lauere auf jede Gelegenheit, und ich werde nie weich. Deshalb habe ich Erfolg.«

Avril schwieg lange. »Du armer Junge«, sagte er schließlich, »das nennt man anders.«

»Wie ist der richtige Name?«

»Spiel mit dem Tod.«

Eine Pause entstand. Avril spürte Neugier, Angst und Ungeduld hinter sich.

»Es ist also eine bekannte Sache?«

»Du hast sie nicht entdeckt, mein Sohn.«

»Kann schon stimmen.« Er zögerte, schien aber immer noch wissbegierig. »Sie haben es kapiert, was? Man muss auf jede Chance aufpassen, man darf nie weich werden, niemals. Nicht einmal in Gedanken. Sonst verpatzt man alles, und alles geht schief. Ich hab's bewiesen. Man muss realistisch bleiben, dann bringt man es zu etwas, alles ergibt sich von selbst, alles ist einfach. Ist es das?«

»Das ist es«, sagte Avril demütig. »Es ist leichter, die Treppe herunterzufallen, als sie hinaufzusteigen. *Facilis descensus averno.* Das wurde schon vor langer Zeit gesagt.«

»Wovon reden Sie?«

Avril drehte sich im Dunkeln um. »Du hast das Böse zu deinem Gott gemacht. Und das kann nicht gut enden. Zum Schluss wirst du ganz allein dastehen, von allen verlassen.«

»Das glaube ich nicht.«

»Ich höre dir aber an, dass du es glaubst«, sagte Avril. »Angenommen, du kommst nach Sainte-Odile –«

»Wohin?« Die jäh erwachte Aufmerksamkeit entging dem Pastor, und er sprach unbeirrt weiter.

»Sainte-Odile-sur-Mer. Ein kleines Dorf westlich von Saint Malo. Angenommen, du kommst hin und hebst einen Schatz. Glaubst du, du wirst dann ein anderer Mensch? Glaubst du, dieses müde, unzufriedene Kind, das dir Gesellschaft leistet, wenn du allein bist, würde dich dann nicht mehr begleiten? Was könntest du ihm kaufen, um es glücklich zu machen?«

Havoc hörte nicht zu. »Heißt das Haus so oder das Dorf?«

»Beides. Aber du musst es dir aus dem Kopf schlagen. Geoffrey Levett ist heute Nacht hingefahren.«

»So? Mit dem Schiff?«

»Ja. Aber der Nebel löst sich auf. Er ist morgen dort, oder übermorgen.« Avril gab diese Auskunft ungeduldig von sich. »Du musst es vergessen. Das ist vorbei. Die Häfen werden bewacht, und du wirst gejagt, mein Junge. Jetzt hast du die letzte Gelegenheit, an dich selbst zu denken.«

Havoc lachte laut. »Es hat geklappt! Die Wissenschaft vom Glück hat wieder einmal funktioniert. Sie haben mir genau das verraten, was ich wissen wollte, und deshalb bin ich hergekommen. Und Sie wissen nicht einmal, warum Sie gekommen sind.«

»O doch. Ich bin gekommen, um dir etwas zu sagen, was ich vielleicht deutlicher erkannt habe als alle anderen, denen du begegnen wirst.«

»Sie sind gekommen, um mir zu sagen, dass ich weich werden soll. Sie blöder alter Narr! Gehen Sie nach Hause ins Bett und –«

Er brach ab. In der Stille machte sich die Kälte schmerzhaft bemerkbar. Hoch über ihnen begannen die schemenhaften Figuren Gestalt anzunehmen, als das Morgenlicht an Stärke zunahm.

Die kräftigen Finger krampften sich in Avrils Schulter, und das Zittern des Mannes teilte sich Avrils Körper mit.

»Hören Sie. Schwören Sie. Schwören Sie bei was Sie wollen. Schwören Sie, dass Sie den Mund halten.«

Avril sah die Versuchung, in die er geführt wurde.

»Ach«, sagte er. »Ich kann schwören, und du lässt mich gehen, doch sobald ich gegangen bin, was wirst du dann denken? Wirst du zuversichtlich sein, oder wirst du dir einbilden, du seist schwach geworden? Wenn du das glaubst und dann ins Unglück rennst, was nicht lange ausbleiben kann, wirst du dir deshalb Vorwürfe machen und in dem Gedanken enden, dass du versagt hast. Das ist nicht gut, John. Die Zeit ist gekommen, da du eine Kehrtwendung machen oder deinen Weg fortsetzen musst.«

»Sie Narr, was richten Sie da an? Sind Sie lebensmüde? Können Sie's nicht erwarten?« Der Mann weinte vor Übermüdung und Wut, und die Tränen tropften auf Avril.

»Ich möchte sehr gern weiterleben«, sagte der Pastor. »Unbeschreiblich gern. So gern, wie ich es nie für möglich gehalten hätte.«

»Aber Sie haben es geschafft, Sie haben mir den Zweifel eingepflanzt. Ich darf nicht. Sie wissen ja, ich darf nicht weich werden.«

Avril beugte sich vor und vergrub das Gesicht in den Händen. Er gab alle Hoffnung auf.

»Ich kann dir nicht helfen«, sagte er. »Unsere Götter sind in uns. Ein jeder von uns tut, was er tun muss. Unsere Seele gehört uns allein.«

Er hatte sein heimliches Gebet beendet, als die Taschenlampe aufflammte und das Messer zustieß.

Dass der Pastor es überhaupt spürte, war schon bedeutungsvoll. Zum ersten Mal hatte Havocs Hand ihre Sicherheit eingebüßt.

18

Fünfunddreißig Stunden später, am Morgen, als die Sonne durch die frisch geputzten Fenster des Büros fiel, als habe es so etwas wie Nebel nie gegeben, saß Charlie Luke an seinem Schreibtisch in der Crumb Street und überdachte die Lage aus jenem Abstand heraus, der sich mit völliger Erschöpfung einstellt.

Havoc, Tiddy Doll, die Brüder und Bill waren verschwunden, als hätte die Kanalisation sie verschluckt.

Pastor Avril lag im Krankenhaus. Der alte Herr befand sich seit Mitternacht außer Gefahr, und man hoffte, er werde das eine oder andere sagen, sobald er aufwachte.

Sam Drummock hatte seinem alten Freund das Leben gerettet. Er war ganz früh am Morgen hinuntergeschlichen, um mit seinem Zeitungsartikel in die Fleet Street zu gehen, und hatte entdeckt, dass Picot schlief, die Haustür nicht zugesperrt und Avrils Bett unberührt war. Es hatte zwanzig Minuten gedauert, bis die verstörten Hausbewohner den alten Mann in der Sakristei gefunden hatten, wohin er sich geschleppt hatte, bevor der Blutverlust ihm die letzten Kräfte geraubt hatte. Luke konnte es noch immer nicht fassen, dass ein so geübter Mann wie Havoc sein Ziel verfehlt und dann nicht noch einmal zugestochen hatte.

Luke war bereit, jede Wette einzugehen, dass sein Vorgesetzter, der sich im Great Western Hospital aufhielt und auf eine Unterredung mit Avril hoffte, nicht viel von ihm erfahren würde, falls der alte Herr nicht sprechen wollte. Was konnte er außerdem schon sagen? Havoc hatte ihn angefallen. Seine Fingerabdrücke waren überall in der Kirche gefunden worden. Und Luke nahm kaum an, dass er dem alten Herrn vorher verraten hatte, wohin er sich begeben wollte.

Luke hatte in der Kirche alles auf den Kopf gestellt, und die Krypta, in der sich deutliche Spuren fanden, war gründlich durchsucht worden. Der geknickte Sergeant Picot, von dem Schlafmittel noch immer ein wenig taumelig, hatte den Ausgang durch den Kohlenschuppen entdeckt.

Mrs Cash war wegen Beihilfe verhaftet worden. Sie hatte sich gestern den ganzen Tag geweigert zu sprechen, und Luke hatte ihr noch eine Frist bis heute Mittag gewährt, dann wollte er es noch einmal mit ihr versuchen. Er war jedoch keineswegs sicher, dass sie sich unterkriegen lassen würde. Irgendetwas verlieh der bösen Alten Widerstandskraft und beträchtlichen Mut.

Er seufzte. Zwei Mann wurden gebraucht, um das Pfarrhaus zu bewachen. Zum Glück verstand Sam Drummock ausgezeichnet mit Reportern umzugehen, desgleichen Miss Warburton, die, wenn sie sich bewegen ließ, von des Pastors Seite zu weichen, eine ganze Menge gesunden Menschenverstand bewies. Luke dankte dem Himmel, dass die anderen vier aus dem Wege waren.

Übrigens erwartete er jede Minute eine Nachricht von ihnen. Die Überfahrt hatte sich etwas verzögert, das war alles, was er bis jetzt wusste. Und das war recht sonderbar, denn er hatte ein Telegramm geschickt, und doch hatte Meg Elginbrodde nicht angerufen, um sich nach ihrem Vater zu erkundigen.

Er wandte sich seinen Papieren zu, aus denen er ersah, dass man im Cash-Häuschen das Unterste zuoberst gekehrt hatte. Havocs Gefängniskleidung, besser gesagt das, was man davon aus dem Heizofen gezogen hatte, war den Laborleuten zugeleitet worden. Dann waren da noch die Bücher, die Mrs Cash geführt hatte. Insgesamt vierunddreißig kleine, dicke, schwarze Hefte, unter einem losen Brett im Schlafzimmer versteckt. Die Pensionsinhaberin, die Havoc im Gefängnis besucht hatte, figurierte da an prominenter Stelle, doch da der Gefallen, den sie Mrs Cash erwiesen hatte, bereits untersucht worden war, konnte ihr Name gestrichen werden.

Blieben noch dreihundertelf Namen und Adressen von Männern und Frauen übrig, die immer noch allen Grund hatten, Mrs Cash gefällig zu sein, und daher unter die Lupe genommen werden mussten.

Luke knurrte. Vor seinen geröteten Augen türmten sich Papiere, die noch der Sichtung harrten.

Als er die Hand ausstreckte, kippte der Stapel Meldungen und Berichte um und glitt langsam zu Boden. Er bückte sich rasch, doch ein Blatt entschlüpfte ihm, er holte es unter dem Stuhl hervor, wohin es gefallen war, und warf einen Blick darauf. Es war die Antwort auf eine Frage, die er Sergeant Branch vorgelegt hatte, als dieser über Havocs Genossen Bericht erstattete.

Wieso, hatte Luke gefragt, waren zwei Fischer während des Krieges beim Heer, wo doch solche Leute angewiesen worden waren, sich zur Marine zu melden?

Branch war nicht müßig gewesen und hatte nach enormen Schwierigkeiten die beiden als Roland und Thomas Gripper aus Weft bei Aldeburgh in Suffolk identifiziert, und der Absatz, der Lukes Aufmerksamkeit erregte, lautete:

»Nach der Schulentlassung arbeiteten die Brüder bei ihrem Vater, Albert Edward Gripper, der ein Fischerboot besaß. Im Jahre 1937 wurde der Vater wegen Schmuggelei zu einer hohen Geldstrafe und zwölf Monaten Gefängnis verurteilt. Das Boot wurde zwecks Erlangung der erforderlichen Barmittel verkauft, und die Brüder verließen anschließend die Gegend. Hinweise deuten darauf hin, dass sie einfache, ungebildete Männer waren, die den Großteil ihres Lebens auf dem Wasser verbracht hatten, und es ist möglich, dass sie es für das Beste hielten, ihren früheren Beruf zu verleugnen, daher ihr

Auftauchen bei der Armee kurz nach Kriegsausbruch. Der Vater starb 1940, aber Mutter und Schwester leben noch in Weft.«

Kaum hatte der Chefinspektor das gelesen, da klingelte das Telefon. Der Anruf kam aus dem Krankenhaus.

»Charlie? Gut. Hören Sie. Pastor Avril hat mit Havoc gesprochen und ihm gesagt, dass der so genannte Schatz in Sainte-Odile-sur-Mer liegt, in der Nähe von Saint Malo, und dass Geoffrey Levett hingefahren ist. Das ist vorläufig alles. Der alte Herr ist sehr schwach, aber er wird es überleben. Irgendetwas Neues bei Ihnen? Nein? Gut, machen Sie weiter.«

Lukes Hand lag noch immer auf dem Hörer, und er schaute noch immer ungläubig drein, als Picot in höchster Erregung hereinstürmte.

»Chef«, stieß er aus, »bei Tollesbury in Essex hat man gestern Abend um zehn Uhr einen verlassenen Lieferwagen gefunden. Er gehört einer Familie Brown, die hier in der Barrow Road eine Bäckerei betreibt. Die Leute sind alle zu Hause, und obwohl sie den Wagen fürs Geschäft brauchen, haben sie den Verlust nicht gemeldet. Die alte Mrs Brown steht in Mrs Cashs Büchern. Sie schuldet ihr dreihundert Pfund.«

Luke starrte ihn an. »Tollesbury? Wo liegt Tollesbury?«

»An einer Bucht. Jachten, Fischerboote ... Wenn jemand ein seetüchtiges Boot klauen wollte, dann wäre das nirgendwo günstiger zu bewerkstelligen als dort. Chef, angenommen, die Kerle versuchen, den Sondereinsatz von damals zu kopieren!«

Luke rieb sich die Augen.

»Moment mal«, sagte er. »Gestern am frühen Morgen wurden drei Stunden lang keine Wagen auf der Straße nach Southend kontrolliert. Zwei Milchautos sind mit einem Omnibus zusammengestoßen, und alle verfügbaren Männer mussten dorthin. Havoc kann kein solches Glück gehabt haben.«

»Bis jetzt hatte er alle Trumpfkarten.« Picot dachte an das Getränk.

»Hat jemand dort unten ein seetüchtiges Boot eingebüßt?«

»Bis jetzt ist noch keine Meldung eingelaufen.«

Luke hob den Telefonhörer ab. Wollte er sich den Dienstweg ersparen, so war es ratsam, sich vertraulich an einen alten Freund zu wenden.

Inspektor Burnby von der Landpolizei Essex hatte seinerzeit mit Luke bei der Polizei angefangen, und nach ein paar Minuten schlug seine wohl bekannte Stimme an Lukes Ohr.

Luke erklärte ihm so knapp wie möglich, was ihn interessierte. »Möglich wäre es«, sagte die Stimme am anderen Ende der Leitung. »Möglich wäre es durchaus. Es handelt sich um eine Schmack von achtzehn Tonnen, die ›Marlene Doreen‹, Eigner Mr Elias Pye. Sein Sohn hat das Boot gestern Nachmittag gegen drei Uhr vermisst. Sie waren sich bis zum Morgengrauen nicht sicher, ob es nicht zufällig abgetrieben ist, und haben erst vor einer Stunde die Polizei informiert. Der Zoll wurde verständigt. Sonst noch etwas?«

Luke erwähnte den Lieferwagen.

»Charlie, ich habe diesen Lieferwagen gesehen.« Burnbys Stimme verriet einige Erregung. »Ich hatte dort heute Früh etwas zu erledigen. Es war der Wagen einer Bäckerei und völlig leer. Aber einer unserer Leute fand darin ein Sonnenbrillenglas. Hat der eine von den fünfen nicht eine dunkle Brille getragen?«

Charlie Luke verschlug es vor Freude den Atem. Endlich hatte sich das Blatt gewendet!

Burnby sprach weiter: »Ich lasse den Lieferwagen auf Fingerabdrücke untersuchen und alarmiere die Wasserwacht. Die ›Marlene Doreen‹ sitzt jetzt sicher auf einer Sandbank fest, an denen es hier ja nicht mangelt, es sei denn, die Kerle sind auf dem Wasser groß geworden.«

»Zwei davon sind Fischer aus Weft in Suffolk.«

Ein leises Pfeifen kam über die Leitung. »Ja, dann! Welches Ziel steuern sie an? Weißt du es?«

»Sainte-Odile bei Saint Malo.«

»Dann sind sie jetzt schon dort.«

»Was?«

Burnby fühlte sich.durch die Heftigkeit des Ausrufs gekränkt. »Schau, jetzt ist es nach eins. Und sie müssen gestern Morgen mit der Flut ausgelaufen sein, also um zehn nach zehn. Also hatten sie – Moment mal – sechsundzwanzig Stunden Zeit. Falls sie Glück hatten und nicht auf Grund liefen, müssen sie jetzt dort sein, oder zumindest bald. Außerdem hat das Boot nicht nur Segel, sondern auch einen Dieselmotor, da kommt es flott vorwärts. Die sind bald dort, verlass dich darauf.«

Er verstummte, und als das Schweigen sich hinzog, lachte er verlegen.

»Na, du hast wohl allerhand Sorgen, Junge, da will ich dich nicht länger aufhalten. Mach's gut.«

Luke legte auf.

»Die französische Polizei«, sagte er zu Picot. »Verständigen Sie die französische Polizei.« Er warf einen Blick zum Fenster hinaus, und sein Gesicht straffte sich. »Schönes Wetter«, murmelte er. »Genau richtig zum Fliegen.«

19

Der Novembernachmittag war mild wie der Frühherbst, und in der sonnenbeschienenen Stille lag die Landschaft da wie ein Tuch aus Purpur, Grün und Gold.

Geoffrey zündete sich eine Zigarette an, während er auf die Weiterfahrt wartete.

»Mir ist zu Mute«, sagte er über die Schulter zu Campion und Amanda, »wie nach einem Hindernislauf.«

Amanda lachte und deutete mit dem Kopf auf den dunklen Hügel vor ihnen, während sie auf die Ebbe warteten.

»Jedenfalls sehen wir es endlich«, sagte sie. »Ich hatte schon alle Hoffnung aufgegeben. Wach auf, Albert.«

»Wozu?«, erkundigte sich Mr Campion. »Jedes Fahrzeug – ist die Kanalfähre ein Fahrzeug? –, in das ich während der vergangenen zwei Tage und Nächte den Fuß gesetzt habe, hat für eine oder zwei Stunden angesichts des Ziels Halt gemacht, und ich habe die Fähigkeit entwickelt, quasi aus Notwehr einzunicken. Was mich indes verblüfft, Meg, ist, dass du uns alles über diesen entzückenden Ort erzählt hast, außer, dass er eine Insel ist. Ich dachte, das Dorf heißt Sainte-Odile-sur-Mer, und nicht sous-Mer. Ich will ja nicht meckern, aber was hat dich veranlasst, das zu vergessen?«

»Als ich hier war, war es keine Insel«, sagte sie. »Das ist nur bei Flut so.«

»Das heißt, zweimal täglich«, sagte Geoff und drückte ihre Hand. »Freust du dich?«

»Sehr.« Sie lächelte ihn an.

Campion öffnete ein Auge. »Wo fahren wir zuerst hin? Ins Dorf oder zum Haus?«

»Ach, zum Haus.« Meg drehte sich zu ihm um. »Bitte. Es ist schon fast zwei Uhr. Sonst wird es noch dunkel, ehe wir dort sind. Das Dorf liegt dort unten im Westen. Wenn wir ostwärts den Berg hinauffahren, sind wir in zehn Minuten dort.«

Mr Campions Erwiderung, die die Unklugheit von Prophezeiungen zum Inhalt hatte, wurde von wildem Gehupe übertönt, ein schwarzer Wagen schoss an ihnen vorbei und stürzte sich ins seichte Wasser wie eine Ente, beiderseits Fontänen hochschleudernd. Geoffrey blickte ihm interessiert nach.

»Seht ihr das? Die tapfere Gendarmerie. Haufenweise. Sie sind drüben, sie haben es geschafft! Und sie brausen die westliche Straße entlang. Wir fahren nach Osten, stimmt's, Liebes? Also, dann los. Aber schön gemütlich.«

Als sie auf der anderen Seite herauskamen, gabelte sich die Straße, und sie fuhren nach Osten.

Der Berg ragte zwischen hohen, von der Sonne vergoldeten Hecken auf, und die Luft war klar und friedlich. Ein kleines silbriges Suchflugzeug flog niedrig am Himmel dahin, drehte eine Schleife und kehrte zurück.

»Was macht denn der?«, murmelte Campion, doch niemand hörte ihm zu, und die Fahrt war so angenehm, dass er wieder die Augen schloss. Meg saß erwartungsvoll da.

»Es kann nicht mehr weit sein, Geoff. Ein weißes Tor. Man biegt ein und fährt noch ein ganzes Stück bis zum Haus, fast eine Meile. Ja, da sind wir.«

Sie bogen von der Straße ab und auf einen Fahrweg, der über eine karge Wiese führte. Das schüttere Gras wuchs in Büscheln auf dem schlechten Boden und war eher grau als grün. Weit und breit kein Baum. Das Haus tauchte ganz plötzlich auf, zugleich mit der dunkelgrünen See und der zackigen, gebrochenen Linie der Küste, vom Spitzengeriesel der Brandung eingefasst.

Es war ein kleines Steinhaus, gedrungen und fest gefügt

wie eine Burg, mit einem Turm und einer Mauer drumherum, die einer Belagerung standgehalten hätte. Aus der Ferne sah es sauber und gepflegt aus, doch als sie unter dem Torbogen in den Vorhof fuhren, sahen sie, dass es verlassen und in schlechtem Zustand war. Die Fenster hatten keine Scheiben, und Gras spross aus dem Riss im Stein vor der Tür.

Sie stiegen schweigend aus.

»Kommt mit«, forderte Meg die anderen auf.

Sie stemmte sich gegen eine Tür, und diese gab knarrend nach. Sie folgten Meg in den ehemaligen Garten, der zur Klippe hin sanft abfiel und dort von einer Mauer begrenzt wurde, die nun viele Lücken aufwies. Trotz seiner Lage wirkte er sonderbar stickig, und die Risse im Mauerwerk, durch die das Meer tief unten so gefährlich glitzerte, waren willkommen.

Amanda schnupperte. »Rosmarin. Und Buchsbaum. Und was ist das? Ach ja, Wermut. Hier, das Silberne. Ach, Albert, dieser Garten muss bezaubernd gewesen sein. Sie mal, sie haben das Kühlhaus entdeckt! Das ist es doch, nicht?«

Meg und Geoffrey, die vorausgegangen waren, blieben vor einem kleinen Steinbau stehen, der sich in einen Winkel der Umfassungsmauer schmiegte. Er stand in einer Grube, sodass kaum die Hälfte seiner Wände und das Dach zwischen dem ringsum wuchernden Gras sichtbar waren. Die beiden traten ein, Campion und Amanda folgten ihnen.

Innen war es überraschenderweise hell. Eine Ecke samt einem Teil der Außenmauer war eingestürzt, sodass nun in Brusthöhe eine Art Fensteröffnung vorhanden war, die aufs Meer hinausging. Himmel und See verschmolzen am Horizont, die Nachmittagssonne entlockte dem grünen Wasser goldene Lichtreflexe, und violette Schatten und schäumender Gischt verliehen ihm zusätzliche Farbe.

Ein kleines Boot lag im Vordergrund vor Anker, die kleinen roten Segel eingerollt. Auf die Entfernung sah es nicht größer aus als eine Streichholzschachtel, und der Name, ein zweisilbiges Wort in weißen Lettern am dunklen Bug, war unlesbar.

»Wie schön!« Einen Moment lang nahm das leuchtende Bild sie alle gefangen, und Meg war entzückt. »Da ist auch ein Rauchwölkchen am Horizont, sonst ist außer dem Boot nichts da.«

Geoffrey lachte. »Das erste Anzeichen von Leben, seit wir nach Osten abgebogen sind. Ich dachte schon, wir sind am Ende der Welt. So, Campion, der Moment ist gekommen.«

Sie sahen einander an, und zum ersten Mal seit Antritt der Reise kam ihnen die Traurigkeit und Absurdität des Unternehmens zu Bewusstsein. Doch Meg strahlte.

»Geoffrey, du sagst, es ist ein Satz Kamingeräte, und du, Albert, sagst, es ist etwas, was du vergessen hast. Und du, Amanda, sagst, es sind kostbare Gläser. Aber ich sage, egal, was es ist, es gehört mir, und ich werde es sehr lieben. Also, Geoff, keine Geheimnistuerei mehr. Was müssen wir tun? Den Fußboden aufgraben?«

»Nein.« Levett war an den Rand der Rinne getreten, wo einst Wasser geflossen war, und betrachtete die streng viktorianische Gartenplastik aus Zement, die dort, mit Stockflecken bedeckt, Wache hielt. Es war eine plumpe, umfangreiche Angelegenheit, die niemals schön oder auch nur erfreulich gewesen war. Es handelte sich um eine kitschige Schäferin, überlebensgroß, die auf einem stilisierten Baumstumpf saß und eine winzige Vase in der schlecht proportionierten Hand hielt. Ihr weiter Rock war groß wie ein Fass und ungefähr ebenso graziös, und da sie nun arg abgebröckelt war und richtiggehend scheckig aussah, war sie durchaus keine Zierde.

»Da steckt es drin, was es auch sein mag«, erklärte Geoffrey. »Das Postskriptum lautete: ›Der Schatz ist in der Statue verborgen.‹ Am besten, wir nehmen sie herunter, Campion, damit wir die Basis sehen. Wollen wir es versuchen?«

Die beiden Männer, in ihren Wintermänteln wuchtig wirkend, nahmen die Plastik um die Mitte und an den Schultern und kippten sie langsam nach hinten. Sie war schwer, stand aber auf einer etwas zu kleinen Sockelplatte, und der Rand der Abflussrinne stützte sie, als sie von den Männern auf die moosbewachsenen Steinplatten niedergelassen wurde. Da lag sie nun, missgestaltet und komisch. In der flachen Unterseite des Rockes befand sich eine Vertiefung.

Sie hatten das Versteck gefunden.

Die Figur war ursprünglich hohl gewesen, wie die scharfen Innenränder verrieten, doch war die Höhlung laienhaft mit Gips ausgegossen worden, aus dem der Zipfel irgendeines Stoffes, möglicherweise einer Decke, herausragte. Campion kratzte mit dem Nagel an der weißen Masse.

»Ich glaube, wir benötigen fachmännische Hilfe«, sagte er, »da das Ding so zerbrechlich ist. Es ist noch nicht drei. Ich schlage vor, wir holen einen Maurer aus dem Dorf, denn ohne Werkzeug richten wir nichts aus.«

»Haben wir denn nichts im Wagen?« Das war Meg. Ihre Wangen waren gerötet, ihre Augen funkelten. So musste Elginbrodde sie als junges Mädchen gesehen haben.

»Nein.« Geoffrey schob seinen Arm besitzergreifend und glücklich unter den ihren. »Nein, Albert hat Recht. Wir müssen vorsichtig zu Werke gehen. Der Brief hat eigens darauf hingewiesen. Hab Geduld, Liebes. Wir fahren ins Dorf. Du besorgst uns mit Amanda Zimmer im Gasthof, während wir uns nach Handwerkern umsehen. Was gibt's, Amanda?«

»Nichts.« Campions Frau zog den Kopf wieder zurück. »Ich habe mir eingebildet, etwas zu hören, aber es ist nur die Tür zugeklappt. Wir fahren also ins Dorf?«

»Ihr drei fahrt. Amanda kann sich um die Unterkunft

kümmern, Geoff kann zu den Behörden gehen, und Albert kann einen Maurer suchen. Lasst mich hier.« Meg sprach ernst und befreite ihren Arm.

»Das täte ich nicht«, sagte Amanda prompt. »Du wirst dich nur erkälten, wenn du nicht von der Klippe fällst.«

»Ich möchte bei meinem Schatz bleiben. Darf ich, Geoff? Es liegt mir sehr viel daran. Darf ich?«

Mr Campion mischte sich nicht ein. In solchen Dingen hatte er Erfahrung. Seine blassen Augen ruhten auf Geoffreys Gesicht.

»Tu, was du willst, Liebes«, sagte Levett schließlich unbeholfen. »Bleib hier, wenn du möchtest. Wir werden uns beeilen.«

Sie freute sich wie ein Kind. »Ich werde mich einfach hersetzen und es ansehen und mir überlegen, was das Geheimnis von Sainte-Odile sein könnte. Macht schnell, sonst sterbe ich vor Neugier.«

»Das ehrwürdige Geheimnis von Sainte-Odile!« Mr Campions Erinnerungsvermögen begann, präzis zu arbeiten. Er war wieder ein Knabe von zehn Jahren und stand hinter seiner imposanten Mama in der Eglise de la Collegiate in Villeneuve lès Avignon und bemühte sich krampfhaft, die Ausführungen des französischen Fremdenführers zu übersetzen.

»Dieses Werk der Kunst wunderbare ohne seinesgleichen allein auf der Welt außer von einer Schwester (das musste falsch sein!) in der Obhut privat von einer Familie von einem der am größten Edelmann in Frankreich. Man nennt es das Geheimnis, das Geheimnis ehrwürdige von Sainte-Odile-sur-Mer.«

»Fantastisch!«, stieß er plötzlich erregt aus. »Das wird interessant. Wir machen es so, wie Geoff gesagt hat. Wir besorgen uns eine Transportmöglichkeit und schaffen das Ganze ins Dorf. Wir lassen dich dort, und du regelst alles, Amanda. Du bleibst hier, Meg, da dir so viel daran liegt, und wir sind in einer halben Stunde wieder da.«

Er zog Amanda mit sich fort, und Geoffrey drehte sich zögernd um und küsste Meg. »Wirst du dich nicht fürchten?«

»Sei nicht albern. Komm schnell wieder, damit wir sehen, was es ist.«

»Gut. Zwanzig Minuten. Geh nicht so nah an das Loch in der Wand heran.«

»Bestimmt nicht.«

Meg setzte sich auf den leeren Sockel und stützte den Arm auf die Statue. Es war wunderbar still. Sie hörte ganz deutlich den Wagen starten und wegfahren. Die Sonne schien noch immer, und der Flitterglanz auf dem Wasser tief unten war rötlicher geworden. Das kleine Boot war noch immer da, doch eines seiner Segel sah nun etwas anders aus. Sie beobachtete es mit erwartungsvoll zusammengekniffenen Augen. Vielleicht würde es sich entfalten wie ein roter Schmetterling.

Ein anderes Boot tauchte auf, noch weit entfernt und käferklein. Es war dunkel und zog einen langen, weißen Schaumstreifen hinter sich her, der die hohe Geschwindigkeit verriet.

Das Dröhnen eines Flugzeugs, das ganz niedrig über dem Garten dahinflog, störte den Frieden, und Meg ärgerte sich ein wenig.

Sie fuhr mit dem Finger prüfend über die Gipsfüllung der Figur und dachte voll Zärtlichkeit, doch ohne Trauer an Martin. Er war fröhlich gewesen, nett und tapfer. Er hatte ihr Leben bereichert.

Sie konnte es kaum erwarten, das ihr Anvertraute zu sehen, und rieb an dem Gips herum, bis ein Stück herausbrach und einen tiefen Sprung in der Füllung enthüllte. Das weckte ihr Interesse dermaßen, dass sie das leise Rascheln des Buchsbaums gar nicht hörte, und als sie die Handtasche geöffnet und ihre Nagelfeile herausgenommen hatte, war sie durch nichts mehr abzulenken.

Sie stocherte vorsichtig in der schwachen Stelle herum, und plötzlich löste sich ein ganzer Brocken der trockenen, bröseligen Mischung und gab den Blick frei auf einen in eine staubige Decke gehüllten Gegenstand. Äußerst schuldbewusst, doch außer Stande, der Versuchung zu widerstehen, arbeitete sie weiter und hatte bald ein Loch von fast dreißig Zentimeter Länge, das breit genug war, ihre Hand aufzunehmen.

Sie war so aufgeregt, dass ihr die Schritte auf den Steinplatten hinter ihr hochwillkommen waren. Sie drehte sich kurz um und erblickte vor dem hellen Eingang einen blauen Pullover und eine Baskenmütze.

»Bonjour«, grüßte sie höflich, wandte sich wieder ihrer Arbeit zu und sprach weiter, ohne den Mann anzusehen. »Qu'il fait beau. Est-ce que –«

»Reden Sie Englisch.«

»Englisch?«, sagte sie. »Wie gut. Wären Sie bloß früher gekommen!« Wieder brach ein Stück Gips ab. »Arbeiten Sie hier? Oder, nein, Sie fischen eher. Ist das Ihr Boot?« Abermals löste sich ein Klumpen Gips. Sie legte ihn vorsichtig neben sich und plauderte mit der ihrem Alter eigenen Unbefangenheit weiter. »Eine wunderbare Aussicht, nicht wahr?«

Havoc regte sich nicht. Er hatte eine Stunde geschlafen, nicht länger, und nun schwankte der Boden unter seinen Füßen. Er war völlig erschöpft. Die Anstrengung, die Klippe zu bezwingen, hatte seine Reserven aufgezehrt, aber er hatte es geschafft.

»Was machen Sie da?«, fragte er, erschrocken über die Tonlosigkeit seiner Stimme. Die Frage war lächerlich, denn er sah sehr wohl, was sie machte, und die Bedeutung entging ihm keineswegs. Ihre Anwesenheit an diesem Ort erschien ihm so unfassbar wie alles andere, seit er in der Kirche gewesen war und der Pastor ihm ganz von sich aus just das gesagt hatte, was er wissen wollte.

Von diesem Moment an hatte die Wissenschaft vom Glück aufgehört, ein Kult zu sein, den er streng befolgte, nämlich eine Reihe von Gelegenheiten, die er nützte oder übersah. Von diesem Moment an hatte sie sich als eine Macht entpuppt, die ihn ohne sein Zutun mit sich fortgerissen hatte. Er entsann sich der alten Frau in der Bäckerei, die ihn und die Männer in dem Schuppen versteckt hatte, wo der Lieferwagen stand. Er erinnerte sich an Roly, der den Weg wusste, die abgelegenen Straßen, wo sie von niemandem angehalten wurden, an das Boot, das startklar am Ufer gewartet hatte.

In diesem Boot saßen nun die anderen und warteten auf ihn. Sie würden noch immer dort sitzen, wenn die Polizeibarkasse ankam. Er hatte gehört, dass die französische Polizei bei solchen Gelegenheiten mit Gewehren ausgerüstet war. Sein Glück würde anhalten.

Nur Doll bereitete ihm einige Sorgen. Havoc hatte gesehen, wie er ihm heimlich gefolgt war. Der alte Ganove traute ihm nicht. Doch er würde niemals die Klippe bezwingen. Er musste jetzt irgendwo an ihrer Flanke kleben.

Megs Antwort auf seine Frage traf ihn völlig unvorbereitet. Beim Klang ihrer Stimme hörte er sie wieder als Kind sprechen, klar und hoch, mit einer aufreizend besseren Aussprache, als er aufzuweisen hatte.

»Ich versuche, etwas äußerst Zerbrechliches hier herauszuholen, ohne es zu beschädigen«, sagte sie. »Ich habe es geerbt und weiß nicht, was es ist. Könnten Sie mir nicht ein bisschen helfen? Aber bitte, ganz vorsichtig.«

Er taumelte vorwärts. Er war viel schwächer, als er gedacht hatte. Aber was machte das schon aus? Die ganze Arbeit wurde ihm ja abgenommen!

Er sah ihre entsetzte Miene, als das Licht aus der Mauerlücke voll auf sein Gesicht fiel, und sein erster Gedanke war, sie habe ihn wiedererkannt. Doch ihr Ausruf verscheuchte diese schmeichelhafte Illusion.

»Guter Gott, fehlt Ihnen etwas? Sie sehen ganz krank aus!«

»Weg da.« Er hatte keine Kraft. Er merkte es, als er die Hand wegschob, mit der sie ihn stützen wollte.

Er sah so geisterhaft aus, und seine Augen blickten so trüb, dass sie keinen Tiger in ihm sah.

Sie stand auf, er ließ sich nieder und steckte die Hand in das Loch, das sie ausgehöhlt hatte. Er arbeitete fieberhaft, die Berührung des lang gesuchten Verstecks entfachte die Reste seiner Energie, und sie beobachtete ihn fasziniert.

Der harte Kern der Entdeckung, ein in mehrere Lagen einer Decke gewickelter Gegenstand, begann allmählich Gestalt anzunehmen. Er schien zylindrisch zu sein, etwa eineinhalb Meter lang und ungefähr sechzig Zentimeter im Durchmesser. Zweimal versuchte er, das Ding herauszuziehen, doch es gelang nicht, und er musste weiterkratzen und scharren. Weißer Staub bedeckte sein Haar und den blauen Pullover, den er im Spind der »Marlene Doreen« gefunden hatte.

Meg betrachtete ihn zweifelnd. Sie bangte nicht vor ihm, sondern für ihn, und sie hörte erleichtert, dass sich sowohl zu Lande als auch zu Wasser Motorgeräusche näherten. Er sah erschreckend schlecht aus.

Ein Streifen Gischt, der die See entzweischnitt, erregte ihre Aufmerksamkeit, doch als sie sich umdrehte, war das Fahrzeug, das ihn hinter sich herzog, nicht mehr zu sehen. Auch das Boot mit den roten Segeln war verschwunden.

»Ihr Boot ist weg«, sagte sie.

»Es ist nicht meins. Ziehen Sie mal an dem Ding.«

Seine Stimme klang befehlend, und sie war so überrascht, dass sie gehorsam in die Rinne trat und mit anfasste.

Da ertönte ganz schwach und weit entfernt unten vom Meer ein scharfes Prasseln, gefolgt von einem lang gezogenen Schrei, als habe ihn ein Seevogel ausgestoßen. Havoc hörte es, doch seine Hände hielten nicht inne. Gewehre. Natürlich. Dolls bleicher Körper musste eine großartige Schießscheibe abgegeben haben.

Meg hatte nichts wahrgenommen. Die Wissenschaft vom Glück bestätigte sich wieder einmal. Endlich bewegte sich das Bündel.

»Ziehen«, befahl er. »Jetzt. Und noch mal.«

»Es geht nicht. Es klemmt. Da. Sehen Sie? Moment mal.«

Sie versuchte, den kantigen Vorsprung mit der lächerlichen Nagelfeile zu entfernen.

»Was wir brauchen«, sagte sie, während sie sich erfolglos abmühte, »ist ein anständiges, gutes Messer.«

Sie sah ihn nicht an. Er verzog sowieso keine Miene. Er griff unter den Pullover. Er seufzte, als der Messergriff in seine Hand glitt.

Meg lachte laut, als sie die Klinge erblickte.

»So etwas nenne ich Glück!«, rief sie erfreut wie ein Kind.

»Ich habe Glück«, sagte er und stieß zu.

Der Gipszacken und der funkelnde Stahl brachen zu gleicher Zeit und fielen zusammen auf den restlichen Schutt.

»Oh!«, machte sie bedauernd. »Wie schade.«

Er hörte sie nicht. Er lauschte dem Summen der Motoren, das noch immer weit entfernt war. Er schleuderte den nutzlosen Messergriff über die Schulter und packte das Bündel mit beiden Händen.

»Vorsicht, bitte, geben Sie Acht! Es ist zerbrechlich!«

Sie beugte sich vor, um ihm zu helfen, und er gestattete es, weil er wusste, dass das Ding für ihn allein zu schwer sein würde. Gemeinsam stellten sie es behutsam auf die bemoosten Steine.

Das Dröhnen eines Flugzeugs, lauter als die kleine Maschine vorhin, übertönte all die anderen Geräusche, die sich nahten. Die beiden im Garten hörten nichts. Die steif gewordene Decke war vermodert und ließ sich leicht ablösen, und der Gegenstand lag unverhüllt vor ihnen.

Es war eine hölzerne Truhe, aus einem ausgehöhlten Stück Ulmenstamm gefertigt, wie ein Fass mit Eisenreifen beschlagen. Im ersten Moment war der Mann zutiefst bestürzt, und seine Hände fuhren hilflos über die knorrige Oberfläche.

»Hier lässt es sich öffnen. Sehen Sie, da sind ein Scharnier und ein Haken.« Ihre Stimme klang, als sei es die Stimme seiner Wissenschaft, und genauso irreal sah er sie, als sie sich über die Truhe beugte und die Scharniere leise quietschten.

Der gewölbte Deckel klappte zurück und zeigte ein Futter aus Reliefstickerei auf Seide, die so alt und brüchig war, dass ein Lufthauch sie zerstören musste.

Aus dem Inneren quoll ihnen prosaischerweise ganz normale Watte entgegen.

Plötzlich befiel ihn solche Angst, dass seine ausgestreckte Hand in der Luft hängen blieb und Meg ihre zuvorkam.

Äußerst behutsam entfernte sie die Watteschicht, und der Sainte-Odile-Schatz lag vor ihnen in seinem ganzen süßen, unschuldsvollen Ernst, mit dem er sechshundert Jahre überdauert hatte.

Es handelte sich um eine Madonna mit Kind aus Elfenbein, geschnitzt aus einem einzigen, gebogenen Stoßzahn, sodass die Hauptfigur ein wenig gebeugt war, wie um ihre zarte Last besser halten zu können.

Es war nicht eigentlich die Zwillingsschwester der berühmten Skulptur in Villeneuve-lès-Avignon. Jenes exquisite Werk ist beschädigt und von Schmerz überschattet, und einige seiner Details weisen eine Spur von orientalischer Übersubtilität auf. Doch dies, das andere erhaltene Werk des unbekannten Meisters, war perfekt und makellos.

Eine volle Minute lang starrten die beiden stumm und gebannt die Madonna an. Meg sank auf die Knie in den Staub, und ihre Augen wurden immer größer, bis ihr die Tränen kamen. Ehrbare Frauen weinten, wenn sie die Statue zum ersten Mal erblickten. Das war das ehrwürdige Geheimnis, das dem Schatz den Namen verliehen hatte. Es war ein Phänomen, das man sechshundert Jahre beobachtet hatte.

Als der Tropfen auf ihre Hand fiel, zuckte sie zusammen, errötete und wandte sich entschuldigend an den Mann, der ihr geholfen hatte.

»Das habe ich nicht erwartet«, sagte sie mit belegter Stimme. »Das nicht. Das muss das Schönste sein, was es gibt.«

Er bewegte sich nicht, und der Anblick seines Gesichts blieb ihr erspart.

Es war typisch für Havoc, dass er in diesem unheilvollen Moment Realist blieb, worauf er so stolz war. Er verließ nie den Boden der Tatsachen. Als er sich neben die offene Truhe hockte, schien sich sein Körper zusammenzuziehen und zu schrumpfen wie der Körper eines Kranken, dessen Leben entflieht.

Es gab nichts Geheimnisvolles an dem Schatz außer dem kleinen Wunder, das er bewirkt hatte, als Meg in Tränen ausbrach. Die Skulptur füllte die Truhe ganz aus, es war kein Platz vorhanden für Edelsteine oder edle Metalle. Es war nicht mehr da, als was offen vor ihm lag.

Über ihren Köpfen setzte der Pilot des Polizeiflugzeugs zur Landung an. An der Gabelung der Straße wurde ein Privatauto beim Überholen von einem Wagen voll uniformierter Männer angehupt.

Havoc richtete sich schwankend auf.

»Was bringt das ein?« Er klammerte sich an einen Strohhalm, wie er sehr wohl wusste. Angenommen, das verdammte Ding konnte transportiert werden, ohne kaputtzugehen, was war es dann? Wertloser alter Plunder.

»Wer würde so etwas kaufen?«

Das war die Antwort. Er würde sie von jedem Händler hören. Da schlich sich ein wahnwitziger Gedanke in sein Gehirn. Hatte man nicht in alten Zeiten Zeug in Heiligenfiguren versteckt? Vielleicht enthielt sie etwas Wertvolles.

»Ich zerschlage es«, sagte er.

Er sah ihren raschen Blick, in dem keine Angst lag, nur die Besorgtheit, die ihn vorher so wütend gemacht hatte. Dann schloss sie gelassen den Deckel und setzte sich auf die Truhe.

»Sie sind krank«, sagte sie fest. »Sie wissen vielleicht selbst nicht, wie mitgenommen Sie sind. Sie haben mir geholfen, und dafür bin ich Ihnen sehr dankbar, und ich werde mich dafür erkenntlich zeigen. Außerdem haben Sie Ihr Messer zerbrochen«, sagte sie, ahnungslos, wie das klang. »Jedenfalls komme ich dafür auf.«

Er stand nun vor ihr, ohne zu wissen, dass er nicht furchterregend wirkte. Er sah ihre Handtasche und vermutete, dass sie bestenfalls ein paar Tausend Franc enthielt. Der Mantel mochte etwas einbringen, wenn er ihn an den richtigen Mann brachte. Ihre Hände waren so von Gipsstaub bedeckt, dass er nicht erkennen konnte, ob der Ring, den sie trug, echt war oder eine gute Imitation.

Aber die Figur wollte er dennoch zerschlagen. Vielleicht enthielt sie etwas, und außerdem würde es ihm Befriedigung verschaffen. Die Person saß noch immer da wie nicht gescheit, und er holte aus.

»Aufstehen!«

Doch der Schlag ging daneben, und er verlor fast das Gleichgewicht. Ihr plötzliches Lachen war das Schrecklichste, was er je gehört hatte, denn er ahnte, was sie sagen würde.

»Sie sehen wie unser kleiner Nachbarsjunge aus, Johnny Cash, der mein Puppentheater zerstört hat, weil er den Flitterglanz haben wollte, und der nichts bekam, der arme Junge, außer Papierschnitzeln und einer Standpauke. Legen Sie sich doch nieder. Dann werden Sie sich besser fühlen.«

Er wandte sich von ihr ab und taumelte hinaus in den stickigen Garten, der gelb war und verwildert und so sonderbar bittere Gerüche ausströmte.

Inzwischen war die ganze Bergflanke lebendig geworden, und von den Felsen unten drang heiseres Rufen von Männern herauf, die einen bleichen Körper aus dem seichten Wasser fischten.

Der Fliehende prallte gegen die Tür, die in den Hof führte. Sie gab nicht nach, da sie nach der anderen Seite aufging, und das war ein Glück für ihn. Er hörte Schritte und konnte sich gerade noch hinter einem Strauch niederkauern, bevor die Tür aufflog und Luke, gefolgt von einem französischen Kollegen, hindurchstürmte.

Im selben Moment langten der Talbot und das Polizeifahrzeug im Hof an.

Havoc wich einen Schritt zurück, stolperte und rollte in einen Graben, den das hohe Gras völlig verdeckte. Sein Glück hielt an, wie immer, seit er den Schlüssel dazu gefunden hatte.

Es war weich und kühl in dem Graben, und er hätte am liebsten geschlafen, doch er widerstand der Versuchung, kroch ein Stückchen weiter und stieß auf eine Rohrleitung, die unter dem Haus hindurch auf die Bergkuppe führte. Sie war groß genug, seinen ausgemergelten Körper aufzunehmen.

Als er hindurchgekrochen war, hob er vorsichtig den Kopf

und stellte fest, dass er immer noch geschützt war. Er befand sich in einem ehemaligen Wasserlauf, einem tiefen, schmalen Einschnitt in der Wiese. Er konnte sogar darin stehen, ohne dass sein Kopf über das trockene Gras der Ränder hinausragte.

Er stolperte weiter, und die Geräusche hinter ihm, das Lärmen und die Signale vom Berg zum Strand, wurden immer leiser.

Er wusste nicht, wohin er ging, und die Bodenvertiefung beschrieb einen so sanften Bogen, dass er es gar nicht merkte.

Der Graben endete an der Klippe, wo die Küste tief eingekerbt war und eine winzige Bucht bildete und wo das Wasser, das er einstens führte, vor langer Zeit sechzig Meter tief hinabgestürzt war.

Havoc blieb stehen. Der große Balken, der beiderseits in die Böschung eingelassen war, um zu verhindern, dass irgendein Tier vom Regen weggeschwemmt wurde, stützte ihn in Brusthöhe, und er stand dort eine Weile und starrte hinunter.

Die See war bewegt, von langen Schatten überzogen, und flimmerte dort, wo die letzten Strahlen der Wintersonne sie erreichten. Doch in der Bucht war es ganz still und ruhig.

Und dunkel sah es dort aus. Man konnte sich dort verkriechen und tief und lange schlafen.

Er fand, dass ihm keine andere Wahl blieb, nachdem er wusste, dass er nicht unfehlbar war. Er ließ seine Beine sacht vorwärts gleiten.

Der Leichnam wurde nie gefunden.

GOLDMANN

Das Gesamtverzeichnis aller lieferbaren Titel erhalten Sie im Buchhandel oder direkt beim Verlag.
Nähere Informationen über unser Programm erhalten Sie auch im Internet unter:
www.goldmann-verlag.de

★

Taschenbuch-Bestseller zu Taschenbuchpreisen
– Monat für Monat interessante und fesselnde Titel –

★

Literatur deutschsprachiger und internationaler Autoren

★

Unterhaltung, Kriminalromane, Thriller
und Historische Romane

★

Aktuelle Sachbücher, Ratgeber, Handbücher und Nachschlagewerke

★

Bücher zu Politik, Gesellschaft, Naturwissenschaft und Umwelt

★

Das Neueste aus den Bereichen
Esoterik, Persönliches Wachstum und Ganzheitliches Heilen

★

Klassiker mit Anmerkungen, Anthologien und Lesebücher

★

Kalender und Popbiographien

★

Die ganze Welt des Taschenbuchs

★

Goldmann Verlag • Neumarkter Str. 28 • 81673 München

Bitte senden Sie mir das neue kostenlose Gesamtverzeichnis

Name: ____________________

Straße: ____________________

PLZ / Ort: ____________________